爆撃聖徳太子

町井登志夫

PHP
文芸文庫

○本表紙デザイン＋ロゴ＝川上成夫

爆撃聖徳太子　目次

序

大業《たいぎょう》三年。倭暦《われき》は推古《すいこ》十五年。あるいは西暦にては六〇七年。倭国《わこく》外交使節団代表にして大礼《だいらい》の官位を持つ小野妹子《おののいもこ》は、ついに隋《ずい》国皇帝煬帝《ようだい》と謁見《えっけん》する栄誉を手にすることができた。妹子は自らの責任の重さゆえに、揺すり立てるような興奮を抑《おさ》え切れずにいた。

皇帝が支配する隋国は、この時代の倭人にとって、世界の大部分と言っても過言ではなかった。ばかりでなく滞在している間だけでも、妹子はその圧倒的な国力をひしひしと感じざるを得なかった。

最高水準の文化、学術、芸術から建築まで、その全《すべ》てが煬帝の膝《ひざ》もとの大都市洛《らく》陽《よう》に、まるで皇帝の偉大さを外つ国《と》の者に見せつけるように集中していた。さらに大都市にひしめく、顔も形も生まれも育ちも違う民《たみ》。集められた人間一人一人が龍であり、最高級の人材であった。

対するに、妹子の倭国。辺境の島。文化程度においては、おそらく朝鮮の田舎《いなか》にも劣るだろう。ましてや軍備に至っては、洛陽の防備兵を一隊繰り出すだけで、倭国全島を火の海にすることができるにちがいない。

ただ妹子は、目の前にいる煬帝が、はるか東方海中より長い船旅を乗り越えてやってきた使者を喜びこそすれ、決して邪険《じゃけん》に扱わぬことを知っていた。皇帝にとって、使者の国が遠ければ遠いほど威光が届いている証《あか》し。皇帝の恩恵《おんけい》が、世界の隅々までをあまねく満たしている証しなのだ。

そして今、新羅《しらぎ》の使者や名も知らぬ南蛮《なんばん》の国々の使者たちと順番争いをした後に、ようやく許可を得て妹子は進む。

宮殿の長くて広い謁見の間。煬帝はその一番奥、何十段もの壇《だん》の上に数多くの取り巻きや女官の中心に鎮座《ちんざ》ましましていた。

小野妹子は奥に向かって歩いた。顔を上げる無礼《ぶれい》は許されたことではないが、かすかに盗み見た感じでは、煬帝は予想よりもずっと筋肉質な、馬上の姿も似合いそうな男だった。いかにも勇猛で武名を馳《は》せた征服王らしい、剛健《ごうけん》な体型をしていた。

妹子は謁見の礼を述べ立てた。煬帝にとっては、四方のありとあらゆる国々からまくしたてられ、うんざりしていることだろう。いわく、皇帝のご威光はわが国を隅まで照らしておられます。あるいは、皇帝の偉大さは、わが国の民全てが深く心に感じいっておるところでございます。されど、この挨拶《あいさつ》をすることも使者として長い旅をしてきた目的だ。

「それでは謹《つつし》んで倭国王の書を拝納させていただきます」

妹子は膝をついた姿勢のまま、肌身離さず護持してきた文書一巻きを、隋国官吏《かんり》に手渡した。

この時不安を感じた。というより、旅の間ずっと感じていたものが、この場に来てまた思い返されてしまった。この瞬間まで、隋国皇帝の面前で倭国代表を務めるという重責のために、心から取り払っていた一抹《いちまつ》の懸念《けねん》。それが、いよいよという時に再燃《さいねん》した。

第一、妹子はこの文書を読んではいない。そのように命令された。一国の外交文書を開くことができるのは相手国皇帝か、あるいはその代理として政務にあたる者のみ。それが大使任命の条件だった。国の機密文書を勝手に拝読してはならぬ。

彼にできるのは、ただ外交文書をそのまま相手国に届けることのみ。なぜかという疑念は当然湧《わ》いた。しかし大使とはそのようなものだと、今まで自分を納得させてきた。

ただしこの国書は。小野妹子の不安。形式は推古天皇のもの。実態はあいつの手になるもの。

厩戸皇子《うまやどのおうじ》。

「あいつは気がふれているのだ」

「はっ、確かに受理の儀、果たしました」

隋国官吏が厳《おご》かに述《そ》べ、小野妹子はまた頭を地に押しつけた。

これで彼の役割は終わり。国書は手渡された。後で官吏が倭国に対するねぎらいの言葉と土産物《みやげもの》を持って、宿所に訪れることだろう。妹子はそれを持って、意気揚々《ようよう》と倭国に帰る船に乗ればいいのだ。

重責を果たした妹子は、安堵《あんど》のため息が出そうになったが抑えた。そのまま頭を伏せ、しずしずと皇帝の前より去ろうとした。

ここで煬帝が気まぐれを起こした。

官吏に申しつけたのだ。

「おい、読め」

「はっ」

「ただ今の島国の書、わが国の言葉で書かれておるのであろう。面倒くさいから、ここで読んで聞かせろ」

「しかし」

官吏はためらった。相手国使者の前で外交文書を開く。それは儀式の通例にないことだし、礼に反する。

煬帝は急に不機嫌になった。

「朕《ちん》は忙しいのだ。いちいち後になって、どれがどの国のものかなど思い出せぬわ。今ここで儀式は終わらせろ。いいから読め」

「はっ。それでは」

横暴《おうぼう》非情で鳴らした煬帝を怒らせるだけで大変なことだ。官吏は震《ふる》える手で文書を開いた。

「えー、『日《ひ》、出《い》ずるところの天子《てんし》、日、没《ぼっ》するところの天子に書を致す。つつがなきや』」

「何だと」

煬帝のわめき声。官吏は口を開けたまま凍りついた。もちろん小野妹子も。

「寄越《よこ》せ」

別の官吏が書を慌《あわ》てて奪い取り、煬帝のもとにひれ伏しつつ書を差し出した。

煬帝は、それにチラリと目をやるやいなや立ち上がり、わめいた。

「何たる蛮族、礼知らずのやから、そいつらを捕らえろ」

たちまち数十人の部隊が妹子の周りを取り巻き、剣を引き抜いた。

妹子はひれ伏して硬直したまま思った。何ということだ。あいつ、あいつは何をしてくれたんだ。厩戸皇子。

妹子のそばに文書が音を立てて落下してきた。煬帝が投げつけてきたのだ。妹子に随行してきた倭国の者たちが、打ち倒されるのが見えた。涙にくれた妹子の目に、問題の文書が一行だけ最後に映った。

『日出処天子致書日没処天子』

外《と》つ國《くに》

日《ひ》、出《い》ずる前

大陸強大な隋《ずい》を起こし
小野妹子《おののいもこ》筑紫《つくし》にて流民《るみん》を見る

崇峻《すしゅん》三年。西暦五九〇年。

小野妹子《おののいもこ》、まだ二十歳《はたち》にならぬ頃。

夏、潮風の吹く海辺の町。妹子は迎えにきた少年に先導されて歩いていた。歩くたびに砂が心地《ここち》よく足下《あしもと》で潰《つぶ》れる。

妹子は聞いた。

「河勝《かわかつ》殿はこの先だな」

「はい、先に行って妹子殿をお待ちしているからと」

ここは北九州。よく晴れた日には対馬《つしま》まで目に入る沿岸地方。

決して澄んではいないが、外海に面しているだけあって、この海は難波《なにわ》の外海と違って清冽《せいれつ》な感じがする。匂《にお》いまでが、何か張りつめたような爽快《そうかい》さがある。

そして、目に入る田舎《いなか》の村。

普段ならこのあたりは、魚を捕ってその日の糧《かて》を得ている漁村。漁民が軒《のき》を寄せ合ったような小さな家の塊《かたまり》。内地でも見慣れたようないくつもの村を、浜沿いの丘に並べているだけの国だったはず。

それなのに今日は、人間たちが転がっていた。

それも、数え切れないほどの人間たちが浜に転がっていた。することもなく、飢《う》えた目をあたりに注《そそ》いでいる。焦《こ》げついたような臭《にお》いが、潮風に混じってとどいてくる。

転がっているのは、たいていは老人たちだ。若い男たちが何かもどかしげに、うろうろとしている姿も見える。

子供たちは元気だ。狭苦しい砂浜をわが物顔に走り回っている。子供たちが走るたびに砂が飛ぶ。女たちはその子供たちに何か怒っているが、よく聞き取れない。ごくまれにたき火が熾《おこ》されている。そのへんの松を折り、漂着《ひょうちゃく》した木の枝を燃やして料理している人々がいるのだろう。それは朝食か、それとも今日唯一の食事か。いずれにせよ、そいつらは食うものがあるだけましというところだろう。

焦げついたような臭いはそのたき火から混じってくるのだろうが、それよりも饐《す》えたような人間の臭いの方が強い。潮風を人間の臭気《しゅうき》が濁《にご》らせている。流木のように、ただ転がっている老人たち。

妹子は目をそらせた。

いやなことに、この光景はえんえんと続くらしい。はるか先にまで人間たちが浜を埋めていた。人間たちがびっしりと埋まった浜もあれば、まばらな浜もあった。ただ臭気だけは、この小さな漁村をどんよりと埋めつくしていた。

妹子は迎えにきた少年に聞いた。

「河勝殿はこの浜のどこかにいるのか」

「もっと先です」

「この浜を抜ける以外、道はないのか」

少年は首を振った。

「丘を登れば。近道ですが、でも少し道が」

「よい。そちらをいこう」

少年はうなずいた。彼だって見たくない光景なのだ。

道が変わった。草に被《おお》われ、一歩ごとにかき分けて進まなければならないようなひどい獣道《けものみち》だ。しかも夏。ヤブ蚊《か》がうなりをあげてきた。

それでも、妹子にとってはずっとよかった。ヤブ蚊ならば大和《やまと》にもいる。あの飢えた大量の人間を目に入れずに、ただ歩くことに専念できる。

丘を登り切ったところで、視界が開けた。港があった。

町が広がっている。今までの漁村とは比べ物にならないほど巨大な町だ。

平野が広がり、家々が建ち並び、直線状に幹道《かんどう》が通っていた。

「あれが、そうか」

「はい、秦《はた》王国です」

少年がうなずいた。秦王国と別名がつくほど栄えている、秦河勝の領地。

妹子はほっとした。歩も軽くなった。

「そういえば名前、何といったかな。珍しい名で」

「犬上襷《いぬがみたすき》、です」

その瞬間だ。

「うるさい」

陰《いん》うつな声が聞こえた。

妹子は硬直《こうちょく》した。ただし立ち止まったのは、妹子一人だけだった。他の者たちは歩きながら、雑音が届いただけのように声の方向を見た。

ピシリ。何かがはじける音。

「うるさい」

また声。今度はれっきとした倭国語《わこくご》。全員が立ち止まる。

さっきの言葉、みんなが反応できなかったのは、言語が違うからだ。今の言葉は倭国語。今さっきの言葉は朝鮮語。

妹子は、高く生《お》い茂った草を透《す》かして見た。

一人の青年がいた。

青年というよりは、まだ少年か。どっちともとれる。いずれにせよ、まだ二十歳に届いてはいまい。妹子よりも年下だろう。痩《や》せて手足が細い。

丘の頂上、まばらに生い茂った草が伸びた平らな地を、ただふらふらとうろついていた。足取りも定まらず、ただ右に左に。

左手に何か棒を持っていた。竹で作った鞭《むち》のようなもの。少し長めのそれを無目的に振る。空気が震《ふる》える。鞭が生い茂る草に当たる。

ピシリ。音。

「うるさい」

青年がつぶやく。今度は何語だ。小さくて聞き取れない。でも言っている意味は変わらないのだろう。

妹子は、いたたまれないような気分だった。何か悽惨《せいさん》なものを感じた。

その青年の目だ。あちこちにふらふらとしているので、妹子の方を見ることもある。だが目が合わない。彼の目は何も見ていない。きっと盲目《もうもく》なのだ。

ピシリ。また音。

「うるさあああい」

自分で鞭を振るって音を立てておいて、うるさいも何もないだろう。もちろん口には出せない。

この青年も哀《あわ》れな流民《るみん》だ。髪の毛はざんばらで、頭を振るたびに流れて顔を隠す。青年の顔は半分以上被われて、薄気味悪いとしか見えない。服もようやくまといつけたという感じで、あちこちはだけている。

「うるさい」

自分を呪《のろ》っているような低いつぶやき。そばで他人が見ていることも感じていないのだろう。心がどこかを飛んでいるか、最初から知能に障害を持っているか。いやそれより大陸で悲惨《ひさん》な目にあい、きっと気がふれてしまったのだろう。

妹子は目をそらした。今の言葉は漢語。この青年はきっと、大陸の貴族か何かだったのだろう。それが今や、こんな島国でこんな姿になっている。

妹子が歩きだすと、他の者たちも続いた。また犬上少年が前に出る。

「こんなところにも流民が入り込んできてますね」

妹子が感じたのと同じことを言ってきた。妹子はうなずいた。

「別に柵《さく》を作って防いでいるわけでもないからな。日が経《た》てば経つだけ、食べ物を捜《さが》して奥地に入り込んでいくだろう」

背中でまた音。ピシリ。もうすでに遠い。かすかなつぶやき。今度は何語か。

妹子は、背中で聞くともなしにその呪いの言葉を聞いていたが、ついにいつまで待っても声が届くことはなくなった。あたりは獣道でもなくなっていた。

と、別の音が響いた。規則正しく土をける音。

これは馬。蹄《ひづめ》の音ではないか。

妹子は顔を上げた。

見ると、一人の大柄な壮年の男が馬に乗って駆けてくるではないか。手綱《たづな》さばきもりりしいその男こそ。

「河勝殿」

北九州の王、秦河勝その人であった。

河勝は妹子の手前数歩で馬に急制動をかけ、軽やかに飛び降りた。

「これはこれは小野妹子殿。わざわざその足で歩いてこられるとは。誰か人を寄越してくれれば、お迎え致したものを」

妹子は頭を下げた。

「河勝殿にそこまでお手数をかけるには及びません。それにここまで歩いてきて、今の河勝殿の国の大変さがようくわかりました」

河勝は馬を引いて歩きだした。

「せっかくお越しいただいたのに歓待《かんたい》もできず申し訳ないが、この通りのざまでしてな。長旅を終えられてこられた皆さんにひどい話だが、余り長居《ながい》はせぬ方がいいでしょう」

妹子は河勝に従って歩きだした。

「それにしても、すごい流民の数ですね」

「ああ。まさか大陸がこうなるとは。はやく収まればいいんだが」

河勝は投げたように低く笑った。

「大陸に何が起きたのですか」

「おや、ご存じないのですか」

「定時の連絡だけのつもりだったものですから。すみません、ろくに調べもせず」

河勝は歩を止めた。

「統一されたのです。いや、征服されてしまったのです」

割れていた。数世紀の間、みんな割れて、壊《こわ》れていた。

日本は、『日本書紀』こそ万世《ばんせい》一系で通しているものの、ながらく豪族間で割れて争っていたらしい。歴史は埋もれているが、統一されてさほどの時は経っていないはずだ。

朝鮮半島では新羅《しらぎ》、百済《くだら》、高句麗《こうくり》の三国が互いに攻め合っていた。そして、国家であることすらもあやふやな任那《みまな》という勢力もまた、残滓《ざんし》として残っていた。全《すべ》てが割れていた。分裂して争っていた。そういう時代だった。例外はなかった。

中国も二つに割れていた。

南北朝《なんぼくちょう》。長江《ちょうこう》を挟み、北は騎馬民族。南は漢民族。四世紀前半、統一漢民族国家・晋《しん》の内乱につけ込み、鮮卑《せんぴ》族を始めとする北方騎馬民族が、大挙して中国に押し寄せた。漢民族は長江という大河を防衛線として、その南に都を遷《うつ》した。数世紀の長きにわたって、長江の南北で、いくつもの国家が興《おこ》っては滅び、また興った。割れたものが、さらにいくつにも砕けていたのだった。そんな時代だった。

小野妹子の生まれた頃からだろうか。時代が動きはじめた。北朝異民族国家の中に隋《ずい》が興った。

隋はその勇猛果敢《かかん》な軍隊により、長江の北を統一した。そしてしばらく力を蓄《たくわ》えた後、おもむろに南へと攻め込んだ。絶対的な壁と思われていた長江はあっさりと破られ、たちまちのうちに漢民族国家陳《ちん》は滅んだ。

北方騎馬民族の鮮卑が、中国を統一したのだ。時は西暦五八九年。去年のことだ。

すでに千年を越える歴史を誇る漢民族が、初めて蛮族の支配に降《くだ》ったその瞬間、世界は揺れた。陳王朝のもと、漢民族の歴史と伝統を驕《おご》っていた者たちは、すさまじい勢いで遁走《とんそう》しはじめた。

蛮族の支配に入るのはいやだ。

あるいは、前王朝にあまりにも癒着《ゆちゃく》していたために、身の危険を感じた者たちも多かっただろう。王朝が替わる時には、禍根《かこん》は根絶やしにするのが中国の伝統だ。かくして前王朝で甘い蜜《みつ》を吸っていた多くの人間たちが、一斉《いっせい》に四方に散らばった。

中には国の枠を超え、海を越えて。そう、朝鮮半島さえも渡って。あるいは直接海洋を、流民を満載した危《あや》うい船で乗り越えて、ここ倭国へ。

町に入った。多くの人々が行き交い、鉄を打つ音がする。ここは産業の中心だ。

その時、蹄の音。早馬だ。河勝が振り返った。

「上様《うえさま》」

「なんだ騒々しい。また漂流船でも来たか」

「いえ、船ではございますが、急使でございます」

「何、急ぎとはどこだ。船とは、大和からか」

河勝は妹子をかすかに見た。

「いいえ、琉球《りゅうきゅう》でございます」

琉球。現在の、広く沖縄諸島全般を差す。

「琉球とはな。さては向こうも流民が溢《あふ》れて困惑しておるのかな。まあよい」

妹子を振り返って頭を下げる。

「かような次第だ。しばし失礼仕《つかまつ》る。好きにされるがよい。十分気をつけて」

河勝が馬にまたがった。襷少年が、宿にご案内致しますと言って先に立って歩く。ところが後方から人々の騒ぐ声。

振り返ると、ぼろぼろの衣服を着た流民が一人、よろよろと進んでくる。町の中に迷い込んできたのか。なぜか妹子に話しかけてくる。

「食べ物をください。私は鞍《くら》が造れます。工作ができます。神よ」

崩れ伏した。

妹子は彼の右手を見た。何か木切れのようなものを握っていた。

犬上少年が妹子を振り返る。

「どうしますか」

妹子にはその声は聞こえていなかった。彼の右手のものに目が引きつけられていた。

木の棒には細かな彫刻が施《ほどこ》されていた。

彫り込まれているのは、人間だ。けれど明らかに絶命寸前の人間だった。木に拘《こう》束《そく》されて、吊《つる》されていた。厳密に言えば、それは吊されているのではなくて、釘づけにされているのだった。

人間を拘束している木も通常の丸い木ではなく、両手を広げた形で固定できるように長い横木がかけられていた。それは十字の型に近かったろう。両腕を広げて、手のひらに一本ずつ釘が打ちこまれていた。両足は閉じられ、一本の太い釘が両足の甲をまとめてえぐり刺していた。人間が釘によって木の上に固定され、絶命しかけている彫刻。

人々が寄ってきた。

「流民だ、浜に追い払え」

「そうだ、ここは天下の秦河勝様の領地だ。お前らの来るところじゃねえ」

妹子は手を上げた。

「ちょっとだけ待ってくれ」

「なんだお前は」

「旅の者だ。しかし追い返すにしても、こいつに水くらいはやってくれ。でないと歩けもしないだろう」

声が聞こえたのか。流民は横たわったまま、もぐもぐといった。

「ありがとうございます」

倭国語がわかるのか。妹子は膝《ひざ》をついた。

「お前が握っているこの細工は何だ」

拷問《ごうもん》の細工か。人間の釘づけ。

「神です」

「えっ」

「我らが神、いえすきりすと」

その時、声がした。

「みんな、どけ。わしに任せよ」

河勝が戻ってきていた。

「妹子殿、折り入って話がある」


難波津《なにわづ》、現在の大阪港あたりに船を着けた。一人になって身軽となった小野妹子は、馬を飛ばして飛鳥《あすか》に戻る。難波と飛鳥の間は、道ももう整備されている。

飛鳥に着いたら、その足ですぐに参内《さんだい》するわけにはいかない。いったん家に戻って禊《みそぎ》しなければならない。

船に乗って九州に行き、さまざまな旅先のけがれを背負っている身であるから、そのけがれを祓《はら》い落とさなければ、朝廷に出仕することはかなわない。朝廷の人びとが信仰をはじめた仏の教えにはそんなしきたりはないはずだが、大和には古来の神々の怒りの方が大きいのだ。

昼のさなか、久々の家で禊をしていると、母の声がした。

「因高《いんこう》は戻ってきたかい」

妹子は叫んだ。

「ここだよ、母さん」

蘇《そ》因高。それが彼の朝鮮名だった。

小野妹子は父親こそ生粋《きっすい》の倭国人だが、母親の中には朝鮮の血が流れていた。祖父は朝鮮半島北部の高句麗（高麗《こうらい》）から来た。

これは別に珍しいことではなく、大和朝廷の豪族たちの半分近くは、朝鮮半島からの移住者だ。あるいはその混血か。先進国朝鮮から流れてきた者たちは飛鳥に住み着き、今に至るまで倭国を主導してきた。

妹子が朝鮮語を自在に操《あやつ》ることができるのは、この母親と周囲の環境のおかげだ。反面漢語を覚えるのは苦労したが、ようやく不自由しなくなった。その苦労はしかたない。下級豪族の生まれは、努力で補わないと出世はおぼつかない。

母との会話は朝鮮語。家では妹子も因高になる。ところが家を一歩出ると、すぐに倭国語に戻る。最近はめったに通ってこなくなった父との会話も、倭国語だ。幼い時はそれが不思議だったし、言葉も混じっていた。今は完全に使い分けができる。

「秦王国へ行ったんだろ。故郷の人に会ったかい」

母の言う故郷とは朝鮮だ。妹子が答えないでいると、続けて言った。

「高麗は今どうなっているか、話を聞いたかい」

妹子の母。この時まだ三十代なかば。当時としては普通だが、早く子供を産んだ。そのまま子育てと家事だけをして今に至る。それだけにあまり外に出ていない。今では倭国語を使えはするものの、自分からは決して話さないのもそのため。

妹子は首を振った。

「そんなに親しく話はしなかった。高麗の人はいないと聞いたので」

「そうかい」と、母は肩を少し落とした。

高麗。正確には高句麗。朝鮮半島は現在、三国に割れている。新羅、百済、高句麗。倭国は地理的に一番近い新羅と敵対し、百済とは同盟している。一方高句麗は、領土は広いが朝鮮半島の北の端《はし》だ。倭国の関心は薄い。

ただ母は高句麗を故郷と呼ぶ。母方の家族はかつて国境が戦乱にさらされた時、はるばる高句麗から倭国に落ち延びてきたのだ。これはとても珍しい。今の倭国にも秦王国にも、高句麗出身の者たちはほとんどいない。あまりに遠過ぎるから。

母自身は、逃亡中に百済で生まれた百済人。そして今は倭国に帰化《きか》した倭国人だ。ただ幼い時に流民として、百済でも倭国でもとても苦労してきたらしい。どちらの国にもなじんでいないようだ。

幼い時から妹子は聞かされてきた。北の果てに私たちの故郷がある。寒いけれどすばらしい国で、戦争がなくなれば、いつかその故郷高麗に帰って暮らそう。

まだ十代で何人も子供を産み、落ち着く暇もなくこの歳になってしまった母にとって、故郷の話だけが生きる救いだったのだろう。特に母自身は、高句麗がどんな国かを知らないだけに。今住んでいる倭国は異郷《いきょう》、だから苦労するのだ。故郷に帰ればそれがなくなる、そう思いたいのだ。

妹子は、立ち去ろうとする母に言った。

「また秦殿の国に行くかもしれないからさ。その時はちゃんと話を聞いてくるよ」

あまり慰《なぐさ》めにならなかったか。でもしかたないな。母が九州に行くわけじゃないのだから。

妹子にしても、自分の中を流れる高句麗の血については意識はする。母にしつこく聞かされたせいもあるだろうが、一度は行ってみたい。下級豪族の身だが、機会をとらえて一生懸命漢語を覚えたのは、そのためだ。

言葉に秀《ひい》でていたら、もしかしたら異国に行く機会も巡ってくるかもしれないと思ったから。

ただ、母まで連れていくわけにはいかないだろうが。

百済からやって来た帰化人たちは、高句麗なんて寒いだけで野蛮《やばん》な国だという。本当にそうなのか。

その時、家の前で大きな音。

どうやら偉い人を乗せた輿《こし》が到着したらしい。驚いて、つっ立ってしまった。

いかに豪族とはいっても下級、そんなものに乗った客人が来るようなところではない。第一、家はすぐ土間だ。庶民《しょみん》に毛が生えた程度の、狭い無防備な家でしかないのだ。

母が飛ぶように走ってきた。

「蘇我《そが》の大臣《おおおみ》様の使いですって」

蘇我馬子《うまこ》。

「小野臣《おみ》妹子殿におかれましては、ただちに朝廷に出仕なさいますようにとの、大臣のお言葉です」

蘇我馬子。倭国における最大の権力者。大皇《おおきみ》の外戚《がいせき》にして、その言《げん》は大皇よりも重い。

現在の大皇は、後の世に崇峻《すしゅん》天皇と呼ばれることになる泊瀬部《はつせべ》大皇。しかしながら朝廷には出ず、はるか山間《やまあい》の屋敷に追いやられている。完全に傀儡《かいらい》だ。

今、朝廷の人事を完全に掌握《しょうあく》しているのは、意外にも泊瀬部の兄で二代前の敏《び》達《だつ》大皇の妃《ひ》、炊屋姫《かしきやひめ》。彼女が一番朝廷に長く、あらゆることに精通している。しかし炊屋姫は、つねに奥の間に陣取り、豪族の末端《まったん》までに指示を飛ばすということは決してない。あくまで自分は死んだ大皇の補佐役という立場に、現在は徹《てつ》している。

そして朝廷に出入りする全ての者が意識しなければならないのが、外戚蘇我馬子。現大皇の妃は言うまでもなく、他のめぼしい皇子には蘇我家から妃が入っている。すでに朝廷の血筋は、半分以上が蘇我のもので固められていた。

すなわち蘇我の命令は大皇の命令。小野妹子は、取るものもとりあえず朝廷に走るはめになった。もともと禊を終えたら報告には上がるつもりだったが、あくまで自分の直属の長だけにすませればよいことであって、まさか大皇そのもののような蘇我馬子大臣から使いが来るなどと、誰が予想しようか。

宮殿に駆け込むと、妹子の上司たちも慌《あわ》てていた。

「お前、何をしたんだ」

「何をって、何も」

九州と飛鳥はつねに便が通っている。向こうは交易の中心で、こちらは政治の中心。何もなくても連絡係がつねに飛ぶ。妹子は自分から志願した。それは母の願いでもあったからだ。大臣に呼ばれるような目立つことなど、何一つしていない。一つあるとしたら、秦河勝の伝言か。しかし妹子は、まだ何も言っていない。

「大臣様の気にさわるようなことはなかっただろうな」

妹子は首を振った。

「おかしいな。第一、大臣様はお前が筑紫《つくし》の地に行っていることさえも知らないとばかり思っていたのに」

「何か言われたのですか」

「いや、わしもさっき、お前をすぐに内裏《だいり》に寄越すように言われただけだ。さっぱりわからんからさっさと行け」

飛鳥の宮廷はまさに新しい廷《てい》だが、未完成と言って良い。更地《さらち》も多いし、あちこち修復すべき箇所《かしょ》がある。歴史が浅い朝廷なのだ。その滑《すべ》りそうな新造の廊下《ろうか》を走り、内裏に膝をつく。いくらなんでもそこから先は許可がなければ、下級豪族の小野家の人間が入れるところではない。

こんな朝廷の奥まで入ったのは初めてだ。緊張と、わけのわからない呼び出しに不安が迫る。心臓の音が耳に痛い。何か話しかけられても聞こえないいんじゃないかと思った。

とその瞬間。

「お前か、小野妹子は。面《おもて》を上げよ」

妹子は顔を上げた。

何人もの貴人。中には剣を下げた男たちもいる。若い女までいる。その中心に、ひときわかっぷくのいい、長い髪を蓄えた大臣がいた。蘇我馬子である。

「そちに聞きたいことがある」

馬子は独特の低い声で言った。その大きな身体《からだ》、広い肩に倭国が乗っかっているのだ。声がやたら重々しく聞こえた。

「私のわかることでしたら」

「秦河勝のところから帰ってきたばかりだそうだな」

妹子は頭を下げた。

「何かあやしい動きはなかったか」

あやしい。流民たちのことを言っているのか。妹子はとまどいながら、流民が溢れ、所領《しょりょう》が立ち行かなくなりそうなことを、ぼそぼそと述べた。

「そんなこたぁ聞いてないぜ」

いきなり馬子のそばにいた若い男がさえぎってきた。蘇我蝦夷《えみし》。行く行くは蘇我馬子の跡を継ぎ、倭国を支配しようという男。しかしながら、この時まだ十代。

「何か朝鮮の方でいかがわしい動きはなかったか」

「蝦夷。口が過ぎるぞ」

父親が圧した。蝦夷は唇《くちびる》を結んだ。妹子相手には威勢よく口を利《き》いた少年も、権力の座にある父の前ではまだまだ青い子供だ。一応、妹子は言葉を受けた。

「朝鮮、ですか」

しかし首を振らざるを得ない。

「それよりも大陸からの流民の方が」

「それはわかっとる」

蘇我馬子は少しいら立っていた。よけいなことまで妹子に言う気はなかったようなのだが、息子が口を滑らせたようなのだ。

「河勝はどうであった。何か心配なことを口にしておったか」

「そのことなのですが」

ここで口にすべきかどうか迷った。秦河勝は妹子に伝言を託《たく》していた。伝えねばならないことは確かだ。

とはいえ、目の前にいるのは蘇我馬子だ。そんな頼みごとを言ったら、手続きも経ずに直訴《じきそ》したということになってしまう。越権《えつけん》行為だし、それに何よりも気持ちの準備というやつができていない。

「河勝殿は、所領が大陸からの流民で手一杯だと言っていまして、とても」

妹子はぼそぼそとまた言いはじめた。

この時だった。

「父上、回りくど過ぎますわ」

若い女がかん高い声でわめきはじめた。

「こちらの聞きたいことがこいつに伝わるのに、どれくらいの言葉をかけなければならないのですか。隠す必要などないではありませんか。こちらの手の内を明かさないことには、こいつには何だかわかりませぬことよ」

妹子は、自分が叱責《しっせき》を食らったのかと思った。あまりにも報告のしかたがまずくてどなられたのかと思った。思わず頭を低くして、這いつくばってしまった。

けれどあらためて女の言葉を考えると、少し違うようだ。妹子はそろそろと、亀《かめ》が首を出すように顔を上げた。

馬子は苦《にが》い顔をしている。

「しかしあのことは」

「こいつ程度に知れても、どうということはありませんことよ」

女は平然と蘇我馬子相手にまくしたてる。確か父上、と呼んだ。妹子は気がついた。こいつが有名な、蘇我蝦夷をもしのぐ才女だという噂《うわさ》の。

刀自古娘《とじこのいらつめ》。

蘇我馬子の娘。そして、皇子の妃。誰に嫁いでいたのか、思い出せない。

「率直《そっちょく》に聞きます。秦河勝は任那のことを口にしてはいませんでしたか」


任那。それは倭国にとって最大の懸念《けねん》。倭国の朝鮮半島における命綱《いのちづな》であると同時に、最大の外交上の火種。

現在のように三国にほぼまとまる以前は、朝鮮半島は中国の支配の及ぶところをのぞいて、いくつもの部族がばらばらにひしめく混沌《こんとん》とした地域であった。

国境などなく、いくつもの部族が海を越えて倭国に渡来し、またその逆も行われた。歴史の流れの中で、九州と朝鮮半島南部が血縁《けつえん》で結ばれていったとしても、別に不思議ではない。

朝鮮半島最南端、倭国と一体になった部族勢力を『任那』と呼ぶ。そこは朝鮮であって朝鮮でなく、倭国である。しかしながら国家と呼べる程の力も人口もなく、百済の領地の中に独立自治を認められて、かろうじて存在していると言っていい。

倭国にすれば、紛《まぎ》れもなくそこは倭国の領土なのだが、半島の朝鮮民族からすれば、そこは百済の息がかかった一地方である。

倭国は百済と同盟を結び、任那を保護してもらっている。たとえ半島の一地方にせよ、現在飛鳥にある朝廷の豪族の大部分が、半島の任那の出自《しゅつじ》なのだった。本人は倭国に生まれたとしても父の代、あるいは祖父の代までさかのぼれば、任那の血を引いた者が圧倒的な数に上ることだろう。それは、小野妹子の母が高句麗の出身なのと同じと言っていい。

現在ある倭国とは、任那部族の移住国家と言っても過言《かごん》ではないのだ。

しかし最近はその倭国の故地、任那を脅《おびや》かす勢力がある。百済と対立する、新羅王朝である。百済と同盟し、かつ故郷を固守すべく、何か新羅に動きがあれば兵を出す用意を、倭国はつねにしていたのだった。

小野妹子は首を振った。

「河勝殿は半島のことは何も」

刀自古はゆっくりと言い聞かすように言った。

「いいですか。ここにあなたが呼ばれ、そして聞かれたこと、言ったこと、ここでの話は一切《いっさい》他言無用です。たとえ大皇がじきじきに尋《たず》ねようとも、あなたは何も答えてはなりませぬ。良いですか、もしあなたから話がもれたということになれば、あなたのみならず、一族郎党に至るまで災《わざわ》いが及ぶでしょう。それをじっくりと心に刻《きざ》んで下さい」

そんなこと言われなくてもわかっている。妹子は頭を下げた。

「よかろう」

蘇我馬子がまた重い声で言う。

「ある程度はこちらも話した方が、向こうのことを聞きやすかろう。良いだろう、初めから話そう。おい」

馬子が息子に顎《あご》を振った。蝦夷がそれを見て、かすかに前に乗りだした。

「実は昨日、筑紫の地より急使が参ったのだ」

昨日。自分が飛鳥に至るよりも前。

ということは、妹子が九州にいる間に使いを出したことになる。同じ船で来たのなら、一日を利することはできないからだ。

「その使いによればな、至急《しきゅう》、兵を寄越してほしいということであった」

妹子は何も反応することができなかった。頭が混乱し、ただでさえ緊張していたので、倭国語を解する頭が鈍麻《どんま》していた。

馬子が言葉を継いだ。

「しかもその兵というのが半端《はんぱ》な数ではないのだ。最低でも一万、可能ならば三万を寄越してほしい、ということが述べられておったのだ」

かろうじて言葉が出た。

「河勝殿がそんな、あからさまな頭数を望まれたのですか」

「秦河勝の急使ではない」

蝦夷がまた大きな声を上げたが、そこで馬子が声を飛ばした。

「そんなことまでしゃべるな」

うっとつぶやいて、蝦夷は黙ってしまった。馬子は妹子をじっと見た。視線で射《い》殺《ころ》すように見ている。計算しているのか。

しかし何という眼光《がんこう》だ。今に至るまで、権力の座で数え切れない血を見てきた男の眼光は、妹子を視線で殺してしまえる程の威圧を与えた。

「やはりしゃべり過ぎたな。下がれ。言っておいたように一切他言無用だ」

「待つのです、父上」

刀自古が平然と父をさえぎった。

「まだわたくしめは、一番肝心《かんじん》なことを聞いていません」

「何だと、お前」

「それに父上だって、欲しかった話はいまだに聞けていませんでしょ。こんな中途半端はなしですわ」

「だがこいつにこれ以上は」

「こうしたらどうでしょう。小野臣妹子殿」

まさか、聞き過ぎたからここで殺すと言うのではないだろうな。

「あなたの身柄は私が預かります」

「えっ」

「しばらく家には帰れません。というより、ここから出ることはかないません」

再び絶句。

「まず聞きなさい。そしてしっかりと答えなさい。良いですか」

ここはもうひれ伏すしかない。

「秦河勝がなぜあの地を守っているか。理由はおわかりですね」

「はっ。任那の地を見張るためです」

「その通りです。何といっても、あの地は任那の目と鼻の先です。何か新羅に、そうでなければ半島に動きがあれば、すぐに伝わります。それでなくても、あの地はほとんどが純粋の朝鮮人で満たされております。その河勝の領土から急使、しかも兵を三万要請《ようせい》してきた。これはもう、任那の地に何かあったとしか思えないではありませんか。そうでしょう」

ここまで噛《か》んで含めるように説《と》かれて、妹子にもようやく話が見えた。鈍《にぶ》いやつだ、と思われたことだけは間違いない。しかしながら、確かに蘇我一族が乗りださなければならない事態ということもわかってきた。

三万の兵。それは、飛鳥にいる倭国兵全軍を繰《く》り出せということであろう。たとえそれがその三分の一の一万人になったとしても、朝廷としてはあまりにも大きな出兵となるだろう。現実的にはそんな大軍を出せるはずもない。ただ心情的に出さなければならない時があるとしたら、それは一つ。

任那。倭国豪族たちの故地。その地が新羅によって侵《おか》されること。

たとえ出せなくとも、兵を動かすことをしなければ豪族たちは収まらず、せっかく蘇我氏が握った権力の座すら覆《くつがえ》るかもしれない事態になるのだ。

妹子は考えた。結論。妹子は首を振った。

「私の思い返せる限りでは、半島にはまだ何も起きてはおりません。ただ危機がないとは申しません。倭国にとって考慮せねばならぬことはあります」

馬子が低く呟《つぶや》いた。

「それは何か。聞こう」

「隋です」

そう。秦河勝は言ったのだ。

『隋だ。皇帝の使いと申す者が早くも琉球にたどり着いたらしい。琉球人は、わが所領にとってなくてはならぬ通商相手だ。私はあちらの頼みをむげに断るわけにはいかん』

『何を頼まれたのですか』

『ああ、兵を貸してほしいと』

『隋と事を構えようと言うのですか』

妹子は思わず大声で叫んでいた。隋と琉球、話にもならない。かたやついに統一された一大軍事帝国。もう片方は単なる島だ。

島の酋長《しゅうちょう》たちは全くの無知だというのか。

『やつらは数百年にわたって、いくつにも割れた大陸の王朝と交渉を行ってきた、したたかなやつらだ。金属鉱床《こうしょう》もないあの島が、まだいずれの王朝の支配も許していないというのは、酋長たちの有能さを示してあまりある。かく言う秦河勝が保証しよう』

妹子は黙った。

『大陸がいくつにも割れていた時は、琉球は安全だったのだ。互いに互いを牽制《けんせい》させて自分は綱を渡り歩ける。しかし大陸が一つになった時、琉球が渡り歩ける綱がどこにあるか。倭国か。無理だろう』

河勝は笑う。

『琉球の酋長たちは暗愚《あんぐ》ではない。たとえば土産物《みやげもの》を差し出して、頭を下げて収まるものならそれでよし。もし収まらなければどうなると思う。戦うしかないだろうが』

『なぜ。隋は大陸を統一したばかりです。なぜ琉球に戦《いくさ》を仕掛けるのです。何の益《えき》があって』

『そんなことは知らん。隋国に聞いてくれ。私は、隋国の使者に直接会ったわけではないからな。どれくらいそやつが本気だったかは知らん。ただ琉球の酋長代表が急使を遣《つか》わすくらいのことは言ったわけだ』

『どうするのです。河勝殿、兵を貸すのですか』

『まさか。わが所領のざまを見ておろうが、妹子殿。こんなに流民どもが溢れておる。みんな飢《う》えておる。いつ集団でわれらに襲いかかってくるやも知れぬやからがそこら中に溢れておる時に、他へ兵を回す余裕があろうか』

河勝はまた笑う。ただ目は笑っていない。

『そこで、頼みだ。妹子殿』

『私に。まさか』

『そう、大和朝廷から琉球に兵を出してもらえんじゃろうか。多分だめだろうと思うが、それでも万が一』

『そんなこと、この私には』

『わかっておる。しかしこれは琉球だけの問題ではないんじゃ』

『河勝殿の事情には同情しますが』

『違うと言っておろうが。もし隋が琉球を手に入れたら、次はどこかな』

『えっ』

『当然、この倭国であろうが』

小野妹子は今までの観察から導かれる推論を、今度は遠慮せずにしゃべった。

ただ、しゃべりながらも解けない謎が一つあった。

誰が蘇我馬子に兵を要求したのか。

秦河勝ではない、と言われた。では一体、誰が倭国の危機を感じて飛鳥に急使したのか。

しかも妹子よりも速く。他の誰をも差し置いて、倭国の頂点にある蘇我馬子に使いを出せるような人間が、あの地にいたのか。秦河勝をのぞけば、そんな権限を持つ人間など一人も見なかった。

さらに秦河勝のように、その人間は隋の動きも読める冷静な目と情報網を持っている人間でなければならない。でなければ、三万などという途方もない数字を出せるわけがない。

一体誰だ。蘇我一族にこんなに動揺を与える、そんな人間は誰なんだ。

「わかりました」

刀自古がさえぎった。

「でもそれは隋に攻められるかもしれない、もしかしたら。そんな恐れだけですね」

蘇我蝦夷がここでせせら笑った。

「何と。そんなたわけた心配のために、とんだ大騒ぎではないか。三万だと、ばかにするにもほどがあるわ。まだ攻め寄せてもおらぬうちから」

妹子は神妙《しんみょう》にうなずいた。

「その通りです。ただ河勝殿が心配しておられたのは、琉球が落とされることです」

「それはなぜかな。あんなもの、南の端の小さな島だ」

飛鳥朝廷の見方は、蝦夷のこの言が全てを語っていた。というより、ほとんどの豪族たちは琉球がどこにあるかさえも知らないはずだ。蝦夷に反対していいかどうかわからなかったが、河勝の意見は言わなければならない。妹子は声を小さくしていった。

「河勝殿が言うには、隋が朝鮮半島を渡ってきて倭国を攻めることは少なかろうが、琉球から島づたいに上ってきて倭国を攻めてくることなら、あり得るであろう」

一瞬、蝦夷は静まった。どうにも判断がつかなかったらしい。父親を見た。馬子は何も言わず考えている。

刀自古が言った。

「話は変わりますが、妹子殿、わが背《せ》の君《きみ》は、これについて何と言っていましたか」

「背の君、と申されますと」

「何を言っているんですか。私の夫です。かの地で会わなかったのですか」

「すみません。お名前を失念《しつねん》しております。申し訳ございません。刀自古様の背の君は確か……」

妹子はさらに声を小さくした。蘇我の娘の嫁ぎ先を知らないとは、それだけで処罰されても文句は言えないかもしれない。

しかし蝦夷がまた笑う。

「有名ではないか。あの、気がふれたという噂の男」

刀自古は弟をにらみつけた。何か言おうとしたが、その前に父親が吐《は》き捨てるように言ってのけた。

「聡耳《とみみ》だ」

その瞬間、妹子にもわかった。耳が聡《さと》い。

刀自古が妹子の方を向いた。

「厩戸皇子《うまやどのおうじ》です。筑紫の地に今滞在しているはずです。会わなかったのですか」

蘇我蝦夷《そがのえみし》 犬上《いぬがみ》欅《たすき》を尋問《じんもん》し
小野妹子《おののいもこ》 筑紫《つくし》より琉球《りゅうきゅう》へ渡る

その名が示すごとく、皇族。皇位継承権から言えば、限りなく大皇《おおきみ》に近い位置にいる。

厩 戸皇子《うまやどのおうじ》。

現在の泊瀬部《はつせべ》大皇の次に来る人物として候補に上っているのは、二人。

最初に来るのは二代前の敏達《びだつ》大皇の子息《しそく》、竹田皇子。この皇子は、現在、朝廷の裏の権力者とでも言うべき炊屋姫《かしきやひめ》の子息でもある。しかしながら、まだ幼く、しかも病弱だ。

そこで脚光《きやっこう》を浴びるのは、先帝用明《ようめい》大皇の子息、厩戸皇子だ。年齢もすでに二十歳《はたち》に近い。健康。しかも、厩戸皇子の周りには賛仰者《さんぎょうしゃ》が溢《あふ》れている。彼のことを聞けば、ほめる者には事欠かない。神、あるいは仏とまで言う者もいる。まず決まって口にされるのは、聡明《そうめい》、という言葉。

それだけならば、次の大皇はこの皇子に決まったも同然であろう。

それなのに、この厩戸皇子には同じくらい妙な噂《うわさ》がついて回る。第一、この厩戸皇子という通称だ。通称であるからには本名ではないが、どうして彼が馬屋などという変な名称で呼ばれることになったかが、最初の謎となる。

たいてい通称は、住んでいる場所に因《ちな》む。竹田の皇子、彦坂《ひこさか》の皇子など。そうでない場合、能力がすぐれていれば、それが通称となる。炊屋姫など、料理が上手であるということが、そのまま名前になっている。しかし厩戸皇子は。体、どこから来るのであろう。

そして蘇我蝦夷《そがのえみし》が言ったばかりだが、彼に関しては極端に言えば、気がふれているという噂がことに多い。聡明過ぎて常軌《じょうき》を逸《いっ》している、とでもいうのであろうか。そこまで言わなくても、どこかおかしい、何か変だ。彼に会った者は、みんな同じことを言う。

もう一つ、同じくつねに言われる言葉。耳が聡《さと》い。良い意味かも知れない。十人の話を同時に聞く能力がある、という信じられない噂もあるのだから。でも同時に、その言葉は悪口としか思えない時も多い。あいつはいつでも聞き耳を立てている。油断ならないという意味だ。

これだけ妙な正反対の噂を持っている男というのは、どんなやつだろう。平民に毛が生えたような下級豪族の小野妹子《おののいもこ》は、幸いにして厩戸皇子にお目通りを願う機会など今まで一度もなかったが、話半分に聞いてもそうとうおかしなやつで、まともには大皇になれそうもないということだけはわかる。

「わが背《せ》の君《きみ》は、旅がしたいと言って出かけてしまい、今は秦河勝《はたかわかつ》の領地に身を寄せています。会っていませんか」

妹子は首を振った。瞬間、雷鳴《らいめい》のようにひらめいた考え。妹子は思わず口走っていた。

「まさか、厩戸皇子ですか、三万の軍を要請《ようせい》したのは」

しまったと思った。慌《あわ》てて口を閉じたが、遅かった。

「やはり、知り過ぎたな」

蘇我馬子《うまこ》のこの言葉を聞いたらもう終わりだ。妹子は頭をますます下げた。

馬子は刀自古《とじこ》に聞いた。

「この通りだ。どうするつもりだ」

「わが背の君ですか。それともこの哀《あわ》れな男ですか」

「両方だ」

「簡単です。ここまで知ってしまった以上、この男を飛鳥《あすか》に出すわけには参りません。次にわが背の君ですが、どうしてこんな時にあんな無茶な派兵要求を出したのか、その真意を探る必要があります」

刀自古がゆったりと呼びかけてきた。

「小野妹子よ、安心しなさい。殺しはしません、少なくとも今は」

妹子が黙っていると、馬子が続けた。

「お前には、もう一度筑紫《つくし》の地に行ってもらう」


船の上。

自宅に戻って禊《みそぎ》をしたばかりだというのに、その同じ日、また難波津《なにわづ》。今度は母親に出発の挨拶《あいさつ》さえできなかった。なぜこんなことになってしまったのだろう。

今度乗る船は、まだ切り倒したばかりの木材の香りまで漂ってきそうな新造の大型帆船《はんせん》。前の旅の時は、荷物が山と積めるようなずんぐりとした貨物船だったのと対照的に、いかにも船足《ふなあし》は速そうだ。これなら、九州まであっという間に着いてしまうだろう。

今度の九州行きは、人目に触れないように出立《しゅったつ》する。飛鳥の誰一人知らないまま。それこそ妹子が途中のどこかでいなくなっても、誰にも行方《ゆくえ》知れずのままになってしまう。蘇我馬子の狙《ねら》いはそこにもあるだろうが、おとなしく従っていくしかないのが悲しい。

それに今回は監視付き。目つきの鋭い兵士たちが四六時中、妹子を見張っている。

同行者は、蘇我蝦夷。

飛鳥に帰ったのが夢で、実は、自分はただ船の上でずっと当てもない航海をしているんじゃないか。そんな気がする。しかし現実に目の前にいるのは、蝦夷だ。

蝦夷が歩み寄り、言った。

「都合が悪くなったら殺すからな」

絶句した妹子を見て蝦夷は笑う。

「最悪の場合だがな。とにかくはまず、あの気がふれた男をひっ捕まえて真意を聞き出す」

「厩戸皇子ですか」

「他に誰がいる。確かめてこいと言われちまったぜ」

「なぜ三万もの軍を要求したかをですか」

「本当は父が行きたいところだが、飛鳥を離れるわけにもいかないだろう。あやつの首に縄をひっかけたいのは、姉者《あねじや》も同じだ。しかし女は船に乗ることはできない。つまり俺しかいないというわけだ。あんなとこ、関心もないのによ」

女が乗った船は危険だというのは、ヤマトタケル以来の倭国《わこく》の迷信だ。そんなことを言ったら、朝鮮から来た妹子の母などどうなるのだ。

「なぜじきじきに蘇我家が出向くのですか」

「ふん。ここなら誰にしゃべる心配もないから教えてやってもよい。あの厩戸は兵を父上に要求した。まぁ今の朝廷を見れば、それは当然だ。父は驚いたが、さっそく確かめに俺を遣《つか》わす。それも父だからできることだ。しかし、しかしだ。もし万が一あのたわけめが、たとえば大皇などに書状を送っていたらどうなったと思う」

泊瀬部大皇。

「わしらは蘇我の者たちであるから、あの厩戸皇子の言うことをうのみにしてはいかん、ということがわかっておる。しかし何も知らない大皇であれば、それこそ慌てふためいて、いきなり一万の兵をそろえて朝鮮に遣わしてしまうかもしれんではないか。何しろ、ことは任那《みまな》である。誰にも反対などできようはずもない。そこで筑紫の地に軍が着いて、実はたわけの大ぼらでした、などということになってみろ。ことは、あの大たわけだけで済む問題ではないのだ。あれは姉が婚合《めあ》っておる。それればかりではなく、あやつの祖母は小姉君《おあねぎみ》。わが蘇我一門から出ておる女だ。あいつのしでかすことは、そのままそっくり蘇我家に跳《は》ね返ってくるのだ」

馬子の権力の命綱が、厩戸皇子ということか。

「とはいっても、本当に兵を出すような事態になっているとしたら、これは一刻の猶予《ゆうよ》もならんことだ。いずれにせよ筑紫の地は遠い。使者が行き来する時間だけ、事態は進んでしまう。それならば、俺が直接見てきた方が速いであろう」

この時代、最速の情報伝達が、馬と使者。それを越える速さはない。

「なぜ私まで連れて行くのです」

「お前の口から事が漏《も》れるのを防ぐためだ」

「厩戸皇子が騒ぎを起こしているのを知られないため、と言うのですか」

「それもある。とにかくお前の口が軽かろうが固かろうが、そんなことはどうでもよい。父上は誰一人として周りを信用しない。俺もだ。全《すべ》てを考えねばならんからな。たとえば、ちらっとでもいい。お前が兵を要求されていると漏らしてみろ。たちまち噂は噂を呼ぶ。褒賞《ほうしょう》が欲しいばかりに空戦《からいくさ》を起こそうとするやつもいれば、本当に殺し合いをしたいやからだって大勢いる。実際に任那に兵を出すのならしかたがないが、偽《にせ》の大騒ぎで何万もの兵を飛鳥から持っていかれることになってみろ。その間、飛鳥と朝廷は全く無防備になってしまうのだぞ。これがどんな恐ろしいことか、わからぬお前ではあるまい」

それはそうだ。いかに権力の中枢にいても、蘇我馬子の地位はまだ絶対ではない。第一、この間最大の敵物部《もののべ》氏を壊滅《かいめつ》させたばかりで、火種はまだくすぶっている。飛鳥はまだ一触即発《いっしょくそくはつ》の状況にあるのだ。

さ」

「つまり事態を見極めるまで、お前を飛鳥周辺にうろうろさせるわけにはいかんの
「それはいつまで」

「そんなこと知るか。あいつに聞け。自分を慧思《えし》の生まれ変わりだなどと騒ぐ、あのおかしな男に」

「なんですか、それは」

「知らないだろう。あの厩戸は時々おかしなことを口走る。何でも慧思というのは大陸の偉い僧らしいが、そいつが生まれ変わってあいつになったんだとよ。笑わせるではないか」

それは――。完全に向こう側に行っている。

「とにかくそういうことだ。あのたわけを筑紫の地まで行かせたのが間違いだ。首に縄かけてひっぱってきたら、お前を解放してやる。安心しろ。ただし」

「ただし」

「事態が簡単でなくなったら、そうはならんかも」

「どういうことですか」

「本当に戦でも起こったり、大騒ぎになったりしたら、その限りではないということだ。誰かいけにえが必要かもしれん。たとえば、ちょうどいい下級豪族の首が一

つくらい」

九州に上陸したら空気が変わっていた。

蘇我蝦夷でさえ、それを感じたのだろう。早馬を飛ばせ、と命令していた。

小野妹子は馬に乗りつつ、あたりをただ見回すしかなかった。海岸沿いではなく、少し内陸に入ったあたりの固められた道を通っていったのだが、それでも光景が、以前と明らかに変わっている。

まずそこらじゅうに人間の足跡がついていた。ほとんどが裸足《はだし》だ。ぬかるみにのめったような足跡が大量に残っていた。大きいのや小さいの、方向もさまざまだった。

妹子は言った。

「流民《るみん》たちが動き出してます。食べ物を求めてさまよいだしたな」

漂着した海岸には留《とど》めておけなくなったのだろう。もともとは秦河勝の私兵は王国を守るためのものであって、大量に流れ着いた流民たちを、まる一日ずっと見張っておけるはずがなかったのだ。

となると。妹子はものすごくいやな予感がした。蝦夷とその護衛兵たちに叫んだ。

「急ぎましょう」

しかし悪い予感は的中した。そろそろ秦王国の領地に入ろうかという頃だった。道をさえぎる集団が見えてきた。

「なんだあれは」

蝦夷が言った。妹子にとっては二度目。かつて、見たくなくとも目に入ってきた人々の集団だった。

ぼろをまとい、今にも倒れそうなふらふらした老人たちを囲むように、小さな子供たちと壮年の男たち。手にそれぞれ思い思いの木の棒や石、それに、中には金属製の農具を手にしている者たちも混じっていた。総計ざっと数十人。

蝦夷が叫んだ。

「道を塞《ふさ》ぐな。どけ」

反応はあった。ただ道を空けるのではなく、逆に迫ってきた。集団で陣形を崩さずに。

妹子は漢語でわめいた。

「私たちを襲うのか」

言葉が通じるとわかったのか、流民たちのうち、一番力の強そうな男が答えた。

「食べ物だ。寄越《よこ》せ」

「見てわからんのか。旅の者だ。そんな何十人分もの持ち合わせなどない」

「みんなそう言う。お前らは俺たちが飢えて死ぬのは平気なのか」

「平気なわけはない。だが俺たちだってお前たちに与えるほど豊かではない」

妹子は落ち着いた声で答える。

「また同じことを言う。もうたくさんだ。俺たちがお前たちに何をした。命からがら船に乗って逃げてきたというのに、お前たちは助けもせず食べ物も寄越さず、殺すつもりだろう。それならこっちにだって考えがある。お前たちを皆殺しにしてでも食べ物はいただく。そうしなけりゃ、どっちみち死ぬんだ」

「浅はかな考えはやめろ。今は少しうまく食べ物が届いていないだけで、別にこの地の者たちは、お前たちを殺す気などない。歓迎している。そのうち絶対に助けるから、今は怒りを収めるんだ」

「うそをつけ。こっちはもう弱い者から次々に死んでいるんだ。それなのに、この地のやつらは何もしてくれない。さんざん我慢《がまん》したんだ。もういい。この場で食べ物を寄越せ」

妹子は蝦夷を振り返った。

「やつらは食べ物を欲している。何かやれば引き下がるはずだ」

蝦夷はうるさそうに手を振った。

「おい、投げてやれ」

護衛兵の一人が糒《ほしいい》を投げた。子供がたちまち二、三人駆け寄ってきて砂にまみれたその飯を奪い合った。

さっきの男がわめいた。

「これだけか」

妹子が言った。

「さっき言ったように私たちは旅の者だ。余分な食料は持っていない。そういうことだ。どいてもらえないか」

「いやだね。そんなのじゃ、ここにいる仲間たちには全然足りない」

「そうかもしれないが、こちらだってないものはやれない」

「でも足りないんだよ」

男が合図をした。武器を持った流民たちが前に進み出た。

蝦夷が言った。

「話が違うじゃねえか。なんだこいつら」

「交渉は決裂だ」

妹子が首を振った。

おたけび。たちまち怒濤《どとう》のごとく突っ込んでくる流民たち。

「しかたないだろ。こうしなきゃ飢えて死ぬんだ」

「よせ。早まるな」

妹子は叫んだが、そんな声が届くはずもない。

覚悟《かくご》を決めて剣を抜いた。下級とはいえ豪族の長だ。武術くらいは習っている。いざという時に身を守れなければ一族の恥だ。小さい時からそう教えられた。けれどそれよりも妹子の剣は、母を守るためだ。

「ばかやろう。射《う》てえ」

蝦夷が自分は奥に下がって兵士たちに命令をした。たちまち射掛けられる矢の雨。

ぼろをまとっただけの流民たちは、次々に矢のえじきになっていった。矢に当たらなかった流民たちが突っ込んできた。それでも正装の兵士たちにかなうわけがない。

妹子の視界に動き。左。きらめく農具。妹子は剣を振った。農具は木の柄《え》の部分が折れて宙を舞う。男はつんのめりそうになりながら、それでも突っ込んで来る。

妹子はわめいた。

「その武器は何だ。お前ら倭国の農家を襲ったのか」

男は馬上の妹子に素手《すで》で突撃。身体《からだ》ごとぶつかってくる。馬がいななく。

「そうしなきゃ、死んでた」

「死なないために、何をしてもいいっていうのか」

「お前らこそ自分たちだけ生きてりゃいいのか」

妹子は剣を振り下ろした。

剣は男の鎖骨《さこつ》にめり込み、そのまま上の肋骨《ろっこつ》あたりで止まった。男の動きが停止する。血が飛び散った。

男は妹子を見た。肩を押さえて倒れる。

「人殺し」

息が漏れるようなかすかな声。地面に血が噴き出す。

妹子は首を振った。剣の血をぬぐう。

「ごめんよ。ここは狭い島なんだ」

秦王国の中心。秦河勝はいつものように庭に出て、せわしげに命令を飛ばしていた。

すぐに、たどり着いた蝦夷たち一行に気がついた。もてなしの笑《え》みを浮かべようとした河勝だが、兵士たちの血の飛び散った衣服を見て、全てを察したようだった。

苦い顔で妹子に言った。

「山の向こう側にも出ているのか」

妹子はあいまいにうなずいた。

「所領の農家が襲われたようでしたが」

「それが一番恐れていたことだったんだがな、なにしろ数が数だ。こちらとて交替で見張りを立てているが、流民全てを見張るというわけにもいかん」

蝦夷が不快げに割って入った。

「何だかわからんが、いくら大陸の者とて、先ほどのような乱暴狼籍《ろうぜき》を見逃《みのが》すわけにはいかん。さっさと処置した方がよくはないか」

「むろん乱暴狼籍などは許されぬ。そういうやつらは見つけ次第、処断する。しかしながら、他のやつらは大陸から命からがら逃げてきた流民だ。なるべくなら受け入れたいとは思っているのだ。とはいえ、わしのできることなどそう多くはない」

河勝は首を振った。

「とにかく毎朝、あっちの砂浜に飯を用意させておる。と言っても、できるのはせいぜい百人分が限界だがな。やつらはまだ千人はいるから全然足りん。特別な技能を持っているやつは、むろん率先《そっせん》してつねに受け入れておる。今もわしの部下が、昼夜兼行《けんこう》で面談を行っておる。鍛冶《かじ》や農耕の技など倭国にないものを持っているやつは、こちらから飛鳥に送り出せるよう手配は整っておる。ただつくづく感じるのは、こんなことを言っていいのか知らんが、向こうの特技を受け入れる素地《そじ》がまだわが国にない。そんなのが多過ぎる。この間など、孔子《こうし》の家系を千年はどもそらんじてみせるやつに会ったし、何だかわからんが、砂漠の動物の糞《ふん》から家を作れると言うやつもいた。みんな必死だろうが、倭国でそれをどうしろと言うのか。とにかく、このままでは使えるやつも食えないで崩れていくと思って、この間、砂浜に降りていって希望するやつは奴隷《どれい》でよければ受けつける、と触れを出させた。奴隷でも死ぬよりはましだろう。希望してきたやつは何百人もいたが、まともに使えそうなやつは半分もいなかった。そいつらをみんなそのまま伊予《いよ》や出雲《いずも》に送り出した。あと、流民にはほとんど女はいないが、希望する者は娼婢《しょうひ》として送るとも触れを出した」

蝦夷はうなずいた。

「で、まだ残っているのは、使えないやつばかりだというわけか」

「というか、希望しないやつだ。自分は漢民だという矜持《きょうじ》があって、奴隷などになりたくないが、飢えるのはいやだというやつ。そういうのが、一番始末《しまつ》に悪い」

「そういうやつらが集団で農家を襲っているのか」

「警備の裏をかいて毎日襲ってくる」

「まだ続くのか」

「いいや。大陸は統一され、粛清《しゆくせい》される者もされつくして、混乱はほぼ収まったようだ。新しい船はもう見ない。するとい、今残っているやつらは千人は超えるが、三千人はいないだろう。山の中に紛《まぎ》れ込んでしまったやつもそうとういるが、まあ二千人というところか」

「全員叩《たた》き殺すにしても三万人はいらんな」

蝦夷が言うと、河勝はいぶかしげな顔をした。

「何の話だ。飛鳥には、やつらのうち使えるやつを受け入れてもらおうと思ってはいるが、兵の手助けなどは頼むことはないぞ」

「するとお主《ぬし》は知らんのだな」

「だから何の話だ」

「厩戸皇子はどこにいる」


「何だと、厩戸皇子がいない。どういうことだ」

蘇我蝦夷が秦河勝に食ってかかった。

「現在、くまなく領地を捜させておる」

河勝はすまなそうな顔をしていた。しかし本心は、またやっかいごとをもたらした厩戸皇子に腹を立てていることは、顔色からも明白だった。

「しかし、あれがふらりといなくなってしまうのは、実は毎度の事なのだ。またふらりと戻って来るだろうと思っておった。何といっても、夜は勝手に寝床《ねどこ》に戻るからな。だが今晩、私の部下が寝所《しんじょ》をうかがったところ、もぬけの殻《から》だということが判明した。いつから行方知れずになっておるかは、今尋《たず》ねさせてはおるが」

「お前、それでも大皇からこの所領を任されておる者か。大皇のご子息《しそく》の行動すら把握《はあく》しておらぬのか」

「むろん厩戸皇子には、何人もの警護をつけておる。それこそ皇子の寝所にさえ、寝ずの番が交替でついておるくらいだ。しかし皇子は、そいつらをどうやってかは知らぬが、いつも巧《たく》みにまいてしまうのだ」

蝦夷は自分の鎧《よろい》を解き、部下に血のりをぬぐわせた。

「わかってはおると思うが、俺たちがそちの所領に来たというのも、あれのためだ。流民のことは任せておるのだし、朝鮮半島に動きがないとなれば、後はあいつを捕まえて帰るだけ。色々やることがあるとは思うが、頼んだぞ」

蝦夷は去った。

妹子はまだ血がぬぐえないような気分のまま、自分にあてがわれた部屋に行くと、隣からかすかだが、声が漏《も》れているのに気がついた。与えられた寝所は広間を小さく仕切った程度の部屋で、すき間風やら虫の声やらがにぎわしいほどだ。しかしながら漏れた声はすき間風よりも小さく、先ほどの戦闘の余韻《よいん》で神経が高ぶっていた妹子でなければ、聞き逃してしまっただろう。

詮索《せんさく》しようとは思わなかったが、その声につい耳を澄ませてしまった。漢語。

「天に在《ましま》すわれらの父よ。我々は願う。その名前が尊ばれますようにと」

妹子は悪いとは思いつつも、ついのぞき込んだ。奴隷のような身なりの男が、床に膝《ひざ》をついて祈っていた。

見覚えがあった。この前に来た時に、町の真ん中で倒れた大陸からの流民だ。

声が止まった。気取《けど》られてしまったようだ。振り返った。眼が、妹子を捕らえる。妹子は頭を下げた。

「すまない、邪魔する気はなかった」

「いいえ、こちらこそ眠りの妨《さまた》げになりましたら、すみません」

「いや、今ここに来たばかりだ。お前はさっきから祈っていたのか」

「他に何もすることがありません。何か彫《ほ》ろうかと思いましたが、小刀も取り上げられてしまいました」

そういえば、工作ができると言っていた。

「お前は河勝殿に助けられて、ここにいるのだな」

その男はうなずいた。

「はい。都の建築とか力仕事に役立てるだろうと。ありがたいことです」

確かに。他の流民たちがみんな飢《う》えている時に。

「お前、名前は」

「福利《ふくり》、といいます」

「私は小野妹子だ」

オノノイモコ。発音しにくそうだ。

「蘇因高《そいんこう》と呼んでもいい。こちらの方が本名かもしれん」

はい、蘇因高様。そう福利は言った。

「お前は何に向かって祈っている」

気になった。拷問《ごうもん》のようにはりつけられた人間。十字型の木の棒。

「神、イエスキリスト」

「その小さな木の棒が、神か」

福利は首を振った。

「これは、ろざりおと言います」

宗教に関わる言葉はよくわからない。ただ細かい彫刻《ちょうこく》だということはわかる。

「お前が彫ったのか」

きっと本国では有名な工人だったに違いない。こんな小さな島に流れ着かなかったら。

「はい」

「お前の神は、どうやら私たちの神とは違うようだ。とても人間に近い姿をしている。その神は祈りを聞き届けてくれる神なのか」

福利は黙った。

妹子は、しまったと思った。こんな傷ついた人間に、聞くべきではなかった。

妹子は立ち去ろうとした。けれど、その前に言った。

「朝になったら小刀を一つ届けさせよう。何か私のために彫ってくれる気はないか」

福利は初めて微笑《ほほえ》み、しっかりうなずいた。

その時、声がした。

「小野妹子、どこだ」

蘇我蝦夷が駆け込んできた。

「何ですか」

「河勝は明日にしろと言ったが、俺はもう待てねぇ。今晩中にあの厄介者《やっかいもの》を捕まえて縛《しば》りつけとこうぜ」

「見つかったのですか」

「いいや。だけどお前、犬上襷《いぬがみたすき》ってやつを知っているか」

妹子は蝦夷について広間の方に行った。かわいそうに、犬上襷少年は大勢の兵士に囲まれた中に、一人座らされていた。別に裁きの場ではないというものの、年若い身にとっては、まるで罪を犯したような気になっているはず。

蝦夷は進み出ながら妹子に聞いた。

「こいつが犬上襷っていうやつか」

「そうです。前に来た時は私の案内をしていました」

「まだガキだな。大した企《たくら》みなんてできそうにもねぇな」

蝦夷は少年の前に出て断じた。

「俺は蘇我蝦夷だ。名前くらいは知っているだろう」

犬上少年は黙ってうなずく。今にも震《ふる》え出しそうなのを、何とか抑えているようだ。

「少し聞きたいことがある。言っとくがうそをついたり、下手《へた》なごまかしをしようとしたら、どうなるかわかっているだろうな」

襷は答えない。顔がひきつって答えられないのだ。

「簡単だ。一言《ひとこと》で答えろ。やつはどこだ」

襷の唇《くちびる》が開きそうになった。それは妙なひきつれを残したまま閉じられた。

「厩戸皇子、別名たわけ野郎はどこにいる」

答えはない。襷は固まってしまっていた。

「何か言え」

鞭《むち》がうなるような言《げん》。深夜の木造の広間に痛いぐらいに響く。さすが支配者の息子。だてに父親の血を引いてはいない。

「し、知りません」

ようやく言葉を出した少年。

「面白いとぼけ方だな。もう少し話が続くようにしゃべれよ。話し方を知らないか。それじゃたとえばこういうことだ。俺が他の兵に聞いた話では」

厩戸皇子を見張っていたのは四人。厩戸皇子はひたすら単独行動を好み、誰であろうと他人がついてくるのを嫌った。それは、頼み込んで屋敷に置いてもらっているはずの秦河勝であろうと同じことだ。皇子の安全が保てないといくら説得しても無駄《むだ》。説得すること自体を嫌って、どこかに飛び出していってしまう。従って皇子の護衛部隊は遠巻きにして後をつけるしかなかった。

襷少年が今日の護衛班に選ばれたのは単なる順番だ。さすがに秦王国領内は河勝の支配が行き渡っているだけあって、治安は良い。飛鳥や他の大和《やまと》地方のように豪族崩れがやたら刀を振り回すということは、この地では決して起こらない。だから少年でも、皇子を見張ってさえいれば良いのだから務まるのだ。

とはいっても、最近は流民が町にまで流入し出して、それが不安と言えないこともなかった。護衛隊は適度に厩戸皇子から距離を取りつつ、近くに流民がいないかどうかにまで気を配らなければならず、そうたやすい務めではなかった。

その日、厩戸皇子は朝鮮人町の方へとふらふら歩いていった。それは別名鉄鋼の町で、あちこちで火が焚《た》かれ、刀や鎧がいぶされていた。黒い煙が天高くのぼり、日中の温度は他よりも高い。町の四隅《よすみ》に鉄を打つ音が響きわたる。家も錆《さ》び色がしみついて黒くすすけている。しかもそういった家々が整理もされず、ごちゃごちゃとどこまでも続いているのだ。そこは、黒い煙に被《おお》われた迷路といってよかった。

兵が舌打ちした。

「ここに入られたら、距離を取ることはもうできぬ」

「数歩内に近寄らねば何も見えぬぞ」

兵は襷少年に言った。

「お前が張りつけ。お前は新参だ。まだ顔を覚えられてはいまい。わしたちは路地《ろじ》の出口を張る。出口は一つしかないのだし、それよりも路地の奥に流民たちがいないかの方が心配だ」

　欅はうなずき、厩戸皇子を追いかけた。

「しかし、それからいつまで経っても、皇子は出口に現れなかった。そのままやつは朝鮮人町の中で消えてしまったのさ。兵たちの言葉は見事に一致している」

　蘇我蝦夷は欅を指差した。

「お前が最後にやつを見た。というより、ずっとやつのそばにいた」

「見失いました。知りません」

「それはないんだな。鍛冶屋が一人見ていた。お前と厩戸皇子が何かしゃべっていたとな」

　黙る少年。

「お前は厩戸皇子をつけていたんじゃない。やつと何をしゃべっていた」

　欅は首を振った。

「しゃべっていません。向こうがうそをついているんです」

「そんなことをしても鍛冶屋に何の得もない。観念しろ。正直に言えばよし。うそをついたら、事はお前だけではすまない」

襷はまた黙った。しばらくして、唇が開いたその時だった。

秦河勝が現れた。

「このような夜中に、いかに蘇我臣《おみ》とはいえど、私の部下を勝手に尋問《じんもん》するとは無《ぶ》礼《れい》ではないか」

河勝もずっと働き詰めで寝ていないのだろう。動きが鈍《にぶ》く、目の下が黒くなっていた。それでも、言葉は重く広間に響く。

蝦夷は一瞬ひるんだが、もうやってしまったことだ。開き直ったのか、まくしたてた。

「無礼も何も、俺たちがここにわざわざ旅をしてきたのは厩戸皇子のためであって、他の何のためでもない。お前が自分の所領で見失うなんてことをしでかしたから、俺がこんなことまでしてるんじゃないか。それじゃ、代わりにこいつから聞きだしてくれよ」

妹子まで背筋《せすじ》が寒くなるような、すごい挑発だった。さすがの河勝も怒りを見せたが、そこは年長者。ゆっくりと襷少年に向き直り、聞いた。

「お前、厩戸皇子の居所《いどころ》を知っているか」

襷少年は首を振った。

「知りません。何も知りません。あの人をつけていて、本当に見失ってしまったんです」

河勝は顔を上げた。

「こいつもこう言っておる。蘇我臣、今夜はもうこれで」

蝦夷は首を振った。

「だめだね。こいつは皇子と何かしゃべっているんだ。まずそれを言え」

「しゃべってません。何かの見間違えです」

襷は激しく言った。妹子はこの時はじめて、おやと思った。今まで半信半疑《はんしんはんぎ》だったが、今の少年の言は、強過ぎた。

妹子は反射的に聞いていた。

「お前は、厩戸皇子をかばっているのか」

襷は一瞬何を聞かれたか、わからなかったらしい。

「いいえ全然。そんなつもりは」

「じゃ、何をしゃべっていたかくらい、言ってもいいと思うが」

少年はまた黙った。それから床に伏《ふ》せて、叫んだ。

「知りません。私を怠慢《たいまん》で罰するなら罰して下さい。本当に見失ったんです」

そのとたん、笑い出す蝦夷。

「聡耳《とみみ》だな」

全員が瞬間、動きを止めた。妹子もわけがわからなかった。河勝も蝦夷が何を笑っているのか、いぶかっているようだ。それに構わず蝦夷はあたりをちらと見る。

「秦河勝殿。この周りにお主の配下はどれくらいおる」

「警備のことか。むろん十分な数を」

「下がらせろ」

「なにっ」

「警備を解けと言っているのではない。こちらの話が聞こえない位置まで下がらせろ」

河勝はあたりを見た。

「その必要はない。みな信頼の置ける者で、何を聞いても他に漏らす気づかいは一切ない」

「お主に必要がなくても、こちらにはある。それがわからんか」

妹子はますますわけがわからなくなった。蝦夷は何を言いたいのか。しかし部下を信頼できぬと言われたも同然の河勝に、緊張が走ったのも事実だ。

構わず蝦夷は笑いながら続ける。

「不審に思うのも無理はなかろう。いきなりやって来たこの若造の俺が、全て見抜いているみたいなことを言うのだからな。だがな、飛鳥に長くいて、ずっとあいつに悩まされればわかる」

「蘇我臣、わしにはさっぱりわからんが」

河勝はそれでも部下たちを下がらせた。

「言う通りにしたぞ」

「それでは今一つ、河勝殿。一つ約定《やくじょう》していただきたい」

蝦夷は襷少年を指差した。

「これからこの小童《こわっぱ》が何をしゃべろうと、一切他言無用。そればかりか、いかなる罪にも問うな。何もなかったことにしていただきたい」

「こいつが罪を吐《は》くと言うのか。どうしてそのようなことが」

「厩戸皇子が通る時、あやつが関わる時、飛鳥では必ず起こること。何度でも通った道。だから実は簡単。罪に問わなければ良い」

河勝は蝦夷をじっと見た。

「この所領にいながら、わしはあやつのことを全然知らなかった。ありていに言えば、うつけの厄介者だと思って構いもしなかった。事実は違ったようだ。良かろう。約定しよう」

蝦夷は襷少年のそばに寄った。

「そういうわけだ。お前がどんな罪を犯していようと、今回は罪に問わない。ここで何をしゃべろうと、他の者に聞かれる心配もない。さあ言うがいい。お前は厩戸皇子に、どんな取り引きをもちかけられた」

犬上襷は顔を上げた。泣き出した。

「どうしてそんなことまで、わかってしまうんですか」

「言ったばかりだ。俺はあいつとは、長いんだ。俺だってあいつと、取り引きをしたことがある。そう言えば、わかるだろう」

襷少年は床に伏して泣いた。そして叫んだ。

「ごめんなさい、ごめんなさい。僕は、食べ物を自分の村に」

河勝が言った。

「流民に配る食べ物か」

「ごめんなさい。あいつら僕の兄弟の村を襲ったんだ。妹たちも、畑を荒らされて自分たちの食べ物もないいんだ。なのに、どうしてあいつらに食べ物をやるんだって。僕たちだってずっとお腹《なか》をすかせているのに。だから」

「そう言えば、お前は少し前まで配達の役を担《にな》っていたな」

「ごめんなさい。少しだけならわからないと思って。本当に少しだけだけど配った」

蝦夷は笑っている。全てが予想通りだったからだろうか。

「お前は厩戸皇子をつけていたつもりが、いきなり話しかけられたわけだな。そのことをばらす。秦河勝にばらす。みんなにばらす。そう言われたのだな」

「はい。いきなり背中を向けたまま。僕がつけていたのまで知っていたみたいに」

妹子は思わず叫んだ。

「どうしてそんなことを、あの皇子が知っているのだ」

「それが、厩戸皇子だ。耳が聡い。気がつけば、全て知られている」

妹子は、はじめてぞっとした。聡耳。そういう意味なのか。

「それであやつは、今どこだ」

襷少年は顔を上げて、首を振った。

「それは本当に知らないのです」

「あいつは他に何か言っていたか」

「何も」

「それはあり得んな」

蝦夷が言ったが、それは妹子も同感だった。厩戸皇子は三万の兵を要請している。ということは、それだけの規模の軍が来るのを待つ必要があったはず。兵がもし本当にやって来た時に、行方をくらましているなどということは、あり得ないだろう。から騒ぎを起こすためだけに、使者を送ったのでもない限り。

ただ話を聞いている限り、正体不明の皇子はそういうことをしそうでもある。

襷は必死に思い出していた。言葉を紡《つむ》ぎだす。

「あの皇子が言ったことは、それだけです。自分をしばらく見なかったことにしたした方がいいだろう。そうすれば、流民にやる食べ物を、お前が黙って少しちょうだいしたことをなかったことにできるだろう」

「では、それならそれで良い。その後、厩戸はどっちの方に消えた」

「北に」

蝦夷は河勝を振り返った。

「鍛冶屋町の北には何がある」

「何を言っている。ここではないか。この屋敷だ。間に川はあるがな。他に何もない。厩戸皇子はここに舞い戻ってきた、とでも言うのか。誰も見ておらぬぞ」

一瞬全員が黙った。

謎。

妹子が叫んだ。

「この屋敷には、あの者たちは」

「何だ。誰だ」

「琉球からの急使です」

どよめき。全員が一斉に、ため息とも叫びともつかぬ声を発したのだ。河勝があたりを見た。しかし部下は、今自分で追い払ったばかりだ。そこで襷少年に叫んだ。

「見てこい。琉球の者は部屋にまだいるか」

襷少年が飛び上がるように駆けて行った。蝦夷は河勝を見た。それから小野妹子を見た。無言だった。沈黙に耐えられないくらい空気が重かった。妹子は口を開いた。

「まさか、厩戸皇子は」

河勝は一人で静かにうなずいた。

「兵士三万」

「そんなバカな」

妹子が叫んだが、蝦夷は見たことがないほど青ざめていた。

「とんでもないことをするのが、やつだ。やつでなければ、こんな流民だらけの町で兵の目をくらまして、たった一人で消えるわけがない」

襷少年が走り戻ってきた。

「琉球の使者たち、全員、消えています。一体いつから」

河勝は天を仰《あお》いだ。

「厩戸皇子は、隋《ずい》と戦う気だ」

蘇我蝦夷は夜明けも待たずに、使者を飛鳥に飛ばした。

「父上に告げよ。厩戸皇子はもう琉球に向かっている」

「厩戸を、止めねばならない」

河勝が言う。ついに厩戸皇子、呼び捨て。小野妹子は眠い頭で、何でこんな変な名前なのだろうかと、また考えてしまった。馬小屋。馬屋の戸。

「当たり前だ。やつの動き次第では、本当に倭国と隋が戦争になってしまう。今の倭国には、そんな余裕などない。任那のことならともかく、何でそんなはるか南の島のことで隋ともめねばならんのだ」

「それ以前の問題だ。倭国ではどう逆立《さかだ》ちしたって、あの隋に勝てやせんよ」

「俺が追いかけるしかない」

蝦夷が言った。妹子を見た。

「もちろんお前もだ」

妹子は戸惑《とまど》った。

「私が琉球に行って、何ができるというわけでもないですが」

「バカか、お前は。俺たちはどうしたって、厩戸を連れて帰らなければならんのだ。俺がこのまま帰ったら刀自古姉と父上に責めを受ける。やつをおめおめと逃がしてしまったからだ。ただ俺は絞《しぼ》られるだけだが、お前はそうはいかんぞ。お前は最悪、父上に殺されるだろう。口を封じるため。そうでなければ、全ての失態《しったい》を下級豪族のお前に押しかぶせて、厩戸のしでかしたことを隠す。事が倭国と隋の関係にまでなってしまったら、そうでもしない限り収まらんだろう」

妹子は固まった。そんなばかな。

「だから俺は情けで言ってやるんだ。一緒に来て厩戸を捕まえろ。そうすればお前の首はつながる。ただし、それはあくまで、あのたわけが何かことをしでかす前でなけりゃならん」

波は静かだ。一行は秦王国の所領にある大きな港から直接出発した。

船にはもう一人、乗っていた。

犬上襷少年だ。秦河勝に、涙ながらに頼み込んで乗せてもらったらしい。

「汚名《おめい》をそそぐためにも、ぜひ自分で厩戸皇子を捕まえさせて下さい」

もしまた厩戸が何かいやなことを言ってきたらどうする。河勝は聞いたらしい。

「もう決して迷いは致しません。どんなに身内の恥になろうとも、もはや皇子の言うことに耳を傾けることは致しません」

河勝は承知した。というより、襷少年をどう扱ったらいいか困ったのだろう。蘇我蝦夷との約定で罰することはできず、かといって、与えるべき新しい仕事もない。結局、兵に混ぜて船に乗り込ませた。

襷少年は、船の中でも自分の中に閉じこもっている。心なしかわずかに残る脂肪《しぼう》もそがれ、さらに痩《や》せたようだ。船の仕事を覚えながら、暇を見つけては兵たちと剣戟《けんげき》の練習をしている。

「あいつは、厩戸を殺すつもりなのか」

蝦夷がある時、妹子にささやいた。

「まさか」

妹子は答えた。もし少年が皇子に手をかけることなどしたら、というかその様子を見せただけで、事は彼だけではなく君主の河勝にまで及ぶ。それがわからない襷ではなかろう。

船は良い風を受けて九州沿岸を抜け、薩摩《さつま》海峡に出た。琉球への旅は目標が見えない。途中にある点々とした島を手がかりに、風と太陽を頼りに進む。幸いにも薩摩の南には種子島《たねがしま》、屋久島《やくしま》という比較的大きな島がある。船はまずそちらに向かう。

ひたすら青い空と、どちらかというと白っぽい緑の海。その重なるところが地平線だ。海は空と違って単一色ではなく、船に近いところから黒く深みを増している。

最初は地平線の端《はし》の方に僅《わず》かな汚れとしか見えなかった小さな島が、みるみる大きさを増していく。妹子には、それが屋久島なのか、種子島なのかは良くわからない。船は一晩を経て、島にたどり着いた。少し休憩を取って、すぐにまた船出だという。

島は緑でいっぱいだったが、動物は見なかった。大きな動物がいないのだろう。人々は裸足で粗末《そまつ》な衣服、村も小さかった。魚を捕るか、薩摩と交易《こうえき》するかしか、生活の糧《かて》がない島だ。男たちに蝦夷は、厩戸皇子たちのことを聞いた。

男たちは答えた。一日前、すごい勢いで島を通り過ぎていった船を見たという。あれはきっと琉球の船だ。

「一日か」

こちらは百人以上が乗れる大きな船だ。ひょっとしたら追いつけるか。蝦夷はそう言った。船乗りたちは、そう簡単ではないと言う。

「潮の流れが逆なんです」

琉球から九州に向かって、太平洋の潮流は流れている。向こうから来ることはたやすくても、こちらから琉球に向かうのは熟練した腕が必要だ。ただでさえ流れに逆行しているのだから、一日の後《おく》れを取り戻すことは容易ではないということだ。

船はまた出発した。

妹子は船乗りに聞いた。

「琉球も今の島と同じような小さな島か」

「琉球はもう少し大きいです。でも九州に比べれば全然小さいです。ただちゃんと国があって王がいます。といっても、いくつもの酋長《しゅうちょう》が代表して選んでいるだけですけど」

船はもはや寄港することはない。天気も上々だ。小さな島々を目印に進みながら昼と夜を交互に迎える。

もはや目立つような大きな島は見えず、時折通り過ぎても、それが本当に島なのか、それとも珊瑚礁《さんごしょう》に過ぎないのかもわからなくなってきていた。

天気さえ良ければ海の上は単調で、船に当たる波の音もひたすら規則的だった。つねに忙しく立ち働いているのは、航路が正しいかどうかを気にしている船乗りたちだけになっていた。

そして船の上で数日がたち、妹子がまた単調な一日を迎えようとしていた頃だった。

「蘇因高様、できました」

福利だった。眼の前に彫刻を差し出した。

妹子は完全に忘れていた。そういえば、福利は舟を漕ぐための水夫《かこ》として、この船に他の兵たちと一緒に乗り込まされていたのだった。

蘇我蝦夷は、秦河勝が大陸からの流民を乗せるというのでいやな顔をしていたが、何しろ舟を漕ぐ人間は必要だ。それに福利を始めとする一部の流民は、職が与えられるならば、倭国に対して忠実だった。もちろん福利たちが、倭国の望む技術を持っていることも大きいだろうが。

妹子が小刀を手渡した時、神の母の像を造るとか言っていた。船の中でもずっと続けていたらしい。

妹子は見た。それは女性像だった。いかにも母親らしい暖かさと愛情が、その丸い柔らかい像からにじみ出ていた。

「母まりあです」

妹子は仏像を連想してしまった。観音像にも、どこかこういった暖かい母性的なものを感じたことを思い出したからだ。

妹子は聞いた。

「この母まりあというのは、神ではないのだな」

「神の母です」

「しかし神というのは、お前がせんだって作った、十字型の木にはりつけられた男を指すのだろう」

「神、いえすきりすとです」

「もしよければ、お前の神について教えてくれないか。お前の神を信仰しようというのではないが、敵対する者ではない」

小野妹子自身は他の豪族たち同様、先祖伝来の神のご利益《りやく》を信じている。今の言葉で言えば神道《しんとう》だが、そんな体系的なものではなかった。朝廷がいかに仏教政策を推し進めようと、豪族たちがそんな簡単に伝統を捨てられるはずもないのだ。

福利は少し考えていた。

「私なんかがうまく説けるかどうかわかりませんが、他ならぬ蘇因高様です。できる限りお教えしましょう。十字架にかけられて死んだ者は、ナザレのイエスと言いまして、母マリアから人間の肉体を持って生まれてきました。生まれはユダヤのベツレヘムという場所の、馬小屋で」

「え、今何と言った」

その時だった。大声がした。

「島が見えたぞー」

王夷邪久《いやく》大皇《おおきみ》よりの船を歓待し廐戸皇子《うまやどのおうじ》琉球《りゅうきゅう》にて使いを笑う

琉球《りゅうきゅう》の本島ばかりは、今まで通り過ぎてきた島々や珊瑚礁《さんごしょう》とは違った。というより、そういった海の上のかすかに浮かぶような土塊《つちくれ》をずっと眺めてきた小野妹子《おののいもこ》にとっては、そうとう大きく見えた。

船から陸地を眺めれば、そこは今まで通り過ぎてきた島々と同じく、椰子《やし》の木、広く高く生《お》い茂った草花、そしてやたらと太くて変形した杉の木など、明らかに九州とは違う。南の島だ。妹子が過去に見たこともない、熱帯の景観が広がっていた。

船乗りたちは琉球の北岸を横目に見ながら島を大きく回り、いつでも着岸態勢に入れるように、徐々に船を岸に寄せつつ進んでいった。だから妹子は船の甲板《かんぱん》にしがみつくようにして、この異様な大きな南の島をずっと眺めていることができた。所々、島の人間たちが船で沖に漕ぎ出している。人間も多く住んでいるらしい。ここから船はごつごつとした岩の間を抜け、波を感じさせない湾に入っていった。

ら海の臭《にお》いに陸地の臭いが混じっていく。それは熱帯の森が作る腐敗《ふはい》した臭いであり、そこに暮らしている人間の臭いであろう。おなじみの錆び臭《くさ》くすっぱい体臭《たいしゅう》だった。それが熱帯の濃密な空気によって饐《す》えた状態にされ、港にもしみついているのだ。

見ていると、船が近づいた段階で港には多くの人間たちが集まってきていた。大半は上半身をさらし、裸足《はだし》で筋肉ばかりが目立つ屈強《くつきよう》な男たちだった。これがこの島の守備兵なのだろうか。倭国《わこく》と違って、兵が手にしているのは太いこん棒であり、背中に弓を背負っている者は、ごく僅《わず》かしかいなかった。

船は着岸した。久しぶりの陸地であり、ようやく着いた目的地だった。

蘇我蝦夷《そがのえみし》は部下に、船の中から呼びかけさせた。

「我々は倭国大皇《おおきみ》の代理であり、交渉使節として参った。害意はない。この島の代表にお取り次ぎ願いたい」

男たちの中から一人が進み出た。筋肉はなさそうだったが、白い、それなりの服をまとっている。一応、地位のある男らしい。ただし衣服は一枚布で、倭国で言えば、豪族に仕える侍従《じじゅう》のような服だ。その男が言った。

「わが首長は長らくお待ちでした。どうぞ、お降り下さい。島をあげて歓待《かんたい》致します」

蝦夷が砂浜を歩き、前に進み出た。

「我こそは倭国大臣《おおおみ》蘇我家の蝦夷という者だ。聞きたいことがある」

服を着た男は先に立って歩いていたが、かすかに振り返った。

「話は王宮に行き、直接琉球王にお聞きなされるが良かろう」


王宮というからには、どんな壮大な建物かと思ったが、妹子は少し唖然《あぜん》とした。りっぱな木材を使って頑丈《がんじょう》にしつらえられているが、飛鳥宮《あすかのみや》に比べて全然小さい。途中にみすぼらしい葉っぱの小屋を幾《いく》つも見て来たから、そういう家に住んでいる人々にとっては、そこは宮殿には違いない。しかし飛鳥に住んでいる人間にとっては、琉球王宮殿は蘇我馬子《うまこ》の御殿よりも小さい。どころか大和《やまと》豪族のかなりの者が、ここよりは豪勢な家に住んでいるのではないだろうか、と思えるくらいのものだった。妹子の家より少しいい、という程度のものだった。

ただ、屋敷は何重もの堀によって守られていた。村全体が浅い堀で仕切られ、中ほどにそれなりに深い堀が作られている。最初は小さな村だったのが、人口の増加につれて広がっていったのだろう。王宮の周りは頑丈な柵《さく》、そしてどこよりも広く深い堀が造成されていた。

蘇我蝦夷がうそぶいた。

「まるで何百年か、時を戻したみたいだぜ」

そう言われてみれば妹子も、昔の倭国人は村ごとに堀を築いて外敵から身を守って暮らしていた、と聞いたのを思い出した。

「皇子はこんなところに、何しに来たんでしょうか」

「知るか。それに隋《ずい》は本当にこんなところを占領しに来るのか」

妹子は思わず、琉球の人々が聞いていないかとあたりを見回していた。幸いにも声は届いていないようだったが、蝦夷はこの調子でどんなことを言い出すかもわからない。妹子は口を閉じることにした。

とりあえず代表数人だけ来られるように、と声がかかった。蝦夷は振り返って兵士二人を指した。

「お前ら二人で俺の護衛に立て。それとひょっとしたら言葉の問題が起きるかもしれん。妹子、お前だけ一緒に来い。残りは待機だ」

魚の臭いが充満した宮殿の奥まで入ると、壇《だん》が一段高くなったところに、多分椅《い》子《す》らしい木の枠がしつらえてあった。

妹子たちは少し待たされたが、しばらくすると、頭に何か鳥の羽らしい飾り物をかぶった男を中心に、珍しく鉄製の武器を持った数人の男たちが高いところに現れた。

「遠方《えんぽう》をようこそ。われが琉球王、夷邪久《いやく》である」

若い。といっても二十歳は越えて、三十には届いていないといったところか。倭国の大皇と違い、武器を携行《けいこう》し筋肉もたくましい。もし部下なしで一対一で勝負したら、こいつには勝てないのではないかという迫力があった。琉球の王は倭国と違い、実力で決まるらしい。

蝦夷は形式的に頭を下げた。

「倭国代表として参りました。蘇我家の蝦夷と申します。琉球王に至ってはますますご健勝の極み、倭国共々喜びに浸《ひた》っております」

さっきまでの言《げん》と全く違う。さすが蘇我家の者だ。妹子は見直してしまった。夷邪久は軽くうなずいた。

「我々こそ、距離こそ遠く離れてはいても、倭国なしでは一日とて生き続けていくことはできぬ。倭国大皇と、特にご懇意《こんい》にしていただいている秦河勝《はたかわかつ》殿に厚く感謝を差し上げる」

「畏《おそ》れ多くも承《うけたまわ》ります」

「聞いたところ、百名ばかりで急いで駆けつけてくれたそうだが」

「はっ。実はこちらの火急《かきゅう》の用、まことに畏れ多くも承っていただきたく存じ上げます」

「何を言う。琉球と倭国の仲ではないか」

「はっ。それでは、実は我らより先に一名、倭国の皇族がこちらに、誠に勝手ながら入国しておりますかどうか」

夷邪久は一瞬黙った。

「あの男か。自らを慧思《えし》の生まれ変わりと申すあの男、皇族か」

蝦夷と妹子は顔を見合わせた。やはり来ていた。

「なるほど。皇族ならばわかる。一万の軍勢がもうすぐ駆けつけてくれる、と言いおった。そちらに聞くが、それはまことか」

蝦夷は黙った。

「倭国は琉球のこの危機に際して、援軍を寄せてくれるというのは確かなのか」

蝦夷は答えられない。めったなことを言えば、言質《げんち》を取られたことになってしまうから。代わりに妹子が口を出した。

「飛鳥の民《たみ》、小野臣《おみ》妹子と申します。実は倭国は、まだ琉球がどれほど危機にあるかを理解しつくしてはおりませぬ。といいますのも、そちらに先についた皇族が十分な事態を周りに説《と》かぬまま旅立ってしまいましたもので、一万の援軍を大皇に認めさせるための材料には足りませぬ」

「とすると、援軍の兵はまだ向かってくれてはいないということか」

「まことに遺憾《いかん》ながら、我々が返事を持ち帰らない限りは、援軍はありませぬ」

琉球王夷邪久はしばらく黙っていた。蝦夷が口を開いた。

「それで、わが皇子は今どこに」

「客室にて、もてなしを受けているはずだ。ただ援軍がまだだというのは、まことに残念な話だ。私からも、とくと頼む。一万とは言わぬ。その半分でも兵を貸してはくれないか」

また蝦夷は黙った。妹子は否定と取られては会話が苦しくなると思い、質問で返した。

「秦河勝殿によれば、この島を隋国が狙っているという話でしたが、それは本当なのですか」

「本当である。最初に隋国、楊広《ようこう》の使者という者が現れたのは、一年近く前のことになる。彼等《かれら》が言うには、――おい、何と言ったか覚えているか」

王は隣の白い服の男に聞いた。侍従はそらんじてみせた。

「『我は隋国皇帝の使いにして、南方陳《ちん》王国司令官楊広の旗下《きか》羽騎尉《うきい》、朱寛《しゅかん》である。皇帝の恩恵《おんけい》は、広くこの島にも届いておるはずだ。感謝の印《しるし》を賜りたい。まずは気持ちとして、金や他の産物もない島のことであるから奴隷《どれい》でよろしい。奴隷二万人を、感謝の書状と共に差し出すように』、こうでありました」

「奴隷二万人」

妹子の驚きの声に、琉球王はうなずいた。

「一体そんな無理な要求をして、隋はどういうつもりなんでしょうか」

妹子が言うと、王ではなく白い衣服の男の方が答えた。

「向こうは最初から話をする気がないのでしょう。この島をいただくために、無理難題を押しつけておるのでしょう」

王はまたうなずいた。

「それで、どうなりました」

「次には攻めると言ってきた。つまり、やつらは近く軍団を率《ひき》いて、この島に寄せてくる」

「冗談じゃねえぜ。そんなのにまき込まれてたまるかって言うの。早いところ厩戸を捕まえて、こんな島ずらかろうぜ」

王宮を出るやいなや、蘇我蝦夷がささやいてきた。

「兵士たちの武器を見たか。ここには鉄がない。せいぜい硬い木材だ。悪くすると石。倭国でも軽く占領できる。隋兵が大挙して来たら、ひとたまりもねぇよ。どう考えたって、やつらが来た時に俺たちがここにいるわけにはいかねぇ。隋兵が占領した地に倭国の兵がいてみろ。やつら喜び勇んで倭国に因縁《いんねん》をふっかけてくるぜ。皇族の厩戸がいてもいけないし、俺がここにいてもいけない」

「しかし厩戸皇子は、本気で琉球を応援して隋と戦うつもりなのですか。三万の兵で」

「そんなこと考える暇《ひま》があったら、さっさとやつを見つけろって言うの」

王宮にいる白い服をつけた男たちに客人はどこかを尋《たず》ねたところ、倭国の家よりはみすぼらしいが、この地ではそれなりの、高床式《たかゆか》の御殿を指し示してくれた。

妹子と蝦夷はそれこそ走り出していた。こうしている間にも隋軍は迫っている。急いで逃げ出さなければ、無関係ではいられなくなってしまう。

御殿の入口の門番に叫ぶ。

「厩戸皇子は」

「山に登られました」

こん棒を持っただけの門番は、平然と言う。

蝦夷がつかみかからんばかりにまた叫ぶ。

「たった一人でか」

「この島は、泥棒追いはぎの類《たぐい》はめったに出ません。王の治世が行きわたっております」

「そういう問題じゃない。おい、どっちの山だ」

　蝦夷は妹子を振り返った。

「手分けして捜すぞ。一刻も早くやつを捕まえて、二度とふらふらできないように足を切り落としてやる」

　妹子は少し黙っていた。

「ところで蝦夷殿、全然関係ないですが、聞きたいことが」

「何だ」

「蝦夷殿は知っていますか。厩戸皇子の名。どうして厩戸というのですか」

「知らなかったのか」

「だから不思議に思っています。馬小屋とはどういう意味ですか」

「決まっているではないか。やつは馬小屋で生まれたのだ」


　小野妹子は、三人で熱帯の草木が生い茂る山に分け入っていた。それぞれ数人ずつで山狩りを行い、厩戸を見つけたら一人が伝令に走る、ということになった。

　妹子の供は福利《ふくり》、そして犬上襷《いぬがみたすき》だ。福利の方は妹子でなければ会話がうまく行かないし、襷少年は兵の中でも孤立していた。仕事の合間に剣の練習をする他は、ほとんど周りと口を利《き》かないからだ。

今度の山狩りでもうまく仲間に入れず、妹子が声をかけてこういう組合せになった。

琉球に着いたのは今朝方なのに、すでに色々なことがあり過ぎて、もう何日も経っているかのような感じだ。

久しぶりに近くで見る襷少年は、筋肉はついたもののますます痩《や》せ細っている。南国の種々雑多な草をかき分けて進みつつ、妹子は聞いた。

「厩戸皇子に会った時にわかるよう、風体《ふうてい》など教えてほしい」

少年は少し意外な顔をした。

「会われなかったですか」

「なかったはずだが」

「顔は見た、と思いました」

「河勝殿の領地で、大勢の中に顔くらいは見たかもしれん。しかし厩戸皇子とは正式に会ったことはなかったはず」

「そうですね。でも会えばわかります。見間違えようはありません。遠くで見たってわかります。変なやつです」

それはそうだろう。とはいっても、次の大皇になるかもしれない皇子が、変なやつか。確かに妹子が知っている限り、大皇になるやつに、すばらしいなどという評判が立った者がいたためしはない。少なくともここ数代。

罪を犯してしまったという意識のせいか。草を踏みしめるように山を登っていく襷少年は、険しい顔をしている。妹子はひょっとして、厩戸皇子を話題にすることで彼の傷にふれたのではないかと思ってしまった。次の質問も飲み込んでしまった。実はなぜその厩戸が、こんな南の島に来たのか知ろうと思ったのだが。

しばらく草木を踏みしめ、低い枝をかき分ける音だけが響いた。葉よりも幹が強く、冬を越すために引き締まった倭国の森を見慣れている妹子にとっては、この山の、やたら葉の生い茂った森はどうにも苦労する。それに枝かと思えば蛇《へび》だったり、いきなり葉の陰から昆虫の大群がわさわさと飛び出す。

妹子は気分を変えるために話しかけた。今度は福利だ。ちょっと今は少年の方には口を開けなかった。

「船の中で聞きかけた、お前の神についてだが」

「イエス・キリスト様のことですか」

「馬小屋で生まれたことまでは聞いた」

「彼は神の子供です。父親は天にいる神様です。彼は教えを説きました。神について語りました」

「しかし母親がいるということは、人間として生まれたわけだな」

「はい。人間の肉体を持って生まれ、神であるのに人間の中に混ざって生きました」

妹子は首をかしげた。

「もう一つよくわからないのは、お前が作ったそのイエスという人間の像だが、あれはまるで死んでいるような姿だな」

「はい、彼は処刑されました」

「なにっ」

「異教徒の手にかかり、十字架に磔《はりつけ》にされて死んだのです。それがあの姿です。それ以来私たちキリスト教徒は、あの姿をかたどって色々なものを作ります」

「なぜ殺されたのだ。何の罪で」

「彼に罪はありません。私たち全員の罪を引き受けて死んだのです」

妹子は少し黙った。それから言った。

「それが、神か」

「はい」

「罪なくして死んだ人間が、お前の神か」

「彼は世界の終わりに復活します。私たちキリスト教徒は、それを待って」

と、その瞬間。

がさっ。何か音がした。

妹子は見た。左。灌木《かんぼく》が生い茂って何かわからない。それぞれ耳を澄ませた。もう一度音。

「誰かいるのか」

妹子が叫ぶ。返事なし。代わりにもう一度音が聞こえて来た。バシッ。何かを打つ音。空気を切る音。

これと同じ場面を前に見たことがある。妹子はそんな気がしてならなかった。熱帯のよどんだ空気が引き裂かれるひゅんという音。そして枝がはぜる音。バシッ。どこだったか。絶対この光景を知っている。近い過去だ。これと同じ景色を。

漢語の叫び。

「うるさいっ」

思い出した。とたん光景が開けた。

少し小高くなった丘の上。

一人の人間がいた。

髪はざんばら髪。ひげも伸びている。顔は髪が隠してよくわからない。服はあちこちの枝か、とがった熱帯の葉が切り裂いてぼろぼろ。

痩せている。とがり気味のあばらが破れた服の間からのぞいている。ヤブ蚊《か》などが必死にまとわりつこうとしているが、全然構う様子はなし。

彼は右手に鞭《むち》を持っていた。乗馬鞭だろう。風体に似合わず、良く使い込まれた感じのする上質の鞭だ。そしてその鞭で、あたりの熱帯林を所構わず叩いていた。

時々そいつは叫ぶ。

「うるさいっ」

押し出すように言葉を吐《は》きだす。さっきは漢語。今は朝鮮語。

また叫ぶ。今度は皆目《かいもく》見当がつかない言葉。でも、きっと言っている意味は一緒なのだろう。うるさいっ。

バチッ。

小野妹子は硬直《こうちょく》した。光景が重なった。

なぜこいつがここにいるのか。九州にいたのが。合理的な答えはたった一つしかない。信じられない。

妹子は口を開いた。声が震《ふる》えてしまった。

「まさか、この男が」

犬上襷に声をかけたつもりだった。しかし森の真ん中で鞭を振るっていた男は、いきなり振り返った。鞭がひゅんと回転して妹子のそばをかすめる。

妹子は思わず身をかがめた。その瞬間、ざんばら髪の男が口を開く。かん高い声。

「そうだ。僕だ」

厩戸皇子。

後の聖徳太子。この時、十七歳。

『橘《たちばなの》豊《とよ》日《ひ》天皇《すめらみこと》の第二子なり。母の皇后《きさき》を穴穂部間人皇女《あなほべのはしひとひめみこ》と曰《もう》す。皇后、懐妊《みこ》開胎《あれま》さむとする日に、――馬官《うまのつかさ》に至りたまいて、すなわち厩の戸に当たりて、労《なやみ》たまわずしてたちまちに産《あ》れませり。――その名を称《たた》えて、上宮厩戸豊聡耳《かみつみやのうまやどのとよとみみの》太子《ひつぎのみこ》と謂《もう》す』（『日本書紀』第二十二）

「見つけたっ」

硬直している妹子の後ろから、犬上少年の叫び声。

「知らせに行ってきます」

背中で少年の走り出す音を聞いた。それから少し構えながら正面の皇子を見た。

初めてみた時は、艱難《かんなん》に気がふれた大陸からの流民にしか見えなかった。今も、そうとしか見えない。

「厩戸皇子」

返事はない。眼を合わせても焦点《しょうてん》が遠くにある。また横を向いて鞭を振るいはじめた。草が飛ぶ。

「何をしているかはわかりませんが、戻りましょう」

答えは朝鮮語で返ってきた。

「蘇因高《そいんこう》か」

一瞬硬直。

「どうして私の名を」

「うるさいっ」

瞬間、また硬直。しかし厩戸皇子は、あらぬ方向に向かって叫んでいた。たとえて言えば、こだまの来る山のふもとに向かって。

「うるさいうるさいうるさいっ。うわぁぁああっ」

めちゃくちゃに鞭を振るいはじめた。妹子は半歩下がった。そばの福利は、いつでも逃げ出せる体勢に入っている。

何なんだこいつは。完全にあっちの世界に行っている。それなのにどうして、蘇因高という名前まで。

厩戸皇子は動きを停止した。肩で息を切らしながら、近くの枝に手をかけた。そのまま朝鮮語で続ける。

「お前はいい声をしている、蘇因高。若いのに落ち着いている。もっと何か言え」

「えっ」

妹子は、また逆に動けなくなった。

「ああああああ。飛鳥はうるさ過ぎる。筑紫《つくし》の地もうるさ過ぎる。この島に来れば、もっと静かになると思った。なのに、どうしてこんなにうるさいんだ。わぁあああああっ」

厩戸皇子は吠《ほ》えながら、手に掛けた枝を力まかせに折り、ちぎり捨てた。

妹子は朝鮮語で叫んだ。

「何だかわかりませんが、こんなに静かじゃないですか。騒いでいるのは一人あなただけだ。何を言っているんですか。静かにして下さい。帰りましょう」

厩戸皇子はくるりと背中を向けた。そして天に向かって、何語かわけのわからない言葉をぺらぺらとしゃべりはじめた。襷少年が言ったことを思いだした。変なやつです。もはやそういう段階じゃない。

とたん急に言葉が変わる。

「帰るか。帰れない。だけど帰ろうとしてみるか」

これは漢語。

その時だった。山の上方から叫び。

「厩戸、見つけたぞ。もう逃がさぬ。とっとと連れて帰るぞ」

蘇我蝦夷だった。兵を引き連れて走ってくる。

妹子は安心したが、そこに声がかぶさる。

「愚か。船は抑《おさ》えられた。帰りたくても帰れないよ」

「何の話です」

相手は倭国語、こっちはまだ頭の切替えがつかず朝鮮語のまま。

「琉球王だ。せっかく来た倭国の人質《ひとじち》をそのまま返すわけがない。軍を引き連れてくるまで船は抑えるだろう。島国が生き残るには、たくましく、ずるくなければ」

妹子は絶句した。次の瞬間、叫ぶ。

「最初からわかっていたのか。一体あなたは何なんですか。何を企《たくら》んでいるのですか。倭国を、隋と戦争させたいのか」

「僕は厩戸皇子」

厩戸皇子は鞭を捨てた。そして両手を水平に広げた。自らの身体《からだ》で十字架を作ったのだ。

「慧思《イエス》・キリストの生まれ変わり――」

何が面白いのか、笑いはじめた。

「だったらいいなぁぁぁあああああっ」

「何だと、船が使えないだと。どういうことだ」

蘇我蝦夷が琉球王に食ってかかっている。

厩戸皇子を捕まえて山から下りてきた。それこそ縄があったらぐるぐる巻きにする勢いだった。厩戸一人に兵士四人がつき、両手両肩を一人ずつ捕まえ、そのまま担ぎ上げるように運んできたのだ。

ありていに言えば、厩戸をそのまま船に放《ほう》り込んで終わるはずだった。琉球王には何も言わず、ただ逃げ出すつもりだったのだ。しかし、それはできなかった。

船に残したはずの守備兵たちが村に移されていたから。船にこん棒を持った男たちが大勢乗り込み、勝手に移動させてしまったという。積んであった食料諸共《もろとも》にだ。

琉球王は、抗議に駆けつけた蝦夷に平然と言ってのけた。

「私たちは島で暮らしておる。船には詳しいと心得てほしい。あなたたちの船は、きちんと我々が点検し、傷《いた》みがあった時には、我々の厚意によって新しい船同様になおしてお返ししよう。あなたがたは、この島でゆるりとくつろいでいただければ良いのだ」

「何を言っておるのだ。事態は差し迫っておると言ったのは、その方ではないか。我々は一刻も早く倭国に戻り、この琉球のために援軍を要請《ようせい》せねばならない。でなければ、先に隋の軍団がここに来てしまうではないか」

「もちろん」

琉球王はうなずいた。

「倭国がわが琉球のために力になって下さるということに、我々は心から感謝をしている。従って、せめてもの恩返しとして、船の方はこちらで修繕《しゅうぜん》をいたそうと言っておるのだ。倭国に使者を遣《つか》わすというのには異存はない。こちらで、とてつもなく速い足の船を用意致そう。薩摩《さつま》まで波に乗り、すぐに着く」

「それなら頼もうではないか」

「ただ足が速いだけあって、乗船できる人間には限りがある」

「何」

「一名」

ここに至って、蝦夷は怒りを爆発させた。

「たった一名だと。そんな話があるか」

琉球王は、予期していたように言い放つ。

「琉球には大規模船団の伝統はない。少人数の短い船旅がつねであるのだ。今回が危急存亡《ききゅうそんぼう》の時にあることは、お互いの一致した見解であろう。とすればその方か、誰かが一人倭国に急いで走り、援軍を呼んで下さるならば、これに越したことはない。残りの者はここに残っていただければ、我々のできる最大限の歓迎の儀《ぎ》でもって、滞在の日々を麗《うるわ》しく過ごされようほどに」

「俺たちが全員で逃げ出すとでも思っているのか」

まさにそうするつもりだったにもかかわらず、蝦夷は傲然《ごうぜん》と胸を張った。

「我々は倭国の者を信頼しておる。とすれば、何でそんな考えを持つことがあろうか」

「じゃあ俺たちを帰してくれ。これは信頼関係の問題だ」

「残ってもらうつもりではない。船の修繕が済み次第、お帰しする」

「修繕などいいから船を返してくれ」

「それこそ信頼関係の問題だ。我々は琉球に住む者として、あのような傷んだ船で最大の友好国倭国の使者をお帰しするのは、とても忍びない」

妹子はあきらめた。なお言い立てようとする蝦夷の肩を叩いた。

「一人です、誰が出ましょう」

「なんて悪知恵が回るやつらだ」

王宮から出るなり、蝦夷は当たり散らした。

「向こうも必死なんですよ。倭国の援軍なしで隋国に立ち向かえるはずがない。どうしても一万人、とは言わなくとも最低限出せる限りは出せ、というところでしょう」

「だから俺たちは人質か。それなら言うんじゃなかったな、あの厩戸が」

「皇族だった、とはですか」

「ああ。あれで琉球王にも価値がわかっちまった」

妹子にも蝦夷の言いたいことはわかった。皇族だということがわからなければ、厩戸はただの厄介《やっかい》なお荷物に過ぎなかっただろう。

もちろん妹子だって信じられない。実物と噂《うわさ》がかけ離れている。飛鳥では、厩戸はおかしなやつだったにせよ、聡明《そうめい》らしいという話があった。現実には流民よりひどい姿、さらに自分を神イエスの生まれ変わりとのたまう。完全にあちら側に行ってしまっている。

わからないのは、なぜあいつは妹子の、ごく内輪《うちわ》しか知らない朝鮮名を知っていたか。そればかりではない。あいつはこの事態を予言した。琉球王が船を抑えるだろう。我々は動けない。その通りになった。

混乱してきた。蝦夷が言った。

「おい、どうする」

「どう、とは」

「琉球王は、一人なら帰っていいと言った。といっても、誰でもいいってわけじゃないだろう。飛鳥に戻って、援軍を連れてくるくらいの言葉が伝えられるやつじゃないとだめだろう。とすると俺しかいない。厩戸が戻っても、ああいうやつだから誰も耳を貸すまい。だから聞いてるんだよ。俺が行ってもいいか。行けというなら行くが、その後、お前一人で百人の兵隊をさばき切れるか」

妹子は茫然《ぼうぜん》とした。確かにそうだ。全然頭になかった。言葉の問題の全くない琉球王の前に二人して顔を出したのは、別に通訳を期待されたからではなかった。

琉球に今いる倭国の集団、約百人。ほとんどが一般の兵士。ようするに朝廷の人員の下層。後は犬上襷。これも河勝の部下で、別に地位があるわけではない。そして流民の福利。

地位としては皇族の厩戸が一番上だろうが、あの様子ではみんなに命令など下せるはずがない。第一、ほとんどが蝦夷の部下だ。しかしその蝦夷がいなくなると。

天と地ほどの差が飛鳥ではあるというものの、豪族としてはもはや妹子しかいない。信じられないが、この地ではそうだ。現在妹子は、指揮権二番手にあるということだ。

蝦夷が続けた。

「お前がそれでいいって言うんなら、俺はあの気に食わない王様の言いなりになって飛鳥に帰る。その後を任せてもいいか」

「援軍を呼んでくるのですか」

「万とは言わないが、父上の一声で数千なら勝手に動かせるだろう。といっても別に隋と戦うわけじゃない。俺たちを人質に取ろうなどというこざかしい琉球を、先に倭国で占領しちまおうっていうのさ」

「援軍を呼ぶ振りをして」

「そうだ、乗るか」

妹子は考えた。なるほど。蝦夷らしいといえば、蝦夷らしい。しかも蝦夷は、隋が攻め入ってくる前に、自分だけ先に逃げることを考えているのかもしれない。自分は飛鳥に戻り様子をうかがい、琉球が先に隋に攻め取られたら、黙って見捨てるつもりかもしれない。それも蝦夷らしい。

妹子は言った。

「このままじっと黙って、琉球王に抗議し続けるという手もあります」

「そんな手が通用するのか」

「何といっても琉球は、倭国の援軍なしでは隋に手も足も出ないでしょう。琉球王がこんな暴挙に出たのも、どうしても倭国の援軍が欲しいからです。なりふり構わずというやつですね。とすれば、私たちが何もせずただ滞在していたら、気が気でなくなるのはむしろ向こうの方でしょう。琉球王がじれてきたところで、どうしても全員一緒でなければ帰らないと主張するなら、少なくとも今よりは折れてくれるかもしれません」

「それはそうだ。ただ期待はできないし、第一、日数がかかり過ぎる」

「ただ私たちがこんな南の島にいるのも、あの厄介な厩戸皇子を連れ戻しに来た、ただそれだけです。確かに状況は切迫していますけれど、あの者を連れ帰らずに飛鳥に戻れば、結局同じことではございませんか」

それは痛いところだった。蝦夷は瞬間黙った。それから低い声で言った。

「じゃあやはり向こうが折れるのを待てというのか。こうしている間にも隋軍はこの島に迫っているかもしれないんだぞ」

「もう少し考えましょう。それから、あの者の話も聞いてみましょう」

「ひょっとして、あいつか。厩戸皇子」

蝦夷は、信じられないものを見る目で妹子を見た。

「まさかお前、俺様にあいつの指示を仰《あお》げというのか」

「というより、厩戸皇子は私たちより長くこの島にいます。先に来ていましたから、何か状況を打開する手を知っているかもしれません」
「せいぜい一日か二日だぜ」
宿舎に入ると、厩戸皇子は周りの苦労など知らぬ気《げ》に一人寝入っていた。
倭国であれば、皇族の寝所《しんじょ》など、いくら大豪族の蘇我氏でも立入り不可能である
はず。だが、琉球国の用意できる宿舎など知れていた。大広間に適当に寝てくれと
いう按配《あんばい》の屋敷だったため、中に一歩入れば、厩戸の寝ているのが丸見えだ。防備
も何もあったものではない。
こんな苦労をしょい込ませた張本人が平気で眠っているのを見て、腹を立てたの
は妹子ばかりではなかったようだ。蝦夷など、厩戸の顔を蹴《け》り立てんばかりの勢い
で走り、叫んだ。
「おい、厩戸」
ところが、その最初の『お』の字が届く以前に、厩戸は起き上がっていた。
「うるさいぞ」
ものすごく険《けん》のある、とぎ澄まされた声だった。小野妹子は一瞬、気圧《けお》されてし
まった。しかしさすがに蝦夷は大豪族だけあって、そんなものには頓着《とんちゃく》しない。
それとも、幼少の頃からこの不機嫌さになれているのか、構わず言った。
「お前のせいで、この島から出られねえぞ」

「声を出すな。耳に響く」

「琉球王が船をとめちまったのさ。援軍を連れてくるまで、だめだ。それも一人でやれと」

「しゃべるな。うるさい」

そばで聞いていて、全く噛み合わない会話が続いた。黙れと言い続ける厩戸に蝦夷は勝手に状況を説明し、それについて妹子と蝦夷の作戦も手早く語り続けた。

妹子は見ていて、めまいがしそうだった。それでも蝦夷は語り終え、聞いた。

「というわけだ。お前は何か他に知っているか」

沈黙。粘り着くようないやな目つきで、厩戸は前を見ている。それは蝦夷を見ているというのではなく、この皇子特有のどこを見ているのだかわからない視線。それこそ壁を通り越して、はるか先まで見通しているかのような視線。

無限と思われるほど長い沈黙の後、厩戸皇子は口を開いた。

「そうやってお前が黙っていれば、眠れる」

それは独り言のような声だったが、すぐに厩戸は横になってしまった。

これには、妹子までも前に踏み出しかけた。しかしすぐに、それもむなしくなってやめた。最初からこういうやつだとわかっていたのだし、それを承知で話しかけたのだ。

蝦夷は妹子に顔を向けた。

「俺たちで話をつけようや」

「そうしましょうか」

急に妹子は目が覚めた。蝦夷もやはり起こされたようだ。眠い声。

「何か言ったか」

「いいえ、何も」

その時、かすかな声。

「蝦夷」

今度はわかった。厩戸皇子だ。顔を向こうにむけて、眠った格好《かっこう》のまま声を出している。

「蝦夷。一人で逃げろ」

「何だと」

「そのつもりだったんだろ。琉球王夷邪久に頼み込んで、飛鳥に帰してもらえ」

妹子は肌寒《はださむ》さを感じた。南の島でも明け方は冷えるのか。それよりも、厩戸皇子が知り得ないはずのことを当たり前のことのように静かに言っている。その方が恐ろしい。

　蝦夷は起き上がった。

「いきなり人を起こして何を言い出すかと思ったら、俺だってお前なんか放り出して、とっとと帰りたいよ」

「そうしろ。僕など見なかったことにしろ。飛鳥に戻って、まだ捜してる振りをしていればいい」

「そういうわけにもいかないな。お前は俺の姉を放り出して、こんなところに来ている。お前はどうでもいいと思っているかもしれないが、刀自古《とじこ》はお前と添《そ》うたことになっているんだ、飛鳥ではな。お前を連れて帰らねば、父と姉から殺される。お前を差し出せば、そうなるのはお前だけで済む」

「しゃべりはじめるとお前は長い。それにうるさい」

　また厩戸は沈黙に入った。妹子は思わず叫んでいた。

「それも一計です。蝦夷殿が一人で帰るのはいいでしょう。ただあなたの考えを聞きたい。厩戸皇子様。あなたはどういうつもりで、こんな島にいるのですか」

　厩戸皇子は、ばさりと髪を振った。顔を起こした。いきなり朝鮮語で言う。

「ここは静かだと思った。静かならばいていいと思った。ここまで追いかけてくるなよ。百人もつれて」

　妹子も朝鮮語に変えた。

「では、なぜ兵を要請したのですか」

「そうしなければ、ここに連れてきてもらえなかったから。それが外交というものだ。琉球の使節はそれが望みだった。望みをかなえてやったまで。ただまさかあんな文《ふみ》を本気にして、お前らが来るなんて想定外だな」

「場所が場所なので、任那《みまな》に何かあったかと思ったのです。そしてさっき蝦夷殿が言われたように、刀自古様が」

蝦夷がわめいた。

「俺にわからない言葉で、えんえん何をしゃべってやがる」

そうだ。蝦夷は朝鮮語がわからない。妹子は倭国語で言った。

「私はみんな残って、琉球王をじらした方がいいと思います。その方がみんな一緒に動ける」

厩戸は唇《くちびる》の端《はし》をかすかにつり上げた。唇だけの笑い。何と不気味な。

「遅い」

倭国語だ。蝦夷が言う。

「何が遅いのだ」

「風が良過ぎる」

「さっぱりわからないぞ」

「蝦夷、なぜ筑紫の地に大陸からの流民が溢《あふ》れたのかわかるか」

「隋が統一したからだろう」

「筑紫の地だけじゃない。琉球にも少し流れてきた。山で見かけた。人間が少ないからいい。山奥に入って果物や木の根を食ってしのいでいる。何年か経てば、やつらだって他の琉球人同様、一つの村になるか、そうでなくても倭国ほどの殺し合いにはならないだろう。あいつらはなぜここに来た」

「さっき言っただろう。隋が」

「風が良いからだ。大陸から倭国の方に追い風が吹いている。いくら逃げ出しても風が良く吹かなければ、やつらはこの地に流れ着かない」

「それはそうだ。だがそれがどうした」

「風がやつらに良く吹いたということは、大陸の他のやつらにも良く吹くということだ。隋国軍が琉球に向かって漕ぎ出《い》だせば、あっという間に着くだろう」

妹子はあっと叫んだ。そのまま聞いた。

「時間はあまりないと言いたいのですか。厩戸皇子」

「だから蝦夷、お前一人でも逃げとけ」

今度は妹子たちが沈黙。厩戸は二人のその姿を見て、またかすかに笑う。そして、また横になる。

妹子は叫ぶ。

「厩戸皇子、ひょっとしてあなたは、全《すべ》て知っていたのか。隋がここを狙っていることも。風がこの向きであることも。そして」

外で話し声がした。夜が明けたのか。みんなが活動をはじめたのか。

「そして、隋が来れば、ここはもたないだろうということも、全て知っていたのか」

答えはない。うるさいとも言わない。

蝦夷がわめいた。

「お前はそんなに戦いたいのか、隋と。それとも、何だ、死にたいのか」

「静かならずや、死」

厩戸の言葉は独り言か。漢語。妹子にしか理解できない。

しかし起き上がった厩戸皇子は、蝦夷にかん高い声でわめいた。

「もう遅い。いっぱい死ぬぞ。何で僕をほっといてくれないんだぁぁぁぁぁぁ」

その時だった。門が叩かれた。

「倭国王の使いの者、火急の会議である。急ぎ支度《したく》をととのえられよ」

眼の前中央に、琉球王夷邪久。その両端に、屈強な男二人。それぞれ何とか村の酋長《しゅうちょう》だと紹介された。倭国でいえば、大臣大連《おおむらじ》という感じか。ただ武闘派だが。右がコジャ。左がキャンと名乗った。顔は日焼けして筋骨もたくましい。琉球の酋長も力と実力勝負らしい。

倭国代表は二人、蘇我蝦夷と小野妹子。厩戸皇子は会議など無視していた。蝦夷が話しても、完全に聞こえない振りをしていた。一晩《ひとばん》一緒にいてようやく妹子も、この扱いにくい皇子が決して気がふれているわけではない、ということだけはわかった。自ら楽しんで、ただその振りをしているのにちがいない。

夷邪久が口を開いた。

「まだ夜も明け切らぬに、まこと労をかけてしまった。陳謝《ちんしゃ》すると同時に感謝したい」

蝦夷が首を振った。

「いったい何が起きたんだ」

「漁師たちは、夜であろうと朝であろうと沖に出ている。といっても、ここ数日はほとんど漁というより見張りのために、こちらから出向いてもらっているといった方が良いのだ。そしてついにそれが来た」

「それとは」

「隋国の大船団だ。もっとも目が良い漁師がはるか沖に認めた。間もなく我々の目にも見える位置に来よう」

妹子と蝦夷は息を呑んだ。なんて早い。

「隋国船団は我々の返答を聞きに来たのであって、表向きは戦争に来たのではないということになっている。だが、我々が向こうの要求などにとうてい応じられないということを、隋国船団は知っているはずだ。これすなわち、交渉などあくまで通過点に過ぎず、すぐに争いになるだろうということである。他に言いようがない。言葉を飾ってもしかたがない」

蝦夷が口を開いた。

「それじゃこっちもはっきり言うが、勝てる相手じゃないぜ」

「承知だ。だから倭国に援軍を要請した。最低でも数千の兵を貸していただき、飾りとしてでも相手に見える位置に配置しておけば、最低限相手の譲歩を引きだす余地《よち》はあった。しかしながら、もはやそれも間に合わない。では我々に何か残されている選択肢《せんたくし》があるのか。勝っても負けても、戦わずして降伏しても、向こうの要求する二万人の奴隷など出せない。とすれば選択するまでもない。負けるのはわかっているが、戦う」

琉球《りゆうきゆう》 存亡を賭《か》けて船団の刃《やいば》を受け
小野妹子《おののいもこ》 海上の炎を見る

会議の間も、見張りは次々に走って新しい知らせを運んできた。

琉球王《りゆうきゆう》はある程度の知らせがそろうと、また妹子《いもこ》たちを呼んだ。

「敵の数は推算するところ数千。悪くすれば一万に近く、最低でも二千」

蝦夷《えみし》は聞いた。

「こっちの兵は」

「今日まで全島から、そして近くの島から必死に集めた。家畜《かちく》が逃げ出すのなどをいやがってなかなか集まらなかったが、死んでしまっては圃《ほ》も家畜もない。老いも若きも集めて、二千に届かず」

「よしてくれよ」

蝦夷がわめいた。

「話にも何にもならないじゃないかよ。倭国《わこく》はそんなのに巻き込まれるのはごめんだ。俺だって死にたくない。さっさと返してくれよ」

夷邪久《いやく》王は頭を下げた。

「我々だって巻き込まれただけだと言っておこう。最後の望みをかけて交渉はする。話にも何にもなるまいがな。ただ戦争になった場合は倭国も琉球もない。それに、あなたがたはすでにこの地にいる。隋《ずい》国に対して、それは申し開きできないのでは」

「だから船を返せよ」

「そちらの兵百人を貸してほしい。そうしてくれれば、あなたたちと、あなたたちと共にいる皇族の身の安全は保証する。ただし我々からの身の安全であって、襲ってくる隋兵にはその限りではないがな」

「ひどいやつだな」

「どうせ我々は死ぬ気だ。何とでも言うが良い」

夷邪久は立ち上がった。兵が、それを合図に甲冑《かっちゅう》を運んできた。

琉球にも僅《わず》かながら鉄はあったのだ。きっと輸入品であろうが、ひどく使い込んだ、あちこちがすりきれた甲冑だった。

妹子は鎧《よろい》をまとう夷邪久を見て、ついに来たと思った。何でこんなことをしなければならないのだ。万に一つも助からない。しかし、それでも戦わなければならない。

蝦夷は半分泣きそうな顔になっていた。無理もない。倭国随一《ずいいち》の豪族。今や敵対する者一人としてなかった蘇我《そが》家の跡取りが、絶望のふちにいるのだ。

それでも精一杯、虚勢をはって言う。

「俺たちはお前らの脅《おど》しには乗らん。船を返さないというのなら、逆に我々がお前たちに戦いを挑《いど》んでやる」

夷邪久は首を振った。

「その必要はない」

「何」

「船は返す。我々とて関係がない他国の者まで、この無意味な殺し合いに巻き込むつもりはない。ただし我々の条件を飲んでくれれば」

「何だ。一緒に戦えというのか」

「そうしてくれれば、それに越したことはないが、それは無理にお願いできる筋《すじ》のことではない。我々の要求というのは、さっきも言ったように兵を貸し、時が来るまで陣を守ってほしい。それが終われば、船で逃げるが良かろう」

蝦夷は考えていた。

「それともう一つ」

「何だ」

「交渉の場に、一人立ち会ってほしい」

　蝦夷が叫んだ。

「何だと。戦闘の最前線に出ろというのか」

「隋国軍とていきなりは攻撃してきはしまい。その気であっても、交渉が決裂する機を待って攻撃にかかるだろう。当然、交渉の場に第三国がいるといないとでは、進展が違うだろう」

「倭国に、というか俺たちにそれを押しつけるのか」

「残念ながら、これが最後の望みだ」

「それはないじゃないか。お前たちは、隋との戦争に倭国も道連れにしようとしているんだぞ。当然、隋国は俺たちも敵と思う」

「もちろん我々は立会人として紹介する。無関係だとな」

「そんなことが通じるやつらではない」

「それは相手次第だと思わないか。いずれにせよ、琉球だけでは、やつらは蛮族《ばんぞく》扱いにしかしないだろう。むしろ対等な交渉をするのもバカらしい、という態度で来るだろう。倭国には、どうしてもいてもらわなければならない」

　初めて妹子は割って入った。

「それは買いかぶりです。倭国だって、隋国から見れば、同じような島国の蛮族です」

「たとえそうだとしても、琉球よりは良いのだ。なぜなら、倭国は卑弥呼《ひみこ》様の時代より積み上げてきた、かの国との絆《きずな》があるではないか。琉球には、何にもないのだ。わかるだろう。何もしなければ、ただ死ぬのだ。私は琉球を守るためなら何でもするぞ」

「何だと、貴様ら」

蝦夷がわめきはじめたが、妹子は立ち上がって蝦夷の前に出た。

「もういいです。やめましょう」

「しかしこいつら」

妹子は琉球王の方を向いた。

「私が行きます。ただし、こちらにも条件があります」

「聞こう」

「その役目を終えたら、すぐにでも船に乗せて、私たちを帰してくれること」

「承知した」

「それから、通訳は私がします」

その場にいた全員が声を失った。

「私は漢語を解します。倭国は中立ということになっています。厩戸皇子《うまやどのおうじ》、そして蘇我蝦夷の両名には、安全な場所まで下がってもらいます」

琉球王は、交渉を湾の中、海上で行うと言った。

「隋の使者を湾に一隻《せき》呼び出し、こちらも船で海上に漕《こ》ぎ出《い》で、そのまま船と船を向かい合わせて外交交渉を行う」

なぜですか、と妹子は聞いていた。

「やつらを上陸させたくないのだ。交渉が決裂した場合はすぐ戦闘になるだろう。そうなった場合、我々の村の真ん中がいきなり戦場になる。それは避けたい。敵を水際《みずぎわ》で食い止めるためにも、話は海上ですませるべきなのだ」

「するとその船の交渉団は、戦闘が始まれば敵の最前線に取り残されますね」

それは通訳である自分も取り残されることを意味するのだが。

「そうなる」

あっさりと琉球王夷邪久は言う。

「戦争にならないように、せいぜいうまく話をしてくれ」

ひょっとしたら、本当にもう飛鳥に戻れないかもしれない。母にも会えないかもしれない。

妹子を乗せるやいなや、舟は押された。やや白色の海は、沖に出るにつれ淡《あわ》い青に染《そ》まっていく。かつてない暗《あん》うつな気分の妹子をよそに、船は進み出している。

琉球の静かな湾の中、怒っているかのように光り輝いている太陽を乱反射する海。村を台風や高波から守るための天然の壁とも言える岩だらけの湾は、所々浅い。

琉球の乗り手たちは浅瀬や張り出している岩を知りつくしていて、それを迂回《うかい》して進む。

妹子は見るともなしに沖を見つめた。

そして見つけた。

最初はかすかな黒い点。それが、世界の果てまで続くのではないかと思われる青い海と、やや透明な空の境目にぽつりと現れた。黒点は境界からぼやりていき、まるで小さな羽虫が水の上でもがいているかのように、視界の中で揺れはじめた。と見る間に黒い点は左右に増殖《ぞうしょく》をはじめ、ついに妹子にも、それが信じられないくらい大きな船の、信じられないくらいの数が並んだ集団だということがわかりはじめた。

コジャが部下に聞いている。

「最終報告は」

「隋船、五十。将軍はおそらく最後尾の三段楼船《ろうせん》。兵、おそらく一万。多数が鎧装備。船には巨大な飛び道具までしつらえてあります」

あんなのが倭国に攻めてきたら、おそらく九州の一つや二つ、軽く取られてしまうのではなかろうか。まして琉球など、鉄なし武器なし鎧なし。兵は五分の一。情けない話だが、妹子はこのまま海に飛び込みたくなった。陸地に逃げ帰って倭国の仲間と合流する。後は背中を見せて、ひたすら走り去るのみ。

それをしなかったのは意志ではなく、あまりの兵力差にただ威圧されていただけだ。身体《からだ》がすくんで動くこともままならなかった。

こちらはただ小舟一艘《そう》。岩場が目立つ静かな湾内に孤立無援。向こうは五十隻。自信満々に帆《ほ》を張り、大きさだけでも優に十倍はある船を刻一刻と寄せてくる。

前線の特に大きな船が動きを止めた。続いていくつかの船が。見る間に船から、子供を産むように手漕ぎ船が次々と降りてきた。その数たちまち数十に迫る。乗っているのは隋国人たち。南国の日差しにギラギラと輝く鉄鎧、剣、巨大な弓。まるでネズミの大群が海を渡るように、あたりを錆《さ》び色に染めて湾内に入ってくる。

コジャがささやいた。

「交渉が決裂したら、海に飛び込め」

言われなくてもそうするつもりだったが、コジャは重ねた。

「潜《もぐ》ったら、顔を出すな。何千もの矢で一斉《いっせい》に串刺《くしざ》しにされる」

隋船の一艘が迫ってくる。同じ手漕ぎ船だというのに、使っている木材の何とぜいたくなこと、頑丈《がんじょう》そうなこと。きっと矢でも貫《つらぬ》けない厚さがあるだろう。

ついにその時が来た。漢語で大きな声が海上に響く。

「我は隋帝国司令官楊広《ようこう》の使いにして、羽騎尉朱寛《うきいしゅかん》の書を預かる喃盤《なんばん》という者なり」

妹子は船の揺れに自分を合わせた。でないと、そのまま身体が硬くなって海に落ちてしまいそうだったからだ。そしてゆっくり心を決めて、叫んだ。

「ここにいるのは琉球王夷邪久の使い、酋長《しゅうちょう》コジャです。私は特に琉球王に頼まれ、通訳を仰《おお》せつかった、小野妹子です」

しかし、相手はせっかくの妹子の言葉を半分も聞いていなかった。相手がたった小舟一艘で、兵たちも上半身裸の無装備。頭からなめられていた。

「さっそくだが、返答をお聞かせ願いたい。琉球王は前回、司令より申しつけられた件、つつしんで受けられるか」

言葉だけを取り出せば威圧的な外交戦術かもしれないが、その言葉に意味はないらしかった。その証拠に、後ろに陣した小舟がゆっくり進み出している。隋兵は弓に手をかけている。合図と同時に一斉に襲いかかるつもりなのだ。

妹子は恐慌《きょうこう》に陥《おちい》りそうな自分を制した。声を張り上げた。

「私は琉球王より特に頼みを受けた、倭国豪族小野妹子だ。通訳に疑問が生じることは避《さ》けなければならない、隋帝国よりのご依頼の詳細を、ここで述べてもらいたい」

「倭国だと」

敵将が少しだけ反応を遅らせた。しかしすぐに、同様に野蛮人として扱うことに決めたらしい。うっとうしそうな顔で述べ立てた。

「わが隋国は、同じ口上《こうじょう》を何度も伝えるほどの長い時間をこの海の上で割《さ》くことに、遺憾《いかん》の意を表する。しかしながら、温情に満ち溢《あふ》れた皇帝の厚意によって、倭国にも立ち会いの儀を許可する。では伝えよう。琉球王においては速《すみ》やかに自ら隋国皇帝の前に拝謁《はいえつ》し、皇帝の絶大なる大徳《だいとく》の傘下《さんか》にあることを述べ伝えると共に、ここまで皇帝に朝《ちょう》することをなせなかった非礼をわびるべきである。ついては、ごく僅かながら皇帝に献呈品《けんていひん》を賜《たまわ》りたいが、この何も産せぬ島のことであるから特別な計らいをなし、人頭《じんとう》によって品に替えることを許可する。人頭二万と共に帝都に赴《おもむ》かれたし。以上だ」

妹子はばかばかしいと思ったが、形式的にコジャに訳した。コジャは漢語がある程度理解できるのだから、その間、彼は作戦を考えているのだろう。

少しの間の後、コジャはぼそぼそ言った。妹子は青くなりながらうなずいた。そして隋国人の方を向いた。

「奴隷《どれい》は二百。それ以上は出せない。貧しい島である。しかしながら温情ある皇帝への拝謁の儀は必ず執《と》り行い、非礼を王自らわびることにやぶさかではない」

「ふざけるな」

相手の口調が変わった。

「こんな世界の果てまで長らく船に揺られて、ぶん獲《ど》り品がそれっぽっちで帰れるか。倭国だろうがどこだろうが、お前らは黙ってあるものをみんな出しゃいいんだよ。出せないならこっちからいただいてくまでだぜ。やっちまえ」

いやもおうもない。妹子は水に飛び込んだ。転げ落ちるように自ら海水に身体を叩きつけると、そのまま浮いてしまわないように水をかいて深く潜った。

南国の透明な水は、一丈下まで太陽の光を届けてくれる。妹子はさらに潜って両手に何かがふれた。横手に張り出している岩。これが自分の碇《いかり》の代わりになる。こけや藻《も》がびっしりと張りついた岩に身体をへばりつかせてから、目を開けた。

濃い青色の海の中は、熱帯の小さな魚たちで満ちていた。海底は、よく見分けられない小さな生物たちが群れていた。しかし、ぼやっとして何が何だかわからない。

すぐに呼吸が苦しくなってきた。しかし、浮かび上がったら最後だと思った。息の続く限り、深く潜水したまま浜に戻るのだ。妹子は岩を蹴《け》って浅瀬の方向へ泳ぎ出した。

水中では服が邪魔になる。ひょっとしたら琉球兵が全員上半身裸、鎧なしだったのは、これを予想していたからではないかと妹子は思った。と、見る間に海の中にバラバラと投げ入れられたものがある。

矢だ。海に飛び込んだ兵を狙《ねら》って、隋兵がめちゃくちゃに水に向かって放ったのだ。水面に当たった瞬間に、ほとんど威力を失うから意味はない。ただ、顔を出したら最後だというのはわかった。

しかし息が続かない。妹子はまた目の前に岩を見つけた。幸いなことに、この岩は水面に少し頭を出している。この岩の陰に隠れて呼吸ができるか。

妹子は、矢の飛んできた方向からなるべく遠い岩の陰にへばりついた。そろそろと顔を上げようと思ったが、激しく泳いだのが響いて、もう限界だった。そのまま岩を蹴って浮き上がる。

水面には流木や木の実などが浮いていた。もう陸地に近く、そばの熱帯林から流れてきたものが湾に浮いているのだ。妹子は頭でそれらの浮遊するゴミをかき分け、顎《あご》を上げた。

海水を飲んでせき込んでしまうかと思ったが、水面すれすれの空気を吸い込むことができた。窒息《ちっそく》寸前の状態からの急激な解放に、一瞬頭が真っ白になった。しかし、それは一瞬だ。

目は見たものをとらえていた。湾の中にひしめく隋国大船団。

交渉が決裂するやいなや、隋兵は五十隻の船団で、一気に湾の中に突っ込んできたのだ。そのまま上陸し、王宮を陥落《かんらく》させるつもりだ。

幸いにも岩陰に隠れている妹子は気づかれてはいないが、水の中にいつまでもいることはできない。しかしこのまま浜に戻っても、すぐに隋兵が追いかけてくるだろう。

妹子は迷った。このままやつらが通り過ぎるのを待つか、再び青い海に潜り、とにかく浜に戻ってひたすら逃げるか。その時だった。

足に何かがふれた。足を引っ張っている人間の手。

妹子は叫びそうになったが、それよりも顔を水に潜らせてみた。何とそこには酋長コジャ。妹子の足を引っ張り、行けと合図している。

妹子は海面を指し、隋船団のことを示した。コジャはとにかく潜れとばかり、さらに足を引っ張る。何だかわからないまま妹子は思い切り息を吸い込み、再び苦しい潜水をする。

その瞬間。

水面の色が変わった。妹子はおやと思ったが、潜水して岩から離れた以上はまた取っかかりを見つけるまでは浮かび上がれない。そのままコジャが示した方向にむけて腕の力で水をかく。今度はできるだけ息を長引かせる。さっき服を脱いでおけば良かったと思うが、もう遅い。

限界まで潜って顔を出した。今度はそうとう浜に近く、少し頑張れば足が海底に届く。そのまま身体の位置を反転させ、海面を見た。

光景が一転していた。

海面が、燃えていた。

南国の樹林からは油液が精製《せいせい》できる。代表的なものがココナツオイルだろう。あるいは油は魚からも精製できる。江戸時代まで庶民《しょみん》の暗闇に灯《あかり》をともしていたのは魚膏《ぎょこう》であった。熱帯の島は、可燃物の生産に適しているということだ。

琉球には鉄はないが、製油産業は大陸をしのぐものがあった。それは、原材料がいくらでもそこらにあるという地の利による。

琉球王夷邪久が隋国船を浜に上陸させまいとしたのは、何も王宮のそばに寄せさせないばかりではない。敵船を狭い湾の中に縛りつけておく意味もあったのだ。琉球の狭い湾は大海に向けて口を半ば開き、半ば閉じている。両端の岩場に隠れた琉球兵たちが、大量の油をひそかに湾の中に流し続けていても、なかなか外海にまで漏れださず、湾の表面を油膜で被《おお》える。

油液はもともと魚と熱帯樹木であるから、たとえ湾内が油でいっぱいになったとしても、それは南国の臭気《しゅうき》にまぎれてしまう。地元の者ならすぐにわかるものの、倭国の小野妹子でさえ気がつかないものを、大陸の隋国人たちが判別できるはずもない。

コジャ酋長は、もちろんこの仕掛けを知っていた。だから妹子に海に飛び込めと言ったのであり、兵士たちが甲冑などつけず最低限の装備でいたのも、このためであった。

交渉が決裂し、戦闘が始まるやいなや兵士たちは、海中での予定の位置に潜水して散らばり、隋国船団が湾内に大挙して入り込んでくるのを待っていた。

そして今、時は至り、火矢が大木上より放たれ、湾内を火の海に変えたのだ。

さすがに楼船などは魚膏などはじく勢いで進んでくるが、上陸戦用の兵を乗せて下ろされた手漕ぎ船は、そうではなかった。第一、大陸の隋兵は手漕ぎ船で海に出るのもほとんどが初めてである上に、海面が燃えるなどというのを見るのも初めてなのだ。それは、まさに鬼神《きじん》の仕業《しわざ》だった。

中にはまだ火も移っていないうちからパニックを起こし、水に飛び込む隋兵があちこちの船で現れた。

小野妹子はその瞬間、湾のそばで待機していた琉球兵が一斉に水に飛び込むのを見た。何が起きるのか見るために近くの岩を見つけ、再び潜水してみた。

琉球兵が、水中で隋兵に襲いかかっていた。何しろ隋兵は重い甲冑装備だ。それは、倭国の服を着ている妹子が泳ぐ苦しさの比ではない。水中に入れば、全く身動きが取れなくなってしまうのだ。

そこに水中を自在に動く琉球兵が戦いを挑んでいく。武器は隋兵が鉄剣に対して、琉球兵がこん棒、木刀、岩、あるいは素手《すで》。しかし勝負はついていた。

水に飛び込んだ隋兵は、たちまちのうちに琉球兵によって沈められ、もがくこともできないまま、水中で水を飲み続けるはめになった。

船の上の隋兵は、闇雲に海面へ向けて矢を放った。水柱が立ち、矢が水中にめり込んでいったが、ほとんどは勢いを失っていた。中には、味方の兵に矢を突き立てている者もいた。海面はまだ炎をあげて燃えているのだ。煙《けむり》が幕となり、視界は不良だ。

隋兵をあざ笑うように、琉球兵は所々首を出す。そして酸素を吸っては、すぐにまた潜水してしまう。隋兵が水と油の切れめに矢を射かけるが、その時はすでに遅い。いったん潜水すると、琉球兵は数分は出てこず、位置を変えてしまう。

あちこちで隋兵の叫びが上がった。溺《おぼ》れさせた隋兵から剣を奪った琉球兵が、その剣を手漕ぎ船の底につき立てはじめたのだ。長い海洋を渡る楼船に対し、上陸用走舸《そうか》の船底は浅い。剣の一突きで割れ、たちまち浸水《しんすい》しはじめる。

隋兵が漢語でわめきながら穴の開いた箇所を押さえるが、そんなものはたかが知れている。まして二か所も剣で刺されれば、その船はもう沈む他はない。

琉球の湾は浅く、楼船では浜に到達する前に座礁《ざしょう》するだろう。しかし肝心《かんじん》の上陸用走舸は、浜に至る前に琉球兵の攻撃によって、次々にその機能を失いつつあった。

船が沈むと見るや、隋兵は海に飛び込んでいった。中には鎧が重過ぎると気付いて脱ぎ捨てていく兵もあったが、水中に入ってしまえば、琉球兵の敵ではなかった。しかも琉球兵のなかには、隋兵から奪った剣を握っている者もあった。

海面に、ぽこりぽこりと血のしみが浮きはじめていた。戦場の隋兵は、それが敵の流す血ではないと知っていた。

隋兵がわめき出した。と同時に、船がその動きを変えた。今までは水面下にいる琉球兵を相手にしていたが、勢いよく浜に向かって漕ぎ進みはじめた。

隋兵も、この狭い湾の中で戦うことの不利を悟《さと》ったらしい。少々の犠牲を厭《いと》わず、ひたすら陸地に向かって突進しはじめたのだ。

妹子は慌《あわ》てた。このままでは自分も追いつかれてしまう。慌ててまた潜水し、一気に浅瀬を泳いだ。腰のあたりまで海底が迫る頃に、水中のヒトデやサンゴに当たって身体を停止させた。

起き上がって走り出す。砂浜に足が沈んで重い。横手から声がする。こっちだ。見ると木の陰に琉球兵。軽い弓矢を構えている。上陸してくる隋兵を狙っているのか。妹子はそちらに走った。

兵に礼を言って走り抜ける。もう役目は終わった。後はただ倭国兵と合流する。何かが風を切る音。矢が射られたのか。妹子はとっさに熱帯林の陰に跳び、身を伏《ふ》せた。

違った。もっと重いものだ。まず耳が判断した。次の瞬間、水柱。

岩だ。巨石だ。

琉球兵が、森の中から岩を湾の中に打ち込んでいた。熱帯の樹木を人間の力で引っ張ってたわめ、そこに重い岩を載せて手を離し、岩をはじく。熱帯林は倭国のように冬を迎えないため、幹が引き締まらず柔《やわ》らかいままのものが多い。自然のままの巨木が、そのまま投石機《とうせきき》になっているのだ。

その投石機が、湾を囲んだ山の四方八方から岩を打ち出していた。湾とは内陸で言う谷間に他ならない。浜の背後はすぐ山であり、多数の兵が潜伏《せんぷく》していたのだ。

たちまち水面に、幾つも飛び散る水しぶき。もはや魚膏は薄められて、さすがに燃えていない。しかし、火が収まったとたんに襲って来たのは岩だ。

命中率はさほど高くはないが、水面が大揺れになるだけでも船に乗り慣れていない隋兵には脅威《きょうい》となる。平衡《へいこう》を崩《くず》して幾隻かの走舸が転覆した。

妹子がその戦闘に、思わず眺め入っていた時、声。

「行くが良い」

声の主《ぬし》は、琉球王夷邪久。海岸線のすぐ近くまで来て、指揮をとっているのだ。

「私の役目は終わったんですね」

「まず山の上に行っていただきたい。そこで倭国兵が、私の指示に従って拠点を守っておる。その者たちに船の場所を教えねばなるまいが」

「了解しました。それで山の上とはどのあたりでしょうか」

琉球王は口笛を吹いた。

若い女が現れた。まるで凪のようだ、と妹子は思った。南国の太陽のもとで育った、日焼けした顔に長い髪がたなびいていた。

「この娘に道案内をさせる」

女は陰にいて会話を聞いていたらしい。妹子の返事も聞かずに走り出している。

妹子も慌てて走り出しながら、夷邪久に聞いていた。

「倭国兵に何を守らせているのですか」

「行けばわかる」

妹子は、ともすれば見失いそうになる女を必死に追った。急な山だ。こんな山の上に何を隠しているのか。

崖《がけ》のような斜面を登ったところで、ようやく道らしい道に出た。女の姿が視界にとらえられるようになった。妹子は声をかけた。

「少し止まってくれ」

女は振り返った。

「これしきの坂で弱音《よわね》を吐くのですか」

「そうじゃないが、あんた、名は何という」

「私はケミといいます」

女はまた背を向けて走り出した。

妹子はあきれたが、走り出した。とその時、視界が開けた。

ちょうど斜面から真下の海を見下ろす格好《かっこう》になっていた。はるか地平線の端には、限りない海と空が境界をあいまいにして果てまで続いている。そしてその海が一か所だけ、陸に浸食《しんしょく》されていた。

妹子の立っている崖。その下の両端に突き出した陸地。陸地の間に挟《はさ》まれた湾。

湾の中の巨大楼船は、浅瀬に入れないため、投石の射程距離をはずれていた。つまり、敵主力はまだ完全に無傷なのだ。投石が命中して沈むのは、楼船が降ろし続ける上陸用手漕ぎ船だ。しかも乗せているのは末端《まったん》の雑兵《ぞうひょう》たちだろう。使い捨てだ。岩にやられようが海が燃えようが、数で押してくる。

何といっても兵の絶対数が足りない。きっと海を燃やすための魚膏も流し尽くしたに違いない。あの魚膏を壺《つぼ》一つに満たすだけでも、どれほどの魚が必要になったか。まして湾を満たすほどの魚膏など、一回の奇襲《きしゅう》でおしまいだ。

そして投石機。岩がない。琉球は内陸が深くなく、岩のとれる場所も限られるだろう。投石機で飛ばすほどの大きさと重さの岩を、そうそうため込めるとは思えない。まして一つの投石機に男数人として、一回岩を放ったら次に機をたわめ岩を放つのに、どれくらいの時が必要だろうか。多分、弓に矢をつがえるようには簡単にいかないのではないだろうか。

妹子は目をこらして湾内を見た。そうとうの数の船が沈んでいる。しかしそれ以上に敵は船を繰り出している。早くも先頭が浜に達した。上陸だ。

海上戦であれば、琉球が有利だった。しかし陸上戦になれば、武器と装備で隋軍は無敵と言っていいだろう。湾内で敵を殲滅《せんめつ》できれば勝てた。それができなかったということは。

「何を見ているのです」

ケミだ。妹子は顔を向けた。

「敵が村にまで入ってきた。間もなく王宮のあたりで戦闘が」

「知っています。急いで下さい」

そうまで言われて、妹子にはもはや眼の前の光景を見る理由はなかった。走り出した。

目的地は、それからしばらく木々をかき分けて登ったところだという。

さらに、南国特有のまとわりつくような樹木をかき分けている時、突然ぬっと顔を出した者がいた。

「ヘイヘイ、ワァワァワァアアア」

歌うような奇声《きせい》を発して現れたのは、言わずと知れた厩戸皇子。

あちこちの樹木を叩いて踊っている。これには、さすがの妹子も腹が立った。

「あんた何をやってんだ。みんながこんなに戦っている時に、琉球が滅ぶかどうかの瀬戸際《せとぎわ》だっていうのに、何わけのわからないことやってるんだ」

怒り過ぎたあまり自分が朝鮮語でわめいているのに、途中から気がついた。

厩戸皇子は何が面白いのか、笑いはじめた。それから言った。

「ものが水面に落ちる時には、斜め角《かく》半分くらいが良いぞ。それ以上角が浅いと、水だって反発して横にはじき、音が気持ち悪くなる。それ以上角が深いと、ただまっすぐ落ちるからどんなものも出す音は同じ、素《そ》っ気《け》ないこと、この上ない」

「もういい。みんなはどこだ」

「そっちで泣いてるじゃん」

厩戸が指し示す。妹子は見た。

そこにいたのは、何十人もの子供たち。それこそ赤ん坊くらいのから、五歳くらいまで。周囲を倭国兵たちが取り巻いていた。

琉球が守ってほしい拠点とは、子供。


女が急いでいたわけがわかった。子供たちはしょせん子供たちだ。山の上に隔離《かくり》されては、何が起こっているかさえもわからないだろう。赤ん坊だって多いから、耐え切れずにぐずる。最初はそれをあやしていた年上の児《こ》たちも、結局は不安に耐え切れず自分もまた泣く。

ケミはそれが心配だったのだろう。妹子は子供たちに近づいていった。信じられないことに、中に犬上襷《いぬがみたすき》がいて、一生懸命、子供たちをあやしていた。確かに歳が一番若いし、子供たちの気持ちもわかるのだろうが、何しろ昨日まで無口に自分の殻に閉じこもっていたのだ。この光景は少し嬉《うれ》しかった。

一緒になって子供をあやしはじめたケミに聞く。

「あの村の子か」

ケミは一人の赤ん坊を抱き上げながらうなずいた。

「他の村からも避難させたかったけれど、やはり母親の方が子供と引き離されるのをいやがるし、それにそんなに大勢連れていったら食べ物も場所も困るから、直接隋兵が攻めてくる下の王宮あたりだけ」

「お前の子は、中にいるのか」

「いいえ。私はまだ子を産んでません。もしそうなら、ここに来ることは許されなかった。自分の子だけ特別扱いすると思われます」

「それじゃ母親たちは」

「戦っています」

妹子は絶句した。そうだった。妹子は、ここからは見えない村をつい振り返って見下ろしていた。琉球は後がないのだ。全員で戦うのが当然だ。

その時ようやく気がついた。小さな子の頭にさわっている襷のそばに行った。

「蘇我臣蝦夷は」

「船です。一人でもう崖下の船に入っています」

「いざとなったら一人で漕ぎ出す気かねえ。船乗りもいないのにねぇえええええええ」

後ろで声。かん高いふざけたような口調は、振り返らなくてもわかっている。妹子は子供たちを見て収まってきた怒りが、またこみ上げてきた。

「厩戸皇子、あなたも船に一緒に入っていて下さい。万が一けがでもされたら、困るのは私たちですから」

「海は退屈。波も退屈。音が退屈。でもうるさいのはいやだな」

小野妹子はまた叫び出しそうになったが、眼の前に子供たちがいる。言葉を抑え込んだ。

そこにケミが言ってきた。

「あなたたちにお願いがあります。私たちが負けたら、この子たちを船に乗せて下さい」

妹子は振り返った。

「乗せてどうするのだ」

「倭国に連れていけとは言いません。第一、琉球とは違い過ぎます。ものの考え方も、季節も、人びとも。ただ近くの、なるべく隋兵が来そうもない小さな島に、この子たちを降ろしてほしいのです」

厩戸が笑った。

「それは無理だよぉぉぉ。最後までなんて」

妹子はそれを無視して聞いた。

「琉球が負けたかどうかなんて、ここにいたらわからないじゃないか」

「私が、見てきます。下に降りて見届けます。それを知らせます」

ケミが赤ん坊を降ろした。赤ん坊がまた泣き出した。

「それはだめだ」

妹子が言った。走り出そうとするケミの腕を捕まえた。

「私が行こう」

ケミは首を振った。

「あなたは倭国の人です」

「私はあんたと違って子供をあやしたことがない。山を登ったり下りたりすることなら何度もやった」

「そんなこと理由になりません」

「では一緒に行こう。一人より二人の方が確実なことが言える」

妹子は勝手に走り出していた。ケミがついてきて叫んだ。

「もしあなたに何かあったら、私は王になんて言うんですか」

妹子は叫び返した。

「もし琉球王がどうにかなってたら、何も言うことはないんじゃないのか」

ケミは黙った。怒ったのか。構わない。妹子は走り続けた。

その時だった。もう一人の足音を聞いた。妹子は振り返った。

唖然《あぜん》とした。厩戸皇子。

「何をしているんですか。ついてこないで下さい」

「汝《なんじ》、キリストより目をそむけたもうことなかれ」

妹子は立ち止まった。

そこは例の高台。斜面を登り切り、下の浜を見下ろすことができる展望地だった。

現在見えるのは、王宮のある村のあたりから立ち昇る煙。ここからは樹林の陰になって見えないが、火の手が上がっている。あそこで決死の攻防が行われているに違いない。

「一人で先に行ってはだめだ」

妹子はケミに叫んだ。ケミは首を振った。

「あの村には私の父が、母が」

「まっすぐ飛び込んではだめだ。隋兵が山に登っているかもしれない。ここからは隠れながら慎重《しんちょう》に行くんだ」

妹子はケミの手を取った。日に焼けて、何度も皮がむけて厚くなった手だった。南国の力強い女の腕だった。その手が今、下で起こっていることのために細かく震《ふる》えていた。

斜面をゆっくり滑り下りて行くと、後ろに気配《けはい》。厩戸皇子だ。妹子は腹が立つのを通り越して、絶望的な気分になった。

妹子は振り返った。

「皇子、お願いです。戻って下さい」

「僕は殺されないんじゃないかな」

「なぜですか。あなたが皇族だからですか。相手がそれを知っているって言うんですか」

「それに、大体の村の人も、多分やたらと殺されたりはしないさ」

今度はケミが振り返った。

「どうしてそんなことがわかるんですか」

「楊広がこの島に攻めてきたのは、なぜだと思う」

「この島を占領するためでしょう」

「ちぇーっちぇちぇちぇちぇーーーっ」

厩戸皇子はまた奇声を発した。

「静かにしゃべってください。敵が」

「うるさいうるさぁぁい。大陸は少し前まで二つに割れていた。南と北だ。これは北が南を占領することで一つになった。北の隋の方が野蛮で武力もすぐれていた。しかし南だって、だてに王国をやってたわけじゃないのさ。南は華美《かび》にすぐれていた。わかるかぁぁ。金だ。設備だ。教養に知的財産。これは南が漢人の国だったから伝統を受け継いでいたんだね。これに北の野蛮人はかなわなかったというわけさ。だから南北を一つにまとめるためには、どうしたって北は、南のそういったえげつないものを吸収する必要があった。でなきゃまた分裂してしまうって。そのためにはどうするか。なるだけ南を自然な形で統合してしまうしかないんだな。つまり戦争につきものの略奪《りゃくだつ》とか破壊、侵略《しんりゃく》に征服っていうやつは最小限にしろって、北の皇帝様は言ったわけだ。実際は、略奪するなと言ったはずだよな。でも現実には流民《るみん》が溢れてるってことは、それなりに略奪だの破壊だのはしっかりとやったわけだ。しかたないよな。戦争やっている兵たちは、それが楽しみで戦争するものね。勝って暴行できないんじゃ、不満がたまる。恩賞は、しょせん末端まで行き届かない。埋め合わせは、敵を占領した時に行う略奪でしなきゃならないわけだ。

でも今回は今までと勝手が違う。暴行禁止、略奪禁止。一番上の皇帝様はそれでいいかもしれないけれども、それじゃ現場の兵たちは納得《なっとく》しないっていうの。もう半分を占領したのに、何も得るものなしってかぁ。さあ反乱寸前だぁ、どうするどうする」

妹子たちはあっけにとられた。

「わかるでしょ。隋帝国現皇帝様の楊堅《ようけん》なんかと違って、司令官の楊広様はずっと兵思いだったということ。現場司令官だもの、部下の不満はわかるよって。略奪することができないんなら、その場所を作ればいいのさ。大陸で無理なら、どっか別の場所。手軽に行ってすぐに転がせて、貢《みつ》ぎ物を持って帰れるところだよぉぉぉぉお。もうわかっただろ」

「琉球ですか。それが」

「そう。琉球には大した資源もない。金もない。産品もない。あるのは人間だけ。でも人間だって立派な略奪品さ。奴隷なら金と交換できる。ないよりはまし」

ケミが震え出した。

「そんな、そんな、たったそれだけのために隋国は琉球を」

「この島一つじゃ足りない。楊広は、周辺のあらゆる国にこれから襲いかかるだろう。統一に使った兵は約五十万。そのうち恩賞が行き渡っているのは上の者だけ。

場合によっては朝鮮も倭国も、全部この島の後を追う」

「なぜ」

ケミは声を殺して叫んだ。

「なぜそこまで知っていながら、何もしなかったのですか。琉球がこうなることを知っていて、何もできなかったのですか」

「何もしなかった。何もしなかったたって、僕に何ができる」

厩戸は急に耳をふさいだ。

「あんたは僕を責めるのか。あんたはこの僕を責めるのか。あんたは祈《いの》りが通じなかったからって、誰かを恨《うら》むのか」

「だって、あなたは倭国の皇子」

「うるさいうるさいうるさいうわぁぁ僕は誰でもない。僕はイエスキリスト。哀《あわ》れな子羊であぁぁぁぁぁぁぁぁある」

厩戸皇子は、耳を押さえたまま坂を駆け上がっていってしまった。妹子は一瞬制止しようとしたが、そのままにしておいた。それからケミの方を向いた。

「彼は、できるだけのことはした」

ケミは、うるみかけた目を妹子に向けた。妹子はどうせ大した慰《なぐさ》めにならないなと思いつつ、言うしかなかった。

「彼は三万の援軍を倭国に要求した。でもそれに二の足を踏《ふ》んだのは、倭国なんだ」

「どうして」

「隋国が大き過ぎるから。やっぱり倭国だって、怖《こわ》いし、戦いたくないさ」

ケミは唇《くちびる》を結んだ。泣くまいとしているようだ。妹子はもう一度彼女の手を取った。

「さぁ、下りよう。君の家族がいたら、あの船に乗せよう。間に合うかどうかわからないけれど、できるだけ助けるんだ」

しかし実際は、数歩進んだだけで大混乱だった。火の手は村全体に広がり、あちこちの樹木を焦《こ》がしていた。怒号《どごう》と悲鳴が山の斜面にこだまし、波の音が重低音で、その間もとぎれず響いていた。黒煙《こくえん》は天高く舞い上がり、南国の空を黒く染めていた。

王宮周囲の三重の堀。それぞれに死体が埋まっていた。隋兵は堀に落ち込んだ味方を踏みつけて先へと進んだらしい。堀の中は血に染まっていた。

剣戟《けんげき》の音がまだ響くが、ほとんどは琉球人たちの悲鳴が埋めていた。

琉球兵は鎧どころか、布の服さえなしに隋兵たちと組み合う。石をぶつけても、鉄鎧の隋兵にはよほどのことがない限り衝撃にはならない。他方、隋兵の鉄の剣はかすっただけで琉球人の手足をそぎ、戦闘能力を奪う。

　時間が経つにつれて海上での奇襲効果は薄れ、数の上でも兵力の上でも隋兵が圧倒的に優勢となっていた。村の中は、琉球兵の死骸《しがい》が無造作《むぞうさ》に積み重ねられていた。

　妹子は慎重に下りていったが、木の陰がとぎれるところで歩を止めた。そこでは炎が森の中にまで入ってきていた。それ以上進むことは火の中をぐることを意味し、また村を制圧しつつある隋兵から、こちらの姿が見えることを意味した。

　それでも首を伸ばして、妹子は村を眺めわたした。そしてあきらめた。村の中心の高層の建物から黒煙が立ち昇っていた。王宮が燃えていた。

　ケミは一瞬ためらったが、すぐ炎の輪をくぐろうとした。妹子はその手を握って制した。

「放して下さい」

「行かせるわけにはいかない。見ただろう。村はもう」

「わかっています。あの人が言うように、わかっていました。最初から」

　ケミは泣き出した。

「でも私は、琉球の女です」

　妹子はケミの手を引っ張った。そして強引に身体を抱《かか》えた。

「一緒に船に乗るんだ」

「いやです。私はここで、琉球で」

妹子は首を振って顔を寄せた。そしてささやいた。

「琉球は、もう、ないんだ」

ケミは黙って涙をこぼした。ただ首を振った。

「これからはあの子たちが琉球だ。あの子たちを安全な場所に届ける役を、誰がするんだ。倭国に任せるのか」

と、その時だった。

音。一人の隋兵が坂の上の妹子たちを発見したらしい。剣を抜いて迫ってくる。

妹子はケミに叫んだ。走れ。そして自分も走った。ケミは抱えたままだ。彼女が自分で死ぬかもしれないと恐れたからだ。だから隋兵と妹子は速度が違った。このままでは追いつかれる。背中から切りつけられれば、二人とも助からない。かなわぬまでも立ち回りをやるしかないか。

妹子は片手で短剣を抜きかけた。そのすきが速度を鈍《にぶ》らせた。隋兵が剣を振り上げる。妹子の目に映ったのは、覚悟《かくご》して彼に覆《おお》いかぶさったケミの姿。自分を犠牲にして妹子を助けようとしている。そんなことはさせない。妹子は剣を抜いた。

瞬間、声。

「カエサルのものはカエサルに。隋のものは隋に」

厩戸皇子。手に持っているのは、マリア像。福利《ふくり》が作ったやつを、厩戸が持っている。

なぜと思う間もなく、驚いた隋兵が剣を厩戸に向けて突く。たちまち真っ二つに割れるマリア像。ばかりでなく、厩戸の手のひらに剣は突き刺さる。

「わゃあああ痛い痛い、なんだこれは痛いぞ」

絶好のチャンス。妹子は抜いた短剣を、そのまま下から隋兵の首に突き立てる。あたりの熱帯樹木を赤黒く染めて隋兵は崩れる。

妹子は厩戸を見る。厩戸は手のひらから血を流しながら言う。

「汝の右手が悪事を行うならば、右手を火に投げ入れろ」

妹子は何も答えられなかった。


琉球は壊滅した。『隋書』によれば、この時捕虜にした総数七千人とある。ただ隋は奴隷が欲しかっただけであって、琉球そのものには何の関心も示さなかった。奴隷だけ連れて去り、あとは放り出したらしい。その後の記録が何一つないからだ。

そして琉球だけでは足りないという、厩戸皇子の予言は的中した。この後、隋国は林邑《りんゆう》（ベトナム南部）、赤土《せきど》（マレー半島南部）など南の島々他、近いところを手当たり次第に攻めるか、従えるかしていくことになる。

厩戸皇子の傷は意外に深かったらしい。わざわざ伊予《いよ》の国の温泉にまで傷の療養に行った記録が、湯岡《ゆのおか》の碑に残されている。

上《かみ》つ國《くに》

日《ひ》、出《い》ずる

小野妹子《おののいもこ》 故《ゆえ》なく国書を失《な》くし 皇太子《ひつぎのみこ》 大陸で超大国隋《ずい》を語る

大業《たいぎょう》三年。倭国《わこく》では推古《すいこ》十五年。西暦六〇七年。

小野妹子《おののいもこ》は絶望の航海の後に倭国に帰り着いた。往路も緊張はしていた。しかしながらその緊張は、倭国の全権大使として隋《ずい》国との間に和の橋渡しをするのだという意気込みから来る、心地《ここち》よいものだった。

琉球《りゅうきゅう》から命からがら倭国にたどり着いてから、すでに十数年。

妹子もすでに三十代。この間じっと地道な精進《しょうじん》を行ってきた。特に派手な活躍もしなかった代わりに、失敗らしい失敗もしないで、ここまでやって来た。

琉球が壊滅したこと。それは倭国には、少なくとも飛鳥《あすか》朝廷には大した影響を与えなかった。何しろ絶海《ぜっかい》の南の孤島だ。場所がどこにあるかさえも知らないというのが、飛鳥の者たちの本音だろう。

唯一妹子の失点とすれば、厩戸皇子《うまやどのおうじ》を負傷させたこと。しかし、それも蘇我蝦《そがのえみ》夷《し》がとりなしてくれたようで、妹子には何の沙汰《さた》もなかった。平たく言えば、厩戸を運んで飛鳥にたどり着いた時点で、妹子は以前通り、下級豪族として上から無視されたということだ。

それから十数年。静かに妹子は暮らしてきた。朝廷に毎日通い、雑務をこなした。それあってかどうか知らないが、上の者が引退したり、下の者が入ってくる度《たび》に妹子の仕事も責任あるものとなり、今回ついに、倭国全権大使として隋に向かうことになったのだ。

地位は大礼《だいらい》。昔を考えれば、出世したと思った。緊張しながらも意気揚々《ようよう》と大使節団を引き連れ、隋国新皇帝煬帝《ようだい》のもとに出向いたのだった。

妹子とて、その煬帝が琉球を壊滅させた司令官楊広《ようこう》だということは知っていた。しかしながら、もはや隋国二代目の皇帝。権勢は揺るぎないどころか、年を追うごとにますます高まりつつある。全世界の国が彼のもとに参じ、朝貢《ちようこう》して和を請わなければならない時代だ。

妹子は平和条約とはいかないまでも、その煬帝の機嫌をある程度とり、倭国と円《えん》滑《かつ》な関係を保たせるために自分は遣《つか》わされたのだと思っていた。自分は、琉球がどういう運命をたどったのかを知っている。倭国がそうならないために、超大国隋国と緊密な関係を結ぶために外交文書を手渡し、朝貢品を奉納《ほうのう》するのだと思っていた。

不安は、その外交文書を書いたのが厩戸皇子だということ。しかも、その書を自分が読むことを禁じられたこと。大使として行くのだから、中身を知らなければ交渉も成り立たないはず。それが疑問だった。ただそういう慣習ならばしかたないと、自分は開けもせず、直接謁見《えつけん》の場で皇帝に差し出した。

結果はあの通り。

『日出処天子致書日没処天子』

何だ。あの書は。

皇帝は怒り狂い、妹子は捕らえられた。

野蛮《やばん》な国への見せしめのために、最悪の場合は、朝になれば処刑されるかもしれない。

その晩、妹子は全く眠れなかった。色々考えた。今となっては知りようがないが、厩戸皇子はあの後、何と続けて書いたのだろうか。

『日《ひ》、出《い》ずる処《ところ》の天子《てんし》、日《ひ》、没《ぼっ》する処の天子に書《しょ》を致《いた》す。つつがなきや――』

これだけでも煬帝が怒るのは当然だろう。隋国の皇帝が倭国の天皇にこれを送ったって、天皇は怒り出すだろう。ただ国力差があるから、使者を捕らえたりはしないだろうが。

母の顔が浮かんだ。倭国の景色が、自分の家が、新しい家族が浮かんではまた消えた。

気がついたら朝になっていた。妹子は朝食後、部屋から出された。

そのまま死刑場に向かうことも最悪の想像としてあったのだが、それはなかった。他国の使者をいきなり処刑するということは、外交慣習法上、あるいは文明国としての隋国の立場上できないのだ。

妹子はとりあえず安堵《あんど》したが、その代わり約一刻《こく》（二時間）にわたって、隋国鴻《こう》臚卿配下《ろけいはいか》の者に厳しく説教を受けた。

いわく、汝《なんじ》の国はちっぽけな島国であって人口も少なく、隋国領下の小さな村一つを治める程度の者でもあれば足りるのである。すなわち、隋国から誰かを派遣して治めさせればいいものであるが、今の王をいきなり追い出してしまうわけにもゆかぬから、そのままにしてあるだけなのである。それというのも、もし汝の小国の王が心を洗い、行いを改めて天の御心《みこころ》に従うならば、これすなわち、皇帝の良臣《りょうしん》となるだろうという期待があるからである。汝の国は海の果てにあると思うだろうが、長江《ちょうこう》を越え、遼河《りょうが》を越えるわが国にとって、それが何ほどのものであろうか。

小野妹子はいちいち神妙にうなずいた。もう牢屋《ろうや》はごめんだった。それだけだった。

「汝の、無礼《ぶれい》な書状を寄越《よこ》すような王が、自ら態度を改めることを許すのみである」

妹子は、ちらと考えた。

厩戸皇子。あれは、こんな脅《おど》しをしても変わらないと思う。あいつが成長して変化したかどうかは不明だ。ただ琉球時代のあいつがこの場にいたら即《そく》、殺されていただろう。

鴻臚卿配下の者はとりあえず言いたいことを言った後、妹子に返書を持たせた。

「これを持って汝の国に戻り、汝自身からも口添《くちぞ》えをして野蛮国の王の心を改めさせ、また礼節《れいせつ》を尽くした国書を携《たずさ》えて隋国に戻るが良い」

きっと隋の国書とは、先ほどのえんえんと続いた脅しが、そのまま文字になっただけのものだ。多少回りくどい言い方はしてあるが。

そして小野妹子は帰途《きと》についた。使節として、隋国文林郎《ぶんりんろう》の裴世清《はいせいせい》という者がついた。

七世紀初頭の外洋航海は、後の遣唐使《けんとうし》のような日本―中国直通航路ではなく、まず朝鮮半島に向かい、それから半島の形をなぞるように南にくだり、対馬《つしま》を経由《けいゆ》して九州に到着する。手間はかかるが、難破《なんぱ》しても陸地がすぐ近くに見える。百年後の航海のように、風だけを頼りに目的地を一直線に線で結ぶような航海術も、大規模な船も持ち合わせていない。

従って、往復とも大体同じような航路をたどり、倭国側の港はたいてい秦《はた》王国になる。そのように小野妹子は、倭国使節団と隋国大使を引き連れて九州に船を着けた。ここでしばらく補給をした後に関門海峡を通り、難波津《なにわづ》に向かってまだ旅は続く。

絶望的な旅だ。いいことは一つもなく、救いといえば、命が助かり全員無事で帰国できたこと。それだけでも喜ぶべきなのかもしれない。少なくとも、また家族の顔は見られる。

しかし飛鳥に戻ったとて、なんと報告したらいいのだろう。厩戸皇子の書により全《すべ》てぶち壊しになってしまいました、と言うのか。朝廷が、そんな皇族の恥を表沙汰にするはずはない。責めを受けるのは、きっと妹子。ひょっとしたら、今連れている裴世清という者と一緒に、倭国でも軟禁《なんきん》されてしまうかもしれない。何しろこいつは、天皇を『説教』しに来るのだ。

船が秦王国に着いても、妹子は船室から出なかった。ここにとどまるのは一時で、すぐ出立《しゅったつ》するのだし、誰にも会いたくはなかった。本来なら、儀礼的にでも秦河勝《かわかつ》にだけは挨拶《あいさつ》に顔を出さなければならないが、彼はもう隠居《いんきょ》している。

船室ですることもないので眠ろうとすると、部下が入ってきた。

「大礼小野妹子殿におかれましては、津司《つのつかさ》に出頭されますように、とのことです」

津司。それは、秦河勝が港に作った検問所だ。異国からあやしい船が入港していないか見張る。役所と兵舎も兼ねている。

妹子はいぶかった。何か悪いことをしたか。それとも、裴世清が上陸して一悶《ひともん》着《ちゃく》起こしているのか。それはない。隋国人はここで上陸することはできないからだ。

そう思いつつ妹子は船を出て、久しぶりに倭国の土を踏んだ。喜ばしい思いはない。悪い想像ばかりが頭をもたげてくる。もう噂《うわさ》が倭国に伝わっているとか、だから九州にいるうちに妹子を軟禁してしまおうとか。

船に逃げ出したい思いで役所に入った。簡略で実用本位な高床《たかゆか》を上がると、板の間。そこに兵数人。そして。

「ひっさしぶりだねぇえええええええっ、小野妹子」

厩戸皇子。

あれから十数年。厩戸皇子も、もう三十を越えた。小野妹子は彼を見た瞬間、全てを思い出し、そして少年だった頃の面影《おもかげ》を彼に見いだし、けれどその思い出を目の前にいる男と重ね合わせることに失敗した。

妹子が最初に思ったこと。

こいつ、化け物になりやがった。

精悍《せいかん》さは増していた。髪も昔のようなざんばら髪ではなく結《ゆ》われており、服も皇族として恥ずかしくない立派な宮廷着だ。目つきも、どこを見ているのかわからないような焦点《しょうてん》のない眼だったのに、はっきりとした意志を持って今、妹子を見つめていた。

完全な人間としての皮をまといつけた。妹子にはそう見えた。中身は人間が理解不能な恐ろしい異形《いぎょう》の者であるのに、外側は間違いなくりりしい君子《くんし》なのだった。それが昔を知っている妹子には透《す》けて見え、まるで化け物のような感覚を持って迫ってくるのだった。

明らかに十数年の歳月は、厩戸皇子の姿を変えていた。呼び名も変わった。今や厩戸皇子ではなく、摂政皇太子《せっしょうひつぎのみこ》。

崇峻《すしゅん》天皇は暗殺された。黒幕は不明だが、蘇我馬子《うまこ》であろうという。そして天皇候補として白羽《しらは》の矢が立ったのは、竹田皇子と厩戸皇子。一長一短《いっちょういったん》だ。結局、病弱な竹田がまずはずれた。病《やまい》はますます重くなり、自分で立ち上がることもままならなかった。

しかし厩戸皇子は、完璧《かんぺき》であると同時に論外であった。妹子は飛鳥上層豪族たちの密談に参加していたわけではないが、大体の話の内容は想像がつく。天皇にするには賢《かしこ》過《す》ぎる。あるいは、人間としてはずれてい過ぎる。彼の昔の姿を知っている妹子にしても同感だ。

それにきっと厩戸自身、天皇なんて『まっぴらごめん』と言ったのだろう。飛鳥からほとんど出られない。朝から晩まですることがある。みんなが見る。

かくして、現在の天皇は炊屋姫《かしきやひめ》だ。後には推古《すいこ》天皇と呼ばれる。繋《つな》ぎとして他に人材はなかった。次はきっと、蘇我馬子が自分の血族から誰かを立てるだろう。

そして厩戸皇子は摂政。妹子が知っていることは、役人の地位を決める冠位十二階を施行したこと。妹子はそれに乗っかっているし、秦河勝も妹子より二階級か、それ以上の地位をもらっているはず。

飛鳥には色々なことがあった。妹子は関わらないようにしているが、醜《みにく》い勢力争いで何人もの人間が倒れ、殺され、失脚《しっきゃく》して流された。

大規模なものでは朝鮮半島への侵攻。ついに任那《みまな》は、新羅《しらぎ》によって滅亡させられた。新羅への復讐《ふくしゅう》戦や、同盟国百済《くだら》を助けるための小競り合いで、何年かおきには何千人もの人間が死んでいった。

厩戸皇子はその渦中《かちゅう》にいて、汚いものをずいぶん見てきたし、自分も何かしたこともあったのではないだろうか。

だから今、人間の皮をかぶって目の前にいる。いびつなものが。

「隋国はどうだったぁぁぁぁぁぁっ、楽しかったかぁぁぁぁぃ」

妹子は怒り心頭《しんとう》に発した。しかし、怒りを皇太子に見せていいはずがないという常識的判断が働いて、何とか制した。

何も答えることはできなかった。絶望から怒り。感情の振幅《しんぷく》が激し過ぎた。

パチパチ。灯《あか》りの炎がはぜる。もう夜なのだ。船出は明日朝になるだろう。揺らめく炎を受けて、妹子には厩戸の顔が鬼か怨霊《おんりょう》のように見えた。

「僕の書いた国書を見て、楊広は何か言ってたかぁい」

妹子はついに爆発した。

「何ですか、あの書は。私がここに生きて帰ってこられたのさえ、不思議なくらいだ」

「それでそれで。やっこさんは、すぐにでも倭国へ侵攻するか」

妹子は首を振った。

「わかりません。そこまで私が把握《はあく》する余裕があるわけないでしょう。でも厩戸皇子、あなたは隋国を挑発するために、あれを書いたというのですか」

「まさか。僕は至極《しごく》当たり前のことを書いただけなのにねぇ、ただ世界は広いし、当たり前のことを言っただけで怒り出すやつの方が多いことは、わかっている」

「だったらなぜ。あなたほどの人なら、何百万もの軍を抱《かか》える隋国を相手にする恐ろしさはわかっているはずでしょう」

厩戸は右手を差し出した。

「見せてよね」

「えっ」

「楊広ちゃんからお返事もらってきたでしょぉぉぉ。摂政の僕ちゃんに見せてちょうだいよ」

妹子は瞬間硬直《こうちょく》はしたが、こいつは今摂政なんだとやっと気がついた。肌身《はだみ》離さず持ち歩いていた隋国の返書を差し出した。

厩戸皇子は妹子からその書を受け取るや、中身を見もせずに火の中に放《ほう》り込んだ。

うわぁぁぁっ。これは妹子の叫び。

「なんてことをするんですか」

「どうせ書いてあることなんか、見なくたってわかってるじゃんよ」

「隋国の国書ですよ。本来は天皇に」

厩戸はまた不気味に笑った。

「炊屋姫はそういうことにうるさいんだなぁ。まして蘇我馬子もいるしねえ。だから妹子君、頼まれてよ」

「ちょっと待って下さい。書が燃える。早く火を」

「いいかい。よく聞きな。この書、僕は見なかった」

えっ。

「君が失《な》くしたんだよ」

絶句。言葉にならない。怒りか屈辱《くつじょく》か身体《からだ》が震《ふる》え出した。

「だから倭国にはついに届かなかった」

一国を代表する全権大使が相手国からの国書を失う。それは外交官の死。どんな場合でも地位剝奪《はくだつ》、朝廷出入り禁止。悪くすれば死罪。

「そんな小細工《こざいく》。隋国からの使者も来ているのに」

「そいつは殺すなり何なり考えるよ」

「しかし、私はどうなるのですか。せっかく生きて戻れたのに」

「生きて。ふううううん。おっもしろいこと言うねえぇぇぇぇっ」

厩戸はいきなり妹子の前に右手を突き出した。顔の正面。

「この傷なんだかわかる」

傷跡。それは剣が刺さった跡、手のひらの少し下の方に。くっきりとそこだけ色が違っている。

「それは琉球で」

「僕が君の命を助けた時の傷だねぇぇぇぇ。忘れてなんかいないよねぇぇぇぇぇぇっ」

妹子は思った。直感は間違っていなかった。こいつは完全に化け物になった。そいつが今、倭国を動かしている。

船が難波津に着いたようだ。揺れ方が違うし、港特有の騒がしい人々の声がする。

しかし、小野妹子は船室に籠《こ》もっていた。並の身分とはいえ、倭国全権大使の権利として、一つの部屋を与えられるのだ。他の部下たちのほとんどは相部屋だが、昔は妹子もそれが当たり前だと思っていて、個室の方が最初は違和感《いわかん》があった。

今はこの部屋から出たくない。船が港に着いて、そろそろ錨《いかり》が下りるという時、いやでも迎えが来るだろう。

この船が九州に着いた時も、気分は最悪だった。これ以上悪いことは起きようもないと思っていたほどだったのに、それをはるかにしのぐ絶望に襲われたのだ。

何しろ隋国からの国書さえも焼かれてしまったのだ。相手国に軟禁されたどころの話じゃない。常識的に考えても厳罰《げんばつ》は免《まぬか》れないだろうというところに、倭国王を説教してくれようという裴世清まで連れている。

それもこれも、全てあいつ一人の起こしたことだ。

厩戸皇子。

妹子はここに至る船の中で、それこそ推古天皇の前に出て、厩戸皇子が国書を燃やしてしまったんですと言い立てようかと思った。自分は身分の差があって天皇に直接謁見はできないが、倭国危急存亡《ききゅうそんぼう》の時だ。蘇我蝦夷か誰かに取り次いでもらえないかと思った。

そうすれば、少なくとも自分の罰くらいは軽くなるんじゃないだろうか。

しかしそれでは、摂政皇太子を敵に回すことになる。天皇に謁見を申し出た段階で、妨害《ぼうがい》が入るのではないだろうか。最悪の場合は暗殺される。

全ては遅い。国書を失った時点で大使失格。きっと何を言っても厳罰は同じか。だとしたら、このまま海に飛び込んだ方がずっと早いかもしれない。

自分に家族がいなければ、そうしたかもしれない。しかし妹子は、下級でも豪族の長だ。家族や、土地で待つ者のことを考えれば、勝手に死ぬこともできない。

とはいえ、このままでは間違いなく、罪人として倭国で生きるはめになる。

絶望的な思考ばかりが循環し、考えれば考えるほど憂鬱《ゆううつ》がいや増す。部屋から出たくない。もう倭国の土を踏みたくない。ずっと船に乗っていれば、少なくとも罪人になることだけは避けられる。

船は難波津に着いた。最悪だ。

扉が叩《たた》かれた。静かとは言えない、乱暴な叩き方だ。

あたりに反響している。妹子の反応がないのをいぶかしんでいるのか。いないふりをずっとしていたいのに。ガンガン。次第に音が大きくなる。

ばかりではない。声まで聞こえる。何か聞いたような声。妹子の名前を呼んでいるのかと思ったが、そうではなかった。

「うるさいうるさいうるさぁぁぁぁぁぁぁぃっ」

妹子は跳《は》ね起きた。扉を開けた。

そこにいたのは。

摂政皇太子。

「何でここに」

「叩け。さすれば開かれん。求めよ。さすれば与えられん」

「一体何なんですか。ずっと一緒の船に乗っていたのですか」

「それはそうだ。僕と君、目的地は一緒。飛鳥。一緒の船に乗るのが一番じゃん」

妹子は動揺を制するために瞬間黙った。するとあたりが見えてきた。厩戸皇子は今度は部下を数名連れている。しかしその格好《かっこう》はまるで、一般庶民《しょみん》のようなぼろぼろの衣服に裸足《はだし》。妹子はすごい違和感を覚えたので聞いた。

「わざとそんな姿をしているのですか」

「今、もとに替える」

「替えるくらいなら、何でそんな格好をしているのですか」

「漢人は服装で相手を見る」

「裴世清のことですか」

「僕がこの格好をして歩けば、石ころほどにも感じない」

「何か探ろうとしたのですか」

「早く部屋を出てよ。一緒に来な。裴世清のところだ」

「私に何をしろと」

「剣を用意しておけ」

「どうして」

「騒いだらやつを斬る」

一国の大使を斬る。間違いなく隋と戦端《せんたん》を開くことになる。妹子は背中を向けた厩戸を追いかけた。

「皇太子。あなたは何を考えてるんですか」

「僕が考えているのは、つねに愛と平和だ」

「やっていることが逆じゃないですか」

「うるさいうるさいうるさい、騒ぐな」

「皇太子が騒いでいるんじゃないですか」

「僕はいい。僕は羊の群れを狼《おおかみ》の中に遣わすのだ」

妹子は黙った。羊という動物がどういうものかわからなかったせいもあるが、それより厩戸が、隋国人たちの船室に下りて部下たちにささやいていたからだ。

「裴世清はまだ部屋か」

「はっ。呼ばれるまでは出てこないようです」

大使ともあろう者が、港に着いたからっていそいそと自分から乗り出しては、威厳に欠けるとでも思っているのだろうか。厩戸は返事を聞く前にぼろぼろの服を脱ぎ捨て、船底の通路で代わりの服に着替えていた。今度は一応豪族らしい服ではあった。ただ皇太子の正装ではない。それに相変わらず裸足だ。

厩戸は着るものなどに全く構わず、妹子を振り返った。

「妹子、裴世清を呼べ。戸を開けさせろ」

こいつの言うことに従って、いいことがあったためしは一度もない。とはいえ、反対する理由は見つからなかった。妹子は扉を叩き、礼に従って呼ばわった。

「隋国大使裴世清様。倭国全権大使小野妹子です。港に着きました。船を乗り換えなければ飛鳥に入れません。お願い致します」

奥では待ち構えていたらしい。よろしい、と取り繕《つくろ》ったような声がし、すぐ扉が開いた。

その瞬間だった。厩戸の部下たちがなだれ込んだ。

裴世清は押されて船底に尻もちをついた。たるんだ肉がぶよっと音を立てそうなほど肥満《ひまん》したやつだ。

「何だ、お前ら」

厩戸が進み出た。

「右の頰《ほお》を打たれたら、左の頰を差し出すが良い。顔面の中心を狙いにくくする効果が期待できる」

「このわしを誰だと思っているのだ」

「音がした音がした音がした音がした。多分左の太腿《ふともも》のその辺じゃないかなぁぁぁあっ」

厩戸が指す。部下の一人がすかさず剣を出し、裴世清の服を切り裂いた。

とたん、ざらざらとこぼれ落ちる貨幣《かへい》。船底で、はでな音。

「うわっ何をする」

「見たよ見たよ見たよ。きゃぁきゃぁ。随分《ずいぶん》多いじゃん。大使が国家よりもらえるお手当てとは違う貨幣みたいだし。どうしたのかなぁぁぁ」

慌《あわ》てて貨幣を拾い集めている裴世清は、厩戸を見て、ぶるぶる震え出した。

「わかってるって。君が連れ歩いている部下たちの分までお手当て握り込んだ上に、付け届けまでいただいているんだよねえ。何しろ大使の部下って、隋国じゃ結構な地位だものね。倭国も一緒だけど」

「お前ら、何が目的だ」

「正義と平和だ」

厩戸は、妹子を引っ張った。

「ほら。倭国全権大使も見てしまったよ。こんな隋国大使なんていらないかもね。隋国皇帝にさっそく報告しましょうか。あなたが寄越したやつは悪いことをしていますって」

「待て。話をしよう。お前らが欲しいものは何だ」

厩戸は部下から剣をひったくった。

「また悪いことをしようとしているね。そんなのいらないって言わなかったっけ。そうだね。こんなやつなら、ここでどうにかしても、隋国皇帝は何も言わないよね。殺そうか」

　裴世清は尻もちをついたまま、ずるずると後退した。

「待て待て。何でもする。話をしよう」

「話をしてもいいけど、わかるかい、ここはもう倭国なんだよ」

「なにっ」

「倭国の法が通用するところさ。十七条憲法って知っているか」

　裴世清は船室のどんづまりまで下がった。貨幣がざらざらと船底にこぼれ落ちる。厩戸と部下たちは、ゆっくりと隋国大使を押し詰めていく。

「僕が作った法律だけどね。話をしようって言うんなら法に則《のっと》ってしようね。十七条憲法第三条、曰《いわ》く『詔《みことのり》を承《うけたまわ》りては必ず謹《つつし》め』簡単に言うと」

　厩戸は、にたりと笑う。

「僕の命令に絶対従え」

　それからの裴世清は、まるで人形だった。というより、まるで飛鳥の役人になり果てたかのようだった。

難波津に迎えに来た豪族たちに硬《かた》い笑顔で挨拶をしながら、裴世清は船を下りて行く。それから通訳に向かって、倭国の景色と人々をほめたたえる演説をぶった。もちろん厩戸皇子の入れ知恵だ。

本来なら、いかめしい顔をして大上段に説教をするはずだった隋国大使は、さすが面《つら》の皮が厚く、接待役の倭国豪族に、これが芝居《しばい》であることを全く感じさせなかった。倭国豪族たちは、後進国倭国がここまでほめられて嬉《うれ》しくないはずはなく、この太った中年の異国人を大歓迎した。

小野妹子はその様子を眺《なが》めながら、厩戸皇子に聞いた。

「見事に不安を解消したということですか」

これくらいの嫌味《いやみ》は言っていいだろうと思った。

厩戸はまた、ぼろぼろの庶民の服に着替えなおしている。

「今度は何ですか」

「今度はあいつら、倭国の出迎えの役人の目をくらます。一足先に飛鳥に直行だ」

「その格好で、あいつの弱みを調べまくっていたわけですね。船の中に忍び込んで」

「それはどうかな。隋国の小役人はみんな付け届けをもらっている。騒ぐほどじゃないさ。たださすがに皇帝にばらすといえば、黙るしかないけどね」

「皇太子。私はわかりましたよ。いつもそうやって他人の弱みをかぎつける。脅《おど》かす。言うことを聞かせる。犬上襷《いぬがみたすき》もそうやっていいようにした。私の知っている限りはそれだけですが、きっと他に何十人も何百人もいるのでしょう。それがやり方ですか、皇太子の」

「何のことだかわからないなぁ。ところで小野妹子、十七条憲法第九条は」

妹子は一瞬絶句した。しかし、覚えなければ朝廷に入ることはままならなかったので、記憶をしていた。

「『信《しん》はこれ義のもとなり』」

「意味は」

「そのままです。信ずることは道義《どうぎ》の根本《こんぽん》である」

「わかってるじゃん」

厩戸は他の船員たちにまぎれて消えた。

それからが少しつらかった。

「帰り道に百済を通った時に、国書を盗まれました」

小野妹子が筋書《すじが》き通りにセリフを言うと、役人たちは猛烈に怒った。

それは、先ほど愛想《あいそ》笑い満面の裴世清の態度を見たためもあったかもしれない。

隋国大使が信じられないほどに倭国をほめたたえているというのに、肝心《かんじん》の倭国大使の方が国書を失った。もし立場が違えば、妹子だって世界最低だと思うだろう。

さんざん罵詈雑言《ばりぞうごん》を浴びせたあとで、役人たちは背中を向けた。

「とにかくこの件は奏上《そうじょう》する。追って沙汰があるまで、飛鳥で蟄居《ちっきょ》していよ」

予想通りの結末だ。つまり、結果は間違いなく最悪の部類だろう。

飛鳥まで一人、馬を飛ばした。帰りたくはなかった。しかし船も着いたのに帰らなければ家族が心配する。それでなくても何か月も顔を見せていないのだ。

飛鳥。思いが交錯《こうさく》する。家に行きたい。帰りたくない。みじめな姿をさらしたくない。家族の顔を見たい。

結局、会いたいという思いが勝《まさ》った。人間は孤独に耐えられない。朝廷とのつながりを断たれた今、家族とのつながりまで断たれたくはない。

それでもなぜか、こっそりと家に歩みを進める。大きな声は立てられない。何を言ったらいいのかわからない。お帰りなさいと呼びかけられでもしたら、逃げ出してしまいそうだ。

出世。凱旋《がいせん》。その夢は消えて、敗残《はいざん》の姿をさらす自分。

妹子は音を立てないように庭に入る。十数年の蓄《たくわ》えで少しずつ家を改築し、庭も、豪族の客が来ても恥ずかしくないくらいに手入れがなされている。

庭に、いた。

長男。小野毛人《おののえみし》。

十歳の男の子。庭に立っている。草木を見て、歌詠《よ》みでもしているのだろうか。

妹子は駆け出した。

そのまま毛人の後ろから肩を抱き寄せた。

「あ、父上」

「ただいま」

家の奥から声。

「帰っていらしてたんですか。どうして庭から入るなんてまねを」

妻のケミ。

琉球風の髪型をやめてもう長い。言葉も服もすっかり倭国のものになっている。寒い冬を十年以上経験して、心なしか肌まで白くなっているようだ。

妹子は首を振った。

「いいんだ」

泣けてきそうになったが、構わず続けた。

「これでいいんだ」

謹慎《きんしん》だから、いやもおうもない。家に数日籠もったが、何の沙汰もなかった。これはよくあることだ。朝廷はすることが遅い。下手《へた》をすると、一月《ひとつき》は待たされるかと思った。

処分決定など遅い方がいいに決まっているのだが、妻のケミは話を聞いて怒っている。そんなの皇太子が一人でしでかしたことでしょう。何であなたが罪をかぶって処断されなきゃならないのよ。

それはその通りだが、厩戸には命を助けられた恩がある。といっても、あの琉球での介入《かいにゅう》は厩戸が勝手に騒いだことだから、恩とは思っていない。だがあの時厩戸が助けなければ、死んでいたのは間違いなく妻のケミだった。それには感謝している。

あの厩戸のことだから、そこまで計算しているのかもしれない。それが妹子に対する『脅迫《きょうはく》』というやつだ。妹子の弱みは、まさにケミに対する恩だろう。

飛鳥の豪族たちにもおしゃべりなやつがいて、あれから隋の使者が朝廷に赴《おもむ》いたことなどが伝わってくる。何と裴世清は、隋皇帝からの親書《しんしょ》を手渡したという。そこには『朝貢』という言葉を使いながらも、倭国をほめそやす美辞麗句《びじれいく》が並べてあったという。

妹子は思った。それはありえない。きっと例によって厩戸がすり替えたか、ある

い は恐ろしいことに、外交国書ごと偽造《ぎぞう》してしまったに違いない。見事だ。そうして倭国内には、何の問題もなく隋国との外交が成立したという歴史が刻まれる。摂政皇太子の名声はますます高まる。あくまで倭国内では。

しかし、相手はそう思ってはいない。隋の皇帝煬帝は。倭国は無礼な書を寄越した野蛮国。妹子の感覚からすれば、このまま図に乗っていたら攻め込まれる。

ただわからないのは。

こんな苦労をして小細工をするくらいなら、なぜ厩戸はあんな挑発的な書を隋国に発したのだ。最初から遜《へりくだ》って臣下《しんか》の礼をとれば、大使を操《あやつ》ったり、文書に細工をしたりしないですんだはずではないか。

そうまでして、倭国の権力者として隋国皇帝と対等であるポーズをとりたいのか。しかしそれもどうか。厩戸はあくまで摂政であり、推古天皇のためにわざわざそんな危ない橋を渡るのか。一つ間違えば、倭国壊滅の危機になるかもしれないのに。

それとも別に目的があるのか。

妹子は自宅で暇《ひま》に飽《あ》かせて色々考えた。だが下級豪族はあくまで下級で、他の一般庶民同様、世界が今どのように動いているかなど知りようはない。

ついい不安になる。自分は知り過ぎた。それこそ処分を通り越して、暗殺されはしないだろうか。蘇我馬子あたりが主導権を取れば、そんなこともあり得る世だ。それでなくても馬子は、目障《めざわ》りなやつらを次々に始末《しまつ》して来た。

妹子は気をまぎらわせるように、毛人に外国語や武術を教えた。朝鮮語は妹子にとっては母国語だが、すでに毛人にとっては習わなければならない外国語だ。妻のケミは文句を言いながらも、何か楽しそうだ。妹子が仕事で出かけてばかりで、家に居ついたことがないからだろう。

こんな生活も悪くないな、と思ってしまった。父から受け継いだ土地もある。別に無理に出世しなくても、死ぬまでならもつのではないか。そうだな。処分が軽くすんだら、このまま里に帰って田んぼを耕して。

そんな時だった。ケミが走ってきた。

「朝廷から、使者です」

出仕した妹子を待ち受けていたのは、摂政皇太子。

「ひっさしぶりでもないねぇぇぇぇえっ」

かん高い声。これだけは聞きたくなかったのにな。

「皇太子におかれましては、ますますご機嫌うるわしゅう」

飛鳥の奥に入れば、言葉使い一つにしても気を遣わなければならない。それでも精一杯の皮肉をきかせつつ頭を下げる。

「裴世清が帰る」

　それはいつかは帰るだろう。きっと、こんな国は早く出たいと思っているだろうし。

「ついては、やつについて、また隋に行ってもらいたい」

妹子は思わず顔を上げそうになった。慌てて身体を抑《おさ》える。

「君は、だからまた全権大使。通訳として福利《ふくり》をつける」

なぜ。

聞きそうになった。しかし、そばで蘇我の部下が目を光らせている。何か言葉を発すれば、そのまま無礼討ちになってしまいそうだ。ひたすら黙る。

しかし身体が聞いていたらしい。厩戸が言う。

「処分はなし。少なくとも今回は」

「そ、それは、まことに」

やっと声が出た。

「これも恩に感じてくれなきゃね。わかるかぁぁぁぁぁぁぁ」

船は難波津をしずしずと出航した。また隋国への旅。暴風に遭《あ》えば、あっさり沈没するだろうという頼りない木造の船に乗って、まず朝鮮半島を目指す。ただ人間の危《あや》うさなんて、どこにいても同じことだ。というより、飛鳥にいた時の方が、かえって妹子にとっては危険な感覚だった。暴風なんかより人間の争いの方が怖《こわ》い。そして飛鳥は争いに満ちている。権力を握る者たち、握ろうとする者たちの気が狂いそうな世界だ。

そして厩戸皇子。

当たり前のことだが失念していた。摂政は何でもできるのだ。倭国の中心である天皇をすげ替えたり、有力豪族をいいようにしたりなどは、厩戸の力をもってしても難しかろう。だがどうでもいい瑣末《さまつ》なこと、たとえば小野妹子を処分したり赦免《しゃめん》したりなどは、厩戸の口先一つでどうにでもなるのだ。

そして今回も。本来なら妹子の首どころか、小野一族が抹殺《まっさつ》されてもおかしくないようなことをしでかした。そうだろう。外交官が相手国の国書をなくしてしまったのだから。それなのに、次の全権大使もまた妹子に。

世界は理に合わないまま恣意《しい》的に動いている。これが人間社会というものか。

妹子本人としては、外形はどうあれ、悪いことはしていないのだから、これは当然といえば当然の結果なのだが、すぐに噂は悪意として伝わってきた。

国書を失くした大使が、どうしてかまた全権大使だってよ。よっぽど付け届けがうまかったんじゃないのか。いやいや単なる付け届けくらいじゃ、こんなばかなことは起きるまい。もっとすごいことをやらかしたのさ。たとえば。そうだな、女房でも差し出したとか。いやいやあいつが炊屋姫の枕にすり寄ったのかもしれねぇぜ。何しろ天皇とはいえ女だからな。違いねえ。

あまりに噂がひどいと、自分が本当に悪いことでもしているように萎縮《いしゅく》してしまうから不思議だ。本来なら喜ぶべき抜擢《ばってき》なのに。

妻のケミの方がよほど毅然《きぜん》としていた。少なくとも子供の前では、夫が順調に出世して、何の落ち度もないという幸せな家庭を自然体で演じていた。さっと一人になると、すごく疲れているだろう。でも妹子は家にいるだけで救われた。

ケミを自分に授けた、それだけは厩戸に感謝してやる。だから今回も、あいつの言うがまま動いてみせよう。何が狙いかは知らないが、無事に裴世清を隋国に送り届けよう。

今回の旅は前回のような外交一本のものと違い、向こうの知識を吸収しようと、学問僧が乗船している。その数、十人くらい。

一応、友好的外交が成り立っているという前提がある。外交が成立しているのならば、隋国の進んだ知識を学ぼうとする者たちが行くのは問題ないはずだ。

そうではないことは妹子が知っているし、厩戸も知っているはずだ。それなのに、なぜこんな茶番を仕組む。

日が昇り日が落ちて、船は百済を過ぎ、やがて隋国に向かう。大陸はまるで、世界の果ての大きな壁のように妹子には見えてくる。

何と言っても、倭国は狭い島なのだ。どんなに醜く争っても、それは海に浮かんだ小さな土地の上でうごめき合っているだけだ。

大陸は広い。そして比べ物にならないほど巨大だ。この大陸で母は生まれ、島に流れてきた。流れてこなければならなかったほど、この大陸は倭国より住みにくいところなのだろうか。

妹子は船室に下りた。久しぶりに福利の部屋を訪ねようと思った。福利はこの十数年の間に倭国語を完璧に覚え、あまつさえ技術者としてもなくてはならない存在になった。

通訳としても役に立つことは間違いないだろうが、飛鳥で彼が手がけたいくつもの工具などを見るにつけ、彼は間違いなく技術者だと認識した。現に朝廷からそのままの姓をもらっている。鞍作《くらつくり》福利。

名乗ると奥から、どうぞ、と呼ばわる声。妹子は部屋に入った。福利は先客と話をしていた。言葉は、何だ。漢語でも朝鮮語でもなく、妹子には理解できない言葉だ。

妹子は客を見た。学問僧のような地味な身なりをしている。しかし間違いなくそいつは。

「厩戸皇子」

「うるさいなぁぁぁぁぁっ。僕はそんな名前はここでは使っていないんだよぉぉぉぉ」

厩戸は振り返った。そして右手の十字架を妹子につきつける。

「奈羅訳語恵明《ナザレのイエス》と呼びたまぇぇぇぇっ」

「ナザレのイエスって」

「人の子が『見よ、部屋の中にいる』と言っても信じるな。ちょうど稲妻《いなづま》が東から西にひらめき渡るように、人の子も現れるであろう」

「何だかわからないですが、なぜ皇太子がこの船に乗っているんですか」

「誰も僕の顔を知らないよ。だから皇太子と呼ぶのはやめた方がいい。引き返せと言われかねないよ」

確かに。学問僧たちはもちろん知りもしない。ひるがえって役人は。副使として吉士雄成《きしのおなり》が乗船しているが、身分が違い過ぎて摂政の顔など拝んだこともあるまい。つまり厩戸の顔を知っているのは、ここにいる妹子と福利だけ。厩戸が隠れて乗っていても、誰も気がつかない。

妹子は首を振った。

「裴世清がいます」

「あいつは大陸に着くまで、部屋から出ることもままならないだろうさ。倭国は怖いところだって泣いてるところだから」

「それにしても答えになっていません。どうしてこの船に乗っているんですか。倭国はいいんですか」

「誰も真新しい布きれを古い布に縫《ぬ》いつけはしない。新しい布は古い着物を引き破る」

妹子は福利に顔を向けた。

「お前は知っていたのか」

「いいえ。今さっき。ただ飛鳥には天皇もいる、蘇我馬子もいる。別に皇太子様がいなくとも良いと思いますが」

厩戸はかすかに笑う。

「それに飛鳥には影を置いてある。顔が僕にそっくりなだけのやつだ。何か言われたら、ただうなずくだけと教え込んである。それでたいていの用は足りる」

「隋国に何しに行くんですか」

「誰も灯りをともして、穴蔵や枡《ます》の下に置くことはしない。むしろ入ってくる人たちにその灯りが見えるように、燭台《しょくだい》の上に置く」

福利が割って入った。

「隋国の人々に、私と一緒にキリスト様の教義を述べ伝えたいのだと言いました」

「そんなバカな。飛鳥ではそんな布教活動なんてしていなかったじゃないですか」

「小野妹子。何だか知らないが歳《とし》をとったねぇぇぇっ。僕は子供の頃から今に至るまで、愛と平和のために日夜祈《いの》りを捧《ささ》げているというのに」

厩戸は部屋から去った。

妹子は福利に聞いた。

「信じているのか。福利。あの厩戸が、その神の生まれ変わりだなんて」

福利はかすかに首を振った。

「私の宗派では、生まれ変わりなんてものはありません。なぜなら、神は唯一絶対で、時間も永遠。だから、歳をとったりも死んだりもしません」

「じゃあ、あいつの言うことは何だ」

「それはわかりませんが、でもあの人は間違いなく偉大な人です。聖なる人と言っていいかもしれません。誰が教えたわけでもないのに、こんな東の果ての島で、キリスト様のことを私よりもよく知っています。言葉まで聖書の言語を使えるようです。これは私には聖人としか思えません」

やつの信奉者《しんぽうしゃ》になってしまったというわけか。

妹子は無駄と思ったが、一応聞いた。

「あの男は、隋で何をするつもりなんだ」

「私に、隋の資源を使って、何か工芸品を作ってほしいみたいなことも言っていました」

「たとえば」

「馬ですか。黒駒《くろこま》とか」

その時、船が揺れた。船員たちの声がした。

「港が見えたぞ」

隋は、周りのたいていの国を占領するか属国《ぞっこく》にしている。従って、港には名も知れぬ国々の朝貢船が来ることは多いのだろう。港の役人は顔を見て、百済かそのあたりの国の人々が来たと思ったようで、丁寧《ていねい》に迎えられた。

裴世清とその部下が、やっと倭国から逃れられるとばかりに船から飛び降り、報告に参ると叫ぶやいなや、港から逃げ出していった。

対するに、小野妹子たち異国人は、皇帝からの許可がなければ、帝都に赴くことはできない。前回は、その使者が来るのに数日かかった。今回もそうだろうと言うと、吉士雄成は退屈《たいくつ》ですねと言う。

雄成は妹子よりも若い。外国語はまるでだめだが、家柄で選ばれた。有力な豪族で、代々朝廷で高い地位をもらっている。今回の外交副使も、彼にとっては順調な出世の通過点であり、次回は大使となり、やがては一つの国を任せられるはずだと思っているようだ。きっと、そうなるだろう。やはり生まれの差は大きく、妹子は必死に努力してここまでたどり着いたが、ここから先に行けるかとなると心もとない限りだ。限界かもしれないとも思えてくる。

それに、権力闘争の狭間《はざま》で使い捨てにされ、没落していく弱い豪族たちを、いやというほど見てきた。しょせん下級豪族は、誰かの派閥《はばつ》に属さなければ生きてはいけない。しかし、派閥はすぐに争いの種になり、殺し合って終わる。

先の見えないこんな世界で、どうやって生きていけばいいのだろう。子の毛人に、どう生きてもらえばいいのだろう。

学問僧たちは大陸に着いたことを喜び、あちこち出歩いていた。たとえこんな田舎《いなか》でも、倭国とは歴然とした差がある。それは、港の作り方一つを見ても明らかだ。圧倒的な文明差だ。港町にさえ仏教寺院があり、そこの僧侶《そうりよ》と話しているだけで、日に日に知識が増すという。隋国に学びに来た者にとっては、嬉しい限りだろう。

一応、交流は成功したわけか。妹子は少し安心したが、皇帝の許可は一向に下りず、政治的役割を担《にな》って来たと意気込んでいる雄成は、イライラを募《つの》らせていた。

あとでわかったところでは、隋国煬帝は『倭国のような野蛮国など、絶対にわしの前に顔を出させるな』と宣言していたという。やはり前回の国書は効いていた。謁見の許可など、いつまで経っても下りるはずはなかったのだ。

しばらく港町周辺で暇を潰すばかりの日々が続いていた頃、福利が消えた。夜の間にこっそりと出ていったらしい。雄成が翌朝になって慌てていた。

「通訳がいなくなった。これは謁見どころではなくなってしまった」

漢語がまるでだめだという雄成にとっては、通訳がいなくなるということは大変な事態だろう。しかし前回は通訳もなく、部下も最小限だった妹子にとっては、なぜ彼が消えたかの方が大問題だった。

厩戸なら何か知っているに違いない。妹子は捜《さが》したが、厩戸は例によって学問僧たちと一緒に街を毎日ふらついている。その日の夜まで待たされた。

「福利は、故郷に帰ると言っていた」

あっさりと厩戸は言った。

「やつは好きで倭国に来たわけじゃない。争いで追われただけだ。国に残してきた者たちに会いたくなったのだろう。ここに戻ってくるかどうかは、わからない」

確かにそうだ。きっともう戻ってこないのではないか。学問僧たちもしばらくは話をしていたが、数日もすると話題にならなくなった。

一月ばかりが無為《むい》に過ぎた頃、雄成が言ってきた。

「長安《ちょうあん》に行ってみよう」

妹子は驚いた。

「しかし皇帝の許可が」

「こんな田舎の港だ。都の方では、我々が到着したのを知らずにいるのかもしれん。それよりは長安に行ってみよう。皇帝に謁見できなくとも、我々が隋に来たことを告げるにふさわしい地位の者に、会うことはできるだろう」

「かといって、許可なく内陸に行くことは禁じられている」

「しかしこのままでは、せっかく海を越えて持参した、隋国皇帝への土産の品々もただ腐《くさ》らせるだけではないか。それにこのまま方針も定まらずに、ただただじっとしているのには耐えられない。拒否されたら拒否されたでよいではないか。その時は、堂々と倭国に戻ればいいだけのことではないか。我々とて、このままずっとこの町に居座るということはできないのだから」

確かに一理ある。前回の書のことがあるから絶対に拒否されるとは思うが、このまま無視されるよりはいいかもしれない。少なくとも、飛鳥に申し開きだけはできる。外交を拒《こば》まれたので帰って参りました。

妹子はかすかにうなずいた。

「ちょっと考えさせてください」

考えは決まっていた。ただ今の妹子はこの一行の最高の指揮官だが、実はそうではない。みんな知らないが、もう一人、上の者がいる。

摂政。

彼に断りなしに、使節団を動かすことはできないだろうなと思ったのだ。

厩戸皇子は、夜になるまで戻ってはこなかった。妹子は雄成のイライラを感じながらも、自分もじりじりしつつ厩戸を待った。雄成は何も知らないので、妹子が何をそんなに考えているのかと、いぶかしんでいることだろう。すんでのところで、移動しようと告げてしまうところだったが、その時、船に戻ってこようとする厩戸の顔が見えた。珍しく厩戸の方から寄ってきて、朝鮮語で言う。

「おう、面白いところがあるみたいだ。明日一緒に行こう」

妹子は雄成の話をしようと思ったが、ここで気がついた。朝鮮語を使うということは、妹子だけに聞かせたい話なのだ。何だろう。

結局、雄成をもう一日待たせることにして翌日、日の出と共に二人は船を降りて港に上がった。他の学問僧たちは、もう勝手に自分の勉強場所を決めて、まるで出勤するように各自近くの寺へ出かけていく。ただ一人、雄成だけが船に残されている。通訳の福利がいなくなって言葉も不自由なので、どうしてもそうなるのだ。完全にいら立っているのだろうが、しかたない。

厩戸は港近くの商家に入り、たちまち馬を二頭引っ張ってきた。

「ちょっと遠出する。乗れ」

「皇太子。馬なんてどうやって手に入れたんですか」

「親切な隋国人から借りている」

「違うでしょう。きっとまた誰かの弱みを握って、脅かして無理に引っ張ったんでしょう」

「最悪なことしか考えないやつだな」

厩戸は先に馬を飛ばしていく。妹子も馬に飛び乗り、慌ててついていった。

道々、チラチラと海が見え隠れする。どうやら南に向かっているらしい。そのまま厩戸は、山の中に馬を突っ込ませていた。倭国と違って大陸の山は、すそ野がはるかに広い丘のようなものだが、頂上は高い。道はなだらかだが、決してくだることのない勾配《こうばい》がえんえんと続くのだ。途中で馬が疲れはしないかと不安だった。

厩戸は見晴らしのよい高台に出た。そして馬を止めた。

「見えるか」

言われたが、妹子はまだ追いついていない。何だかわからないまま馬を進めると、突然景色が途切れた。

眼の下いっぱいに広大な海が広がっていた。山の頂上に登っていたらしい。さえぎるもののない視界が、空から海を繋いでいた。はるか沖に陸地が見えた。妹子はあれが対岸の朝鮮半島だと思った。妹子がただ眺めていると、また声。

「見れども見えずか」

「えっ」

「音が聞こえる」

厩戸は波に耳を傾けた。そして身体を回転させた。

「向こうだな」

妹子もつられて身体を横に向けた。

相変わらずの海。下の方に平野が見える。平野はやがて浜になって海と接している。村があるのだろうか。珍しくたくさんの人間がいるのが見えた。ただ景色が遠過ぎて、あまりにも小さい。

「ただの村じゃないですか」

「それにしては大規模に仕事をしている」

言われてみて気がついた。家が並んでいるかと思ったが、家とは違った。もっと巨大な木材を使う何かだ。造成中のものには湾曲《わんきょく》した面があった。それがいくつも、いくつも。平野いっぱいに並んでいる。

妹子は言った。

「船だ」

厩戸はまた波に耳を傾けていた。

「また、戦《いくさ》になる。あの船は倭国を攻めるためのものだ」

「どうしてそんなことがわかるんですか」

「隋は単純な国だ。目的は全世界を征服することだ」

隋にとって、目に入る範囲の世界ということだ。倭国も朝鮮も当然含まれる。

「楊広が、そういう皇帝だからですか」

琉球を落とせと命令したのも、あの時、軍総司令官だった楊広だった。

「今まで隋がしてきたことを思い出すだけでいい」

思い出すまでもなかった。妹子が最初隋に遣わされたのも、そのためだったから。この十数年、飛鳥朝廷も隋の動向には気を配ってきたのだ。

琉球を攻めたのを皮切りにさらに南下し、南海全てを服属させた。北には対突厥《とっけつ》政策のために万里《ばんり》の長城《ちょうじょう》を補修し、そこを拠点に支配拡大を狙っている。突厥首長の可汗《かかん》が朝貢しているので、大々的な戦闘には至っていない。西方にも進出し吐谷渾《ヨクコン》を従わせ、さらにシルクロード周辺の部族を征服し続けている。

単純な直線運動だ。世界は隋によって支配されるべきである。さもなければ服属すべきである。

たとえ離れた島国とはいえ、倭国だって無視することはできない動きだった。まして相手は、周りにある周辺諸国全てを合わせたよりも何倍も広く大きく、無尽蔵《むじんぞう》とも言える兵を抱えた超大国なのだ。

隋はまだ軍を動かしてはいないが、東にあるのは朝鮮半島であり、その延長線上に倭国がある。朝鮮情勢は、もはや形さえもなくなってしまった任那の残滓《ざんし》勢力から、ある程度は伝わってくる。

半島の弱小国、百済も新羅も生き残るのに必死だ。選んだ道は服属。毎年のように朝貢し、隋国煬帝の機嫌を伺《うかが》い、互いをけなし合って、少しでも有力な臣下《しんか》の肩書きを手に入れようとしている。

妹子が派遣されたのも、朝貢のためだ。少なくとも土産物を少し差し出せば隋は臣下と見なし、攻めてくることをしなくなる。倭国は国内では天皇をいただいたまま、対外的には隋の下に属するが、それで内政を探られるということはなくなる。悪くない取り引きだったはずだ。

「それをあなたがぶち壊したのだ」

日《ひ》、没《ぼつ》するところの天子。

これをもって煬帝が攻めてこようというなら、当然ではないか。ただでさえ征服欲に満ちた皇帝なのだ。わざわざ挑発してどうするつもりだ。

厩戸は首を振った。

「憲法第十三条を言え」

「『諸任官者、職掌《しょくしょう》を知れ』」

「意味は」

「仕事の意味をよくわきまえろ」

「では聞く。摂政の仕事とは」

妹子は絶句した。それから反論した。

「私にわかるわけないでしょう。私とあなたでは、天と地ほど身分が違う」

本来、こうやって面と向かって話すこと自体ままならない。こんな異国の地でなければ。

「では別のことを聞く。今隋に朝貢して、倭国の益は」

「隋を敵に回さずにすみます」

とたん、厩戸の顔つきが変わった。

「本当にそんなふうに思うのかぁぁぁぁぁぁいっ」

いつもの厩戸に戻ってしまった。今日一日、ずっと静かな顔で賢者《けんじゃ》のようにものごとを語っていたので、妹子はこれが本当の皇太子かと思ってしまいそうになったが、やはり違ったようだ。

「妹子。たとえ話をしようかぁ。キリスト様はたとえがお好みだぁぁっ。ここに身の丈《たけ》三丈《じょう》にもなろう、重さはとてつもなく重いイノシシがいたとする。その前にアリさんが出て来て、こう言いました。イノシシさん、僕の食べ物を分けてあげますから家来にして下さい。僕を踏みつぶさないで下さい。イノシシは、アリが頭に乗ったとしても怒るほどのことではないから、喜んでうんうんと言う。そう言ってくれるとは嬉しい話だ。私と君とでは食べ物が違うが、喜んで君の贈り物を受け取り、家来にしてあげよう。アリは喜んで、食べ物を差し出しにイノシシの前に出てきた。イノシシが言う。そういうことで、君は私の家来だから、私が前に進むのを邪魔《じゃま》しないでくれよ。もちろんです、とアリが言ったとたんに、イノシシは一歩足を踏み出し、哀《あわ》れアリは潰れてしまった。話の意味はわかるな」

「わかりますが、それがイノシシの前にしゃしゃり出るなという意味なら、皇太子、あなたのしたことは間違いだと思いますよ」

「なるほど。だけど太ったイノシシに餌《えさ》をやるな、という意味かもしれないじゃない。イノシシがそんなに重くなければ、アリは潰れずにすんだ」

「イノシシが、アリの餌を食べて太るわけないじゃないですか。何言っているんですか」

「なかなかいい答えだ。そういうわけで、イノシシの身体をちょっと眺め渡してみなよっ」

厩戸は手を振った。丘の上からはるかに広がる山並み、その向こうの海。

「倭国がどんなに隋と結ぼうとしても、しょせん隋とは食べ物が違うってことがわかるだろーーーーっ」

「食べ物って」

「広いだろ、ここは。とんでもなく広いだろぉっ。こんなとんでもなく広いところに、人間は倭国の何十倍か、何百倍か。兵だってそれくらい。倭国の兵の何百倍。それだけの兵が、皇帝の号令一つでどんな国にもかかってくるんだよぉぉぉぉ」

「だから倭国は、こんな国と敵対してはならないんです」

「幸いなるかな、こころ貧しき者おめでたき者。相手はイノシシだよっ。やつらはアリの話なんか聞いちゃいない。前に進みたいだけさ。家来は多い方が気持ちがいいから、餌を差し出せば受け取るさ。笑ってね。でもこっちの言い分なんか、一言《ひとこと》だって聞いちゃいないんだよ」

妹子は黙った。

「考えてみな。何百万もの兵がいる。彼ら全員が飯を食べなきゃならない。兵の職分ってなぁぁぁんだっ。戦、でしょ。戦争しなきゃ手柄《てがら》もなし、仕事もなし、飯もないのぉ。皇帝がいちいち次どこ攻めようかなんて、考えている間もないってこと。わかるだろ。隋国は兵を維持するために、四方八方を侵略《しんりやく》する。それが前に進むってこと。周りの意向なんか構っていられるかって」

「では朝貢も和平交渉も、全くの無駄っていうことですか」

「無駄無駄無駄無駄無駄無駄無駄むだぁぁぁぁぁぁぁぁぁぁっ。うわぁぁぁぁ、うるさいうるさい。朝貢したら、そこにそういう国があるっていうことを、相手に知らせるだけじゃんよ。次の目標にされるだけだってぇぇの。まして家来にして下さいだぅぁぁぁっ、それはイノシシを機嫌よくさせて太らせるだけだぁぁぁ、朝鮮王とか何かの肩書きをもらって、ああこれで攻めてこないって安心していられるのはほんの一瞬。隋の楊広の方でも、ああ、こいつは攻め込んでこないなと確定させるだけじゃないかっていうの。攻めてこないんならこいつは後回し。危ない方を集中的に攻め滅ぼして、十分力を蓄えたところで、難癖《なんくせ》でもつけて食ってやろう」

「それでは、百済や新羅が朝貢したっていうのも」

「朝鮮は三国で争っているから、とても隋国まで相手にしてられない事情があったんだけどね。後回しにされただけ。隋が高句麗《こうくり》か他のどこかを滅ぼして取っかかりができれば、絶対攻め込まれるに決まっているんだっ。隋が高句麗をぶっ潰すのに、どれほど時間がいるかな。せいぜい長引くことを祈ろうよ」

　妹子は思わず声が震えてしまった。

「ひょっとして皇太子はそこまで読んで」

「隋は世界最大の超大国だ。周りがどんどん従っている。周りが従えば従うほど、そいつらを飲み込んで隋は大きくなる。大きくなればなっただけ兵が増えて、どうしても戦争を起こさないではいられなくなる。隋はこれを無限に繰り返して、間違いなく世界中を戦闘に巻き込むだろう。楊広一人が狂っているからじゃない。隋というのはもともとそういう国なのだ。蘇《そ》因高《いんこう》だって知っているだろう、隋は北方の戦闘騎馬民族が南方を占領してできた国だ。隋が隋であるためには、兵を維持して戦うしかない。これは服属したからって解決することではないんだ。今朝貢して従えば、少なくとも近い将来は襲われることはないだろう。しかしそれだけだ。服属が保証になるか。もし隋が高句麗を滅ぼしてしまったら、百済や新羅まで飲み込んでしまったら、それくらい隋が大きくなった時に、倭国に攻めてこないという保証があるか。お前が生きている間ではなくても、将来はどうなんだぁぁぁ」

　毛人の時代に。

「皇太子、すみませんでした」

妹子は厩戸の足下《あしもと》にひれ伏《ふ》した。

「私は皇太子の考えていることの足下にも及ばず、あの国書の件では皇太子を恨《うら》んでばかりおりました。今話を伺うまで、皇太子の考えがそんな先のことにまで及んでいるとは、思いもよりませんでした。申し訳ありません」

どうかお許し下さい。額を地につけた。

「小野妹子、面《おもて》を上げろ」

厩戸の声はまた静かになった。

「ついしゃべってしまった。僕ともあろう者が、お前相手にしゃべり過ぎてしまった。だが妹子、僕とて助けてほしいのだ」

妹子が顔を上げると、厩戸は天を仰《あお》いでいた。

「この巨大な隋を、どうやって抑えつけたらいいのか、僕にはさっぱりわからんのだ」

将軍朱寛《しゅかん》 琉球《りゅうきゅう》の戦果を誇り 小野妹子《おののいもこ》 海上にて追撃を受く

港町に戻ってくると、景色が変わっていた。いつもの田舎《いなか》の、人間だけはやたらひしめいてはいるが、それだけの小さな港という雰囲気が消えていた。馬だ。大量の馬が幹道《かんどう》に繋《つな》がれている。こんな田舎には住人が馬を利用する環境はない。外部から馬に乗って人間たちが来たのだ。隋《ずい》軍。

それは町の中に入ってはっきりとした。商業地に、目つきのきつい男たちが数十人たむろしていた。この時代、軍は規律のとれたものではなく、それぞれ兵が勝手に思い思いのことをしても、それが法度《はっと》にふれない限りは咎《とが》められることはなかった。いざ戦闘ともなれば別だが、号令をかけられた時に集合していさえすれば、あとは自由だった。

何で兵がここに。妹子《いもこ》はいやな予感がした。すぐに吉士雄成《きしのおなり》が走り寄ってきた。

「大使、何だかわからないが隋軍が来ている。相手をしてくれ」

雄成は、漢語は全然だめだった。これでは相手も困ったことだろう。厩戸《うまやど》の姿を捜《さが》したが、とっくに船に戻ってしまったらしくあたりには見えない。

　まあそれもいいだろう。妹子は雄成に引っ張られるまま、広い場所に向かった。そこに集会場のような、多くの人間を収容できる設備があった。町の会議場だろうか。

　中に入ると、すでに兵たちが座って待っていた。中心にいるのは初老の男だが、歴戦の勇者らしく日焼けした顔にひげが濃い。手足もごわごわと皮膚《ひふ》が厚く、それ自体がまるで鎧《よろい》のようだ。ばかりでなく、その上に鉄鎧を着用している。

　その軍隊長は、妹子をじっと見ていた。妹子がそばによっても口を利《き》かず、記憶を探っているような感じだった。しかたがないので妹子の方から挨拶《あいさつ》をした。

「倭国《わこく》全権大使、蘇因高《そいんこう》です」

　それでもまだ相手は口を開かなかった。

　しばらく不思議な沈黙が降りた。兵の一人が代わりに口を開いてきた。

「隋国征東《せいとう》将軍、朱寛《しゆかん》殿だ」

　朱寛。聞いたことがある。どこでだったか。妹子が考えはじめるやいなや、朱寛の方が先に叫んだ。

「思い出した。その顔、どこかで絶対見たことがあると思った。俺は一度相手をした者の顔を忘れないようにしているのだ。いつ寝首をかかれぬとも限らぬからな。

ようやく思い出した。十何年も前だ。お前、琉球《りゆうきゆう》にいたな」

妹子はあっと声をあげた。その瞬間、妹子も思い出したのだ。琉球を攻撃してきた軍隊長の名だ。それが将軍となって今、目の前にいるのだ。

「俺がここに来たのは他でもない。俺と裴世清《はいせいせい》とは悪い仲ではないのだ。裴世清が国に戻ったというので会いに行ったら、何かお前の国でさんざんな目におうたそうではないか。倭人っていうのはどんなやつらかを、少し見に来てやったのだ」

朱寛はここで面白そうに笑った。

「なるほどお前、琉球にいたやつか。これは皇帝にいい土産《みやげ》話ができたわい。少し待て、俺もお前にいい土産物を見せてやろう」

朱寛は隣にいた兵に手を振った。

「まさか、あれがこんなところで役に立つとは思わなかったがな」

兵は何かさびついた汚い金属片を持ってきた。朱寛はそれを、妹子の目の前につきつけた。

「これは俺の収集品の一つだ。戦《いくさ》の度に記念になるものを一つ持ち帰っているのだ。戦場に出れば、いつ死んだっておかしくはないからな。これは俺が生きのびた印《しるし》の一つだ」

妹子は見たくもなかったが、その妙な記念品を見るしかなかった。まさに年代物で赤錆《あかさび》にまみれているのかと思ったが、紅《あか》い色は錆ではないとすぐに気がついた。血だ。血が赤黒くこびりついて固まっている。

同時に、その金属片が何であるか、じわじわと記憶のそこから引っ張り出されてきた。しわが寄るまで使い古された金属は、鎧の一部だろう。肩甲《かたよろい》か。その色は昔は鉄色だったのだろうが、使い古されてくすみがかっている。

もしかしたら。そうとしか思えなかった。なぜ朱寛がこれを妹子に見せたがったか、他に理由は考えられない。

「これは、夷邪久《いやく》のですね」

「夷邪久といったのか。その時の琉球王は。俺がとどめをさして首を刎《は》ねた」

妹子は唇を噛《か》んだ。まざまざと琉球での戦いを思い出す。圧倒的な数と最新式の重装備で攻め寄せる隋軍。なすすべもなく琉球は壊滅《かいめつ》させられた。

「よくぞ生き残ったなぁ、お前」

「将軍様はそんな話をしに、わざわざ来られたのですか」

朱寛はまた笑う。

「違うな。お前らにいいことを教えに来たのよ」

「何でしょうか」

「もしお前らの国を攻めるとしたら、俺が司令だ」

この時、あたりの数人の兵が立ち上がった。

「お前らの倭国は、少なくとも琉球なんかよりは征伐《せいばつ》のし甲斐《がい》はあるだろうよ。何しろ、あの裴世清を手玉にとっちまうんだものなあ。都にも財宝はザクザクありそうだぜ」

ついでにいい女もな。かすかに声。

「お前らの国が琉球と同じ目に遭《あ》うかもしれないなら、どうするよ」

「もしかしたらでしょう」

「それはないな。お前が琉球にいた。お前が琉球と一緒になって、わが隋国皇帝陛《へい》下《か》に弓を引いたのは明白だ。それでなくても、裴世清が立派な生き証人になってくれる。これだけの材料があれば、俺の一言《ひとこと》で皇帝様も首を横には振るまい」

妹子は考えた。こいつは何のためにこんな話をしているんだ。ひょっとして。

「あなたが何も言わなければ、倭国は攻められないと言いたいんですか」

「わかっているじゃねぇの。俺だって無駄《むだ》に部下を死なせたくはないんだよ。簡単に言おう、金塊《きんかい》を百貫《かん》ばかり持ってこい。それと女だ。全権大使なら用立てられないことなんてないだろ」

腐《くさ》ってる。琉球を襲った時と同じ。

「どうする。さもなければこの場で殺してやろうか。理由は何とでもつけられる。

そうでなければ、島ごと燃やしてやろうか。お前らの島なんて攻めるだけ面倒だから、払うものさえ払えば見逃《みのが》してやるぜ。俺だって部下の手前、甲斐性《かいしょう》のあるところを見せなきゃならない。どうなんだ」

さらに数人の部下が立ち上がり、剣を抜いた。今までなんだかわからずに、ただ隣に座っていた吉士雄成がわめいた。

「何だ何だ、気にさわるふるまいでもしたのか」

こっちは僅《わず》かに二人。相手は将軍で、この会議場もきっと何重にも囲まれているだろう。なんてことだ。口約束だけして逃げるか。無理だ。きっとこいつらは、ものが来るまで自分を監禁《かんきん》するだろう。

その時だった。

何かが燃える臭《にお》い。音。

倭国語。

「憲法第五条、饕《むさぼ》りを絶《た》ち、欲を棄《す》てて、明らかに訴訟《そしょう》をわきまえよ」

厩戸皇子だ。

とたん後方で炎が上がった。叫び。

「聖なるものを犬にやるな。真珠《しんじゅ》を豚《ぶた》に投げてやるな。かれらはそれらを足で踏みつけ、向き直ってあなたがたに嚙みついてくるであろう」

炎は一気に会議場に広がった。厩戸とその部下が油を撒《ま》いたのだろうか。妹子も目が痛くなったが、声を目指して駆け出した。

朱寛が立ち上がった。

「なんだ、お前は」

「日《ひ》、出《い》ずるところの天子《てんし》」

厩戸は炎を背に、両手を広げた。十字架《じゅうじか》。

「私は光として、この世に来た」

建物から一歩外に出たとたん、馬の大群が走り抜けていった。妹子は慌《あわ》てて建物の壁に張りついた。馬はみな繋がれていた綱《つな》が切れ、炎にあおられていななき、暴走している。港町の人々が逃げ惑《まど》い、混乱している。

「なんだこれは」

あちこちに火矢が飛び交い、民家や商店からも炎が上がっていた。

妹子は、一緒になって転がり出てきた吉士雄成と顔を見合わせた。

「朱寛たちがこんなことをやるわけがないから、まさか」

その時だった。

「何してるのぉぉぉぉぉぉぉっ。早く船に乗れよぉぉぉぉぉっ」

一頭の馬にまたがってさっそうと登場した厩戸皇子。妹子は叫んだ。

「あなたがこんなにしたんですか」

「叫ばなくても聞こえる。部下にやらせた。もうすぐここも焼け野原になる。早く船に乗れぇぇぇぇぇっての」

「なんてことしたんですか。これじゃまるで盗賊集団か何かだ」

「それじゃお前ら朱寛に捕まって、いいようにされたかったと言うのぉぉぉぉっ」

「それとこれとは話が違います」

「逃げなきゃ知らんぞ。倭国は身代金《みのしろきん》は払いませぇぇん。それじゃ先に行くからねぇぇぇぇぇぇぇぇっ」

厩戸は馬に一鞭《ひとむち》くれると走り去った。あとは、ほこりっぽい砂。と同時に黒煙《こくえん》が襲ってきた。

朱寛に捕まっても話にならないし、焼け死ぬのはもっとごめんだ。妹子は、わけがわからず今にも泣きそうな雄成の手を引っ張って走り出した。

「身を低くして、煙をなるべく吸わないようにして走るんです。船に向かって」

「何なんだ、これは。さっきのやつ、慧思《えし》とかいう学問僧じゃなかったのか。何であんなところに出てくるんだ。何で馬に乗っているんだ。それに何でこんなことをするんだ。まるで隋国にけんか売ったみたいじゃないか」

「説明している暇《ひま》はないが、先にけんかを売ってきたのは向こうの方ですよ」

「何だって」

「ともかくまず船に」

港町は波止場《はとば》を中心に、半円状に民家が密集しているせいで、路地《ろじ》は細い。無理に追われた馬やせき込んで転がる人々が、その細い路地を右往左往《うおうさおう》しているため、通行は楽ではなかった。しかし混乱しているせいで、朱寛の部下たちは妹子たちを見つけられないでいるようだし、他の隋国人たちもこっちに気がつかないようだ。

このまま逃げ切れるか、と思った。

しかし甘かった。路地が切れ、浜風が吹いてくる地点に数十人の兵が待ち受けていた。さすがに現地の人間は、広い浜には煙の害がないことを見切っていたのだ。

妹子たち二人はなすすべもなく立ち止まった。戻れば火と煙の渦《うず》。しかし前方には、剣を抜いて待ち受ける兵。

「東のちっぽけな島のくせに、なめたまねをしてくれたようだな」

先頭の一人が言った。

「私たちを殺したら、金の話はなくなりますよ」

無駄だと思いながらも、妹子は言ってみた。

「もうそんなのどうでもいいわ。島の蛮族《ばんぞく》の分際《ぶんざい》で、俺たちを相手にしようとしただけでも許せねえ。このままなますにして一寸刻《きざ》みにしてやるぜ」

妹子と雄成は半歩下がった。背後で民家が焼け、じりじりと熱が首筋《くびすじ》を圧してくる。


その時だ。

民家の壁が崩れた。そこから大量の暴れ馬が飛び出してきた。先頭にいるのは。

「よくよくあなたがたに言っておく。僕は羊の門である。僕より前にいる人は、みな盗人《ぬすっと》であり強盗である」

厩戸皇子。

「あんたたちの乗ってきた馬、ありがたくお借りしますよぉぉぉぉぉっ。といっても、みんな怒り狂っちゃってるけどねぇぇぇぇっ」

さっきまで町のあちこちに繋いであった軍馬の引き綱を断ち切ったのは、厩戸とその部下だったのか。何十頭。馬たちはあちこちにやけどを負い、中には火矢が突き立って、いななきながら暴れている馬もいる。

「どれか乗れそうなのに乗れ」

厩戸は叫ぶと自らは身を伏《ふ》せ、大量の馬の群れを、体当たりするように隋兵に突っ込ませた。

たちまち逃げ惑う兵たち。中には逃げ遅れて、暴れ馬の蹄《ひづめ》にかかってしまったかわいそうなやつもいる。そいつは口から血を吐《は》いて、道の真ん中に大の字になったきり動かなくなった。

妹子は慌てて近くの馬の綱を握った。数歩は引きずられたが、半島の馬はモンゴル馬で、背丈《せたけ》は妹子の腹までくらいしかない。一度ジャンプして飛び乗った。

おおい待ってくれぇと、雄成が慌てて追っかけてくる。お前も早く馬に乗れ。叫びたかったが、妹子の飛び乗った馬が暴れるので声も出せない。しかしそのまま馬に身体《からだ》でしがみついて、隋兵の横をすり抜けた。

浜に出ると、物陰から数人の倭国兵が隋兵に火矢を放っている。厩戸の部下たちだ。我々が船に乗るまで援護してくれるのだろう。

ようやく馬も落ち着いた。妹子が後ろを振り返ると、雄成は馬に引きずられるようにして走りながら、必死に浜に出ていた。

早く馬に乗れ。来い。妹子は叫んだが、雄成に届いたかどうか。いずれにせよ、波止場の船が視界に入った。あれに乗って海に逃げさえすれば。

と、雄成の後方に影。

馬に乗った隋兵が大量に浜に現れつつある。あの火災の混乱の中で何とか馬を捕まえ、広い浜に走り出てきたのだろう。鎧をつけている者の方が多い。しかも馬の扱いがうまい。暴れ馬をだましだまし走らせている妹子たちの、倍以上の速度で追ってくる。このままでは、船に着く前に追いつかれてしまう。

妹子は引き返そうとした。

「雄成を拾う」

「死人《しびと》は死人に任せよ」

厩戸の声。何を言われたかわからなかった。

「それより船の出航の方をやれ」

それもそうだ。妹子は船に飛び乗り、水夫《かこ》たちに指示を出すと同時に、自分も帆柱《ばしら》に向かって走った。

甲板《かんぱん》から浜の全景が見える。火矢を放ちながら撤退《てったい》する倭国兵。厩戸は船のそばにたどり着いていて、それを余裕で見ている。一方、雄成はもう追いつかれそうで、泣きわめきながら馬を捨てて走っている。やはり船なんか置いてでも、雄成を助けに走るべきだった。そう思ったがもう遅い。

雄成と隋兵の距離が約一間《けん》（二メートル弱）に迫ろうというところ。

倭国兵が、手の中に隠《かく》し持っていたひもを一斉に引っ張った。まるで海の中に投げていた投網《とあみ》を引っ張るかのようだった。

その瞬間、浜の砂の中から一斉に槍《やり》ぶすまが出現した。走り寄ってくる騎馬集団の前面にいきなり。

驚いて棹立《さおだ》ちになる馬が、兵をゆり落とす。勢い余って槍の前面に突撃してしまう馬。そして槍に向かって投げ出される兵。

たちまち浜の砂が朱色の波に染められた。後続の馬がそれにぶつかり、一気に串だんごのような塊《かたまり》ができた。下敷《したじ》きになって潰《つぶ》れる兵。怒濤《どとう》のような馬と人間の大音声《だいおんじょう》。

妹子は叫んだ。

「あんなものをいつの間に仕掛けてあったんですか」

「最初からだ。隋に着いたら絶対こうなると思ってな」

雄成が息を切らし、涙でぼろぼろの顔で船にしがみついた。妹子は叫んだ。

「出航」


船の中、夜。

妹子たちは命からがら隋軍から逃げ出し、いったんは百済《くだら》に到着した。修業に出ていた学問僧の大半は隋国に置いたままになってしまったが、しかたない。次の船で、戻りたい者がいたら乗せるように頼むしかない。次があるとしたらだが。

「ついに隋軍と事を構えてしまいましたね」

「あれは朱寛の私設軍隊だろう。あいつらと対立したところで、すぐに隋国と倭国が事に及ぶということはないさ。大きな図体《ずうたい》の者は、ゆっくりとしか動けないのだ」

厩戸皇子が言った。揺れる船。倭国の運命を示すように、右に左にきしむ。

「いずれにしても、楊広はどうせ全部攻め取るつもりだろうけどねぇぇぇ」

「これからどうするつもりですか。倭国に戻って真剣に軍備を整えるつもりですか」

その時だった。部屋に吉士雄成が入ってきた。

「大使、向こうにいた時からおかしいと思っていたが、その男は一体どういうお方なのだ。まるで大使よりも上の地位にあるかのようではないか。学問僧ではなかったのか」

妹子は厩戸を見た。厩戸は雄成に言う。

「誰にも言わないかぁぁぁぁぃ」

「わ、私は口が堅《かた》いです」

雄成がどもりつつ言う。妹子はその瞬間、信用できない気がした。しかし厩戸はかえって楽しそうだ。

「ぜぇぇぇぇっっったい家族にも誰にも言わないねぇぇぇ」

「はい。言いません、口が裂《さ》けても」

「それじゃ一言でも言ったら、君の顎《あご》から上をもらうよ。いいね」

妹子は聞きながら思った。これもきっと脅迫《きょうはく》の種になるんだろう。雄成は目の前にいるのが摂政皇太子《せっしょうひつぎのみこ》であると知った瞬間、誓いなど忘れてあちこちに口止めしつつも口を開くのではないだろうか。きっと回り回って厩戸の耳に入る。それが脅迫の種になり、また厩戸がいいように使える駒《こま》になる。そうして彼は、飛鳥《あすか》を操《あやつ》っているのだから。

妹子たちはいったん百済に着き、船を点検しつつ、倭国に帰るために食料などを補給するはずだった。しかしそこで厩戸が、もう一度隋国に戻ろうと言ったのだ。正確に言えば、百済の港から対岸の山東《さんとう》半島を指し、あそこに少しの間戻ろうと言ったのだ。

「戻って何をするんですか」

「船を焼く」

妹子は、厩戸と一緒に丘に登って眺めた景色を思い出した。大量の船が次々に建造されていた。百済の目と鼻の先の山東半島。風に乗れば一日もかからずに到達し、すぐに百済に引き返すことができる。

「あの船を少しでも焼けば、時を稼《かせ》げる」

倭国に攻めてくるには、どうしたって船がいる。朝鮮半島から陸づたいに来ようと思えば、間にある高句麗《こうくり》、百済、新羅《しらぎ》を攻めとってからになろう。

朝鮮民族だって黙って占領されるがまま、ということはないだろうから、船さえうまく潰してしまえば、隋が倭を攻めるまでの時間を稼げるかもしれない。

妹子はうなずいた。

「やりましょう。でも皇太子を危険な目に遭わせるわけにはいかない。皇太子は百済に残っていて下さい。私がその役をやって、すぐに引き返してきます」

「それはだめだよぉぉぉ。憲法十七条」

「『それ事独断はすべからず』」

もちろん妹子に逆らえるはずもない。

「では荷物を積みましょう」

「と思ったけれど、やぁぁぁぁぁめた」

「えっ」

「僕はこの百済で少し考える。船を首尾《しゅび》よく焼いたら戻ってきなよぉぉ」

そう言って、厩戸は勝手に船から下りた。

そして今、また隋国。

今度は夜間に人目を盗み、船を忍ばせるようにしてたどり着いたのだ。

狭い湾にひしめく船、船、船。完成したものが多いが、大半はまだ建造中で、切り出してきた大木がむき出しで山のように積まれたり、そのまま転がしてある。

工人たちがほとんどで、朝から晩まで休みなしで働かされているらしい。自分たちの造っている船がおおかたできたのでその中で寝泊《ねと》まりしているのや、板の陰の地面に転がって寝ている者も大勢いる。

明らかに無警戒だ。敵の船が夜陰に乗じて襲ってくることなど、考えてもいないだろう。

妹子は舵取《かじと》りに言う。

「まだだ、まだ。もっと近づいて」

風は追い風。船がきしんでいる。限界か。音が聞こえてしまう。

「撃てっ」

次の瞬間、火の玉が湾に並べられている建造中の木造船に降り注いでいた。

たちまち上がる悲鳴《ひめい》と怒号《どごう》。湾に集結している隋国人のほとんどは、強制的に駆り出された近くの民なのだ。まさか敵襲があるなんてことは考えてもいなかっただろう。命令でただひたすら船を造らされていただけだから。

そこに空中から落ちてくる火の玉。中には海の中に落ちてむなしい音を発しているはずれ球もあったが、ほとんどは浜に転がり落ち、船の上に落ちた。

それは干し草や枯れた木の枝、乾いた布片《ぬのきれ》を、植物の油で突き固めただんごだった。直径は一尺から数尺に至るまで、急ごしらえのものだけにさまざまな大きさで、円形やらひし形やら四角やら、いいかげんな形になっていた。だが燃えてしまえば形など残らないから、それは良い。

船は投射器《とうしゃき》を搭載していた。本格的攻城兵器と違い、軽い岩を飛ばす程度のものだ。射程距離はさほどないが、船の上に乗せるのだからしかたないし、飛ばすものは草のだんごだから十分軽い。

少し伸びた火口に火をつけて、投射器で飛ばす。草のだんごは空中で燃え上がりつつ、風に乗って敵船団に落ちる。はじけただんごは、植物性油を撒き散らしつつ炎を広げる。

風は海から陸地に吹く追い風。たちまちのうちに炎は船をなめ、陸地をなめ、あたりに寝ていた隋国人たちを転げ回らせた。木の燃える臭いの中に、肉の焦げるいやな臭いと油のはぜる破裂音が混じっていく。兵ではないのだから抵抗はない。ひたすら海辺から逃げようとしている。

見張り役の雄成が走ってきた。

「何か敵船らしきものが迫ってくる」

「撤収《てっしゅう》。もう十分だ」

船はなおも火の玉を撃ち出しながら旋回《せんかい》し、百済目指して風にさからって進みはじめる。

妹子は振り返った。湾の中は昼間のようにあかあかと炎の渦が巻き、黒煙が山東半島の山々よりも高く天を焦がしていた。


「まだついてきます」

隋国海軍。もしそういうものがこの時すでに編成されていたとしたら、縄張りを荒らし、船団に攻撃を仕掛けてきた敵を黙って帰すはずがなかったのだ。

厩戸は甘かった。小野妹子も甘かったといえば甘かったが、あまりにも襲撃があっけなく成功したので、つい慢心《まんしん》してしまった。その結果がこれだ。

敵は攻撃してこない。攻撃しようと思えばできるのに、わざとしてこない。妹子たちが速度を上げれば向こうも巧《たく》みな舵取りで速度を上げ、そばをかすめる。しかし、決してそれ以上には手を出さない。

「何なんだ、向こうの狙いは」

「私たちが隋国船籍でないのを十分に見極めた上で泳がせ、どの国に帰港するかを確認して港ごと攻撃しようとしているのでしょう」

雄成は青くなった。

「それでは倭国に帰れない」

百済にもだ。

敵が無警戒だったのも無理はない。まさか世界の中心たる隋国の船団に攻撃を仕掛けようなどという愚か者がいるとは、相手も信じられなかったのだ。だから建造中の船はあっさりとやられた。妹子が確認しただけでも、大半は灰と化《か》しただろう。

ただそこからは、やはり世界の帝王隋軍だ。すでに配備されていた軍艦が、すぐに駆けつけて襲撃者を捕捉《ほそく》した。そこから帝王の余裕で張りついてくる。

船の性能から言っても、敵をまくなんて芸当は不可能に近い。かといって、こちらは一隻《せき》、向こうは四隻。反撃も不可能だ。

「隋国外交団なんかに志願するんじゃなかった。まさか隋と戦争するだなんて」

雄成が泣きはじめた。

妹子は叫んだ。

「針路を南にとれ。この船を囮《おとり》にする。命尽きるまで、南の海をさまよわせる」

雄成が悲鳴を上げた。

「倭国に帰らず、このまま海の藻《も》くずと消えるつもりか」

「そのつもりはありません」

妻のケミと子の毛人《えみし》。それに母。他にもまだ、妹子の帰りを待っている者が飛鳥にいる。こんなところで果てたくはない。第一、妹子が行方《ゆくえ》知れずになったら、その日から家族は生活の糧《かて》を失ってしまう。

「ただあいつらがくっついている間は倭国に入れない。百済にも帰れない。これはわかるでしょう」

妹子は、しつこくついてくる隋国船団四隻を指した。

今回は背中から蜂《はち》の一針を放ったようなものだ。猪《いのしし》はイライラする程度だが、それだけでも今はよしとすべきなのだ。しかし敵がこちらの国籍を、正体を見極《みきわ》め、面と向かって突撃してくれば、蟷螂《とうろう》の斧《おの》よりもあっけなく倭国など潰されてしまうだろう。

「とにかく今は、やつらを南に誘導する。倭国でも百済でもない、どこか南の国の方へ。そして敵がじれはじめた頃に、すきを見て全力で逃げる。その時に備えて体力を蓄《たくわ》えておきましょう」

しかし、部下が言う。

「一日で戻ってくる予定でありましたので、水も食料も足りません」

そんなわかりきったこと、わざわざ口に出すな。

長い夜が明けた。針路を変えたため追い風となり、船の速度は上がった。しかしそれは隋軍も同じこと。向こうは軍艦であり、船の性能はずっと上なのだ。きっと船内の蓄えも、こちらより長くもつはずだ。

どちらが先に力尽きるか、それは明白だ。季節は秋口。炎天の日差しが船の上に容赦《ようしゃ》なく照りつけてきた。

航海が何日にわたるかわからなくなったので、一両日分程度しか積み込まれていなかった水と食料を細かく分けた。飲み水は最低限にし、食事は飢《う》えはじめるまで手をつけないようにした。

隋軍四隻は余裕でつけてくる。ひょっとしたら相手は、もうこちらの国籍の見当《けんとう》はつけているのではないだろうか。お見通しだぜと言いたげに、近づいたり離れたりしてくる。

妹子は聞いた。

「焼夷弾《しょういだん》はあといくつ残っている」

「数個を残すのみです。使いますか」

「まだだ。やつらが本格的にこちらを捕獲してきた時に反撃する」

向こうだって正規軍だ。そう長くは祖国を離れてはいられまい。ある程度までじれたら攻撃を開始してくるはずだ。

その日は長いようで、過ぎてみれば、あっという間だった。日は昇り、大洋をひたすら南に向かっている間に日は沈んだ。

東には巨大な朝鮮半島の影が見え隠れし、西にはさらに巨大な大陸が、妹子の船からは見えないが、きっと黄海《こうかい》に影を落としているはずだ。

実を言えば、夜間は危険なのだ。まだこの時代、星を読めても風に対してうまく帆が操れない。どんなに制御《せいぎょ》しても、夜になって向きが変わる風に流される危険は濃厚だ。昼間ならばまだ視界があり、つねに横手に大陸か島を読んで航行する。人間の目を失う夜は突如《とつじょ》として現れた島に座礁《ざしょう》するか、とてつもなく沖に流されていることだってあるのだ。

やはり風が変わった。昼の間の追いつ追われつで距離は結構進んでいたから、朝鮮半島から南下してくる気団が変化していたのだ。

南だぞ、南へ。妹子は舵取りを叱咤《しった》した。雄成には非常の場合に備えて船室で休むようと言いつけてあるが、どうも眠れていないらしく、部屋の中をうろついている気配がする。

「敵船、接近します」

見張りが告げた。

「戦闘準備、投射器に配置」

どうやら隋軍も夜間航行の危険は同じらしい。早々に決着をつける気になったか。

妹子は投射器に駆けより、夜霧《よぎり》に目をこらして敵船団の接近を睨《にら》んだ。

「まだだ、もっと引きつけろ」

焼夷弾の数は少ない。それこそはずしたら後がない。

しかし、夜目《よめ》は目標を誤認《ごにん》させる。遠くにいる船が、恐怖のせいか、ものすごく接近しているように感じられる。妹子はもう少しで間違うところだった。現に見えている距離の二倍くらいで多分正解だ。逆に言えば、船がぶつかるくらい接近した瞬間こそ。

「点火」

甲板に炎。やけにまぶしい。やはり敵船は予想通り遠い。しかし急激に接近してくる。四隻とも。

「投射」

空に打ち出される炎の玉。風を受けて伸びる。飛び過ぎだ。妹子は思わず祈った。八百万《やおよろず》の神よ、どうか、当たらせたまえ。

かすった。

炎の玉は敵船の一つをかすめ、植物油を敵船甲板に撒きながら海に落下した。

だが、それくらいで炎が敵船に広がるはずはない。第一投は失敗だ。

しかし失望を顔に出してはならない。部下に伝染《でんせん》する。妹子は声を低くして言う。

「第二弾準備」

その時だった。ヒュッ。空気を切るいやな音。矢が飛んできた。

当たり前のことだが、こちらが攻撃できる距離なら向こうにもできる。矢は幸いにも誰にも当たらなかったが、妹子はぞっとした。鎧なんて装備していない。戦闘に入るなんて思わなかったからだ。みんなもそうだ。

戦えば負ける。そう思った。顔に出すまいとしたが、青くなったのが自分でもわかった。敵は四隻。四方から矢を射られれば、それで終わりじゃないか。

妹子はしかし、反対に敵船が少し遠ざかっていくのを確認した。舵を切って離れようとしている。

そうか。敵は弓矢。こちらは焼夷弾。持っている武器の不利を悟《さと》ったのだろう。

陸上戦ならともかく、海上では、たとえこちらを全滅させても、乗っている船が燃えてしまえば恐ろしいことになるからだ。ここは、四方いずれの陸地もはるか遠い洋上。

全速前進。妹子はわめいた。敵がひるんだこのすきに、少しでも距離を稼いでおくんだ。帆を張れ。

それもむなしい叫びだった。隋国船団は十分な距離を取ると、またぴたりと張りついてきた。敵も攻撃できないが、こちらの船は十分視界に入っている位置で、余裕でつけてくる。軍事大国の威信にかけても絶対に逃さない気だろうか。

妹子は絶望的な感覚に襲われた。焼夷弾がまず尽き、次に水と食料を失い、戦う気力も航行する力も失って漂《ただよ》うこの船の姿。それはすぐ近くに来ている未来。

妹子は首を振った。妻のケミ、そして跡継ぎの毛人。飛鳥にある小さな家。だめだ、こんなところでやられるわけにはいかない。自分には家族があるんだ。絶対生きて倭国に戻らなければならないんだ。何か考えろ。

妹子は叫んだ。

「今の場所はわかるか」

舵取りが答えた。

「おそらく半島を過ぎ、もうすぐ済州島《さいしゅうとう》が見えてくる位置にあるやと」

「東に針路を変えろ。新羅へ向かう」

新羅。任那《みまな》を滅ぼした、倭国にとっての敵対国。そこへ隋国船団を案内してやろう。新羅は日本海に面しているから、船は大きく朝鮮半島を回り込まなければならない。だが、このまま黄海を目的もなくさまよい続けるよりはずっといい。

船が大きくかしいだ。風向きが変わる。船の上で夜明しをしてしまったのか。

そうらしかった。はるかかなたに見える東の地平線が白くなっている。太陽が昇ってこようとしているのだ。次第にあたりのものが、昼の白さに染め上げられていく。疲れ過ぎたのか、何か現実感がなかった。

吉士雄成が船室から上がってきた。

「指揮を交代しよう」

妹子はうなずこうとした。状況はまだ固まったままだ。何かあったら起こしてもらえばいいか。

しかしその時。

「敵船、接近」

妹子は海上を慌てて振り返った。しかし隋軍の姿はなし。ただ白く朝日を照り返す海面があるばかり。

「いずこ」

「右と、左」

なんてことだ。敵は二隻ずつ右と左に分かれ、この船をはさみ撃ちにしようとしている。しかも十分に布陣を整えた上で、一気に両側から迫ってこようとしていた。

雄成がわめいた。

「何とかしろ。撃て撃て」

「やめろ」

妹子がさえぎった。こいつには任せられない。

「雄成殿はしばらく下がっていて下さい」

「しかし」

「早く。邪魔《じゃま》ですから」

ここまで言われたら雄成は黙るしかない。とぼとぼと船室に引っ込む。

投射器の者が聞いてくる。

「筒先はいずこに」

投射器は一台。両側の敵を同時に叩くことは不可能。敵もそれに気がついたのだ。

妹子は黙った。どっちを狙うか。そんなことわからない。どうしたらいい。頭が白くなった。何にも考えられない。

「任せる」

「えっ」

「お前が絶対命中させられるという方に向けよ」

「そんな」

「時間がない、点火」

とたん、矢。

今度は鈍《にぶ》い音。甲板につき立った矢は、火矢。船員が慌てて走り、火を足で潰して消している。

「帆を降ろせ」

まずい。火矢が帆にかかれば船は動きを封じられる。それどころではない。炎は防ぎようもなく一気に船に回ってしまう。

「帆を降ろせば船が止まります」

「わかっている」

しかし、それと船が燃えることを考えれば、どちらがいいか。

目の端《はし》に炎。焼夷弾が点火された。投射器の方向は、左。

「撃て」

夜明けの空に舞い上がる炎。左に迫り来る隋船の一画に向かって放物線を描く。

隋軍は慌てて舵を切るが、海上では慣性《かんせい》が働いている。

着弾。一隻の甲板に炎が舞う。やったと喜ぶ間もなく、次々に飛来する火矢。船員たちが転げ回って炎を消して回っている。

空から火の粉《こ》が降ってくる。違う。それよりもっと重いものが髪に。

雨だ。

焼夷弾が利かない。ばかりではない、甲板の焼夷弾が濡《ぬ》れて点火しなくなれば、それでこの船は終わりだ。

私にここで死ねというのか。妹子は天を仰《あお》ぎ見た。とたん、涙のごとく大量の雨が船に降り注いできた。

何だ、これは。まさか、と思った瞬間だった。船が大きくかしぎ、妹子は甲板に叩きつけられた。

そのまま雨水でするすると滑《すべ》った妹子は、船の端まで流れ落ちるように甲板を落下し、そこで停止した。

しまった。時化《しけ》だ。いや、今は秋。間違いなく台風。

船の針路を東に変えた時に、行く先の空模様に注意を払うべきだった。そうすれば、はるか前方で手ぐすねひいて待ち構えている黒雲を、見極めることができたかもしれないのに。つきまとってくる隋軍にしか注意が向いていなかった。

妹子は台風の真っただ中に、船を突入させてしまったというわけだ。愚か者。敵が一気に攻勢をかけてきたというのも、この雨雲あったればこそに違いない。雨で焼夷弾が使えなくなることを見越して総攻撃をかけてきたのだ。

しかし、台風は予想よりもずっと速く強力だった。見れば隋国海軍はもはやいない。撤退したのか。いや、近くにいるのだが、この豪雨でもはや一寸先の視界も確保できないだけだ。

船が逆にかしいだ。どこかで悲鳴がする。妹子は綱を握り、甲板を滑るのを防いだ。不幸中の幸いは、偶然にも帆を降ろしていたことだ。もし帆を掲《かか》げたままだったら、一瞬にして帆柱は折れ、そのまま海の藻《も》くずと消えていたことだったろう。

もはや指揮をとるどころではない。こうなったら全員が全員、自分の身を守るので手一杯だ。船は右に揺れ、左に揺れた。そのたびに大量の水が妹子の顔に、手足に、そして全身にふりかかった。

妹子は綱を手がかりに、揺れる甲板をじりじりと這《は》い進む。何とか船室に下りたかった。このまま甲板にいては、雨水で溺《おぼ》れ死ぬと思った。

なんて長い一日なんだ。

船は大きく東に流されていた。対馬《つしま》を通り過ぎ、船は半壊状態になりながらも、まだかろうじて浮いていた。半日ほどで暴風雨から抜け出た時には、日本海特有の濃厚な潮の匂《にお》いがしていた。

妹子は針路を南に取らせた。船と同じく、そのころにはみんなの衣服はぼろぼろ、船室に水がたまり、必死にみんなでかいだして進むという悲惨な状況だった。それでも日本海を南に進めば、どこか倭国の岸に漂着《ひょうちゃく》できるはずだった。台風の去ったあとの炎天下、船内にたまった雨水を飲むことで、かろうじて渇きをしのぎながら南に進んでいると、それらしい陸が見えてきたという報告があった。

その後、妹子は気絶していたらしい。覚えていないのだが、気がついたら出雲《いずも》に漂着して手当を受けていた。

妹子たちが帰還したという報告は、すぐに飛鳥にもたらされた。しかし妹子は、そのまま出雲で数週間寝ついたままだった。

熱にうなされつつ妹子は、百済で別れたままの厩戸皇子のことを思い起こしていた。

あいつはまだ百済にいるのか。それとも飛鳥にさっさと戻ってきたのか。いずれにせよ、隋国との戦端は開かれてしまった。もう後戻りはできない。

あとで妹子が知った事実がある。

それは妹子が養生《ようじょう》していた頃、隋軍が済州島を襲撃していたということだ。済州島は、今でこそ韓国の一島に過ぎないが、この時は琉球同様独立した王朝であった。朝鮮半島にはばかることなく、煬帝《ようだい》は軍を送り込んで略奪《りゃくだつ》ができたということだ。

『隋書』によれば、この時、七千人ばかりの奴隷《どれい》が煬帝に献上《けんじょう》されたという。その後の記録はないから、隋はこの島を支配しようとはしなかったらしい。済州島は何とか復活し、その後、千年近くにわたって独立を保つ。

隋国がこの島を攻めた理由は、高句麗や倭国に対する示威《じい》行動という線が濃厚だが、つねに戦争をしていなければ存在を保てない隋軍の内圧が働いたこともあるだろう。記録にはないが、済州島が服属要求を拒《こば》んだということも考えられる。

ただ妹子はこの報を聞いた時、気分が悪かった。倭国のすぐそばまで隋軍が来たということではない。それもあるが、それよりひょっとしたらという想像が働いたのだ。

妹子は、自分の船を百済には向けずに南に向けた。それは隋軍の追跡をかわそうということもあったが、別に目的地を定めたわけではなかった。台風のせいで結局隋軍は目的を果たせなかったが、最終的に妹子は済州島のすぐそばまで来ていたのだ。

もしかしたら隋軍は、妹子たちの船は済州島から来たと思ったのか。だから済州島が攻められたのでは。

いいや、妹子は首を振った。

それよりも、この攻撃は倭国への脅《おど》しが目的ではないか。敵は妹子が倭国から来たと見抜いた上で、すぐそばの済州島を襲撃して見せた。こっちの方があり得る。

厩戸皇子。時間はもうあまりないぞ。


ところでここに、妹子が全く知ることのなかったできごとが一つある。

それは、隋軍が済州島を襲撃したのと同じ年の一月。

都長安《ちょうあん》からはるかに隔《へだ》たった西域《せいいき》。隋国皇帝煬帝は揺られていた。といっても馬車ではない。宮殿に揺られていた。

世にも有名な煬帝の移動式宮殿である。都にある大宮殿を縮小した宮殿を造らせ、馬数百頭に引かせる。御者《ぎょしゃ》だけで数十人、宮殿内部にあって皇帝を警護する兵はその倍。さらに、走る移動式宮殿の周囲にあって、宮殿を取り囲んで走る兵たち数千人という壮大さだ。

煬帝は、あくまでも武人《ぶじん》たらんとした。皇帝自らが前線に赴《おもむ》き、配下の将軍や兵が争って手柄《てがら》を立てるのを、自らの目で眺めるのをよしとした。自らが指揮をとることもしばしばあったが、たいていは敵が隋軍の圧倒的な兵力に壊滅し、あたりが死骸で埋まっていくのを宮殿の最上階で眺めるのをよしとした。

宮殿の最上階からは戦場の様子が展望できる。地を這う兵同士の凄絶《せいぜつ》な殺し合いだ。それをはるか高みでぼんやりと眺めながら、美女と酒を酌《く》み交わし、妃《ひ》とたわむれる。これこそ、全世界を支配する中華皇帝にのみ許された特権ではないか。

その時も煬帝は上機嫌であった。西の障害、吐谷渾《トヨクコン》を服属させた帰途《きと》にあったからだ。現在のチベットにあたる吐谷渾は、最初は抵抗の意志を示していたが、煬帝自らが戦場に赴き、移動式宮殿の威を見せつけただけで逃げ腰になり、隋軍大部隊の前についに壊滅したのだった。

これで、隋国に服属していない国は限られたところだけになった。朝鮮半島、高句麗。まずこれが目の上のこぶだ。

そして愚かな蛮国《ばんこく》、倭国。

高句麗は、陸続きだけあって大量の間者《かんじゃ》が行き来している。日々もたらされる報告だけで膨大《ぼうだい》な量に上る。選別され、煬帝に上げられるものだけでもだ。煬帝は、向こうの王が今何を考えているかさえ知ることができた。

しかし海の向こう、倭国は。

何を考えているのかわからない。船でしか行き来できないというのが大きいが、それよりも会話さえ成り立たぬ蛮国であるからだ。あの国は服属させることはなるまい。ただ絶滅させるしかないであろう。

煬帝は、次なる遠征のことを考えて気分が高揚《こうよう》した。そこで、戦場ではないものの最上階に上がり、妃の一人でも抱こうと執務室を出た。

その時だった。

煬帝は動きを停止した。

階段上に人間が立っていた。

ここは、移動式幕舎とはいえ宮殿である。つまり王宮と同じく後宮《こうきゅう》もある。執務室より上階がそれだ。執務室までは将軍が出入りしてよいが、それより上の階ともなれば、妃たちのおわすところ、出入りできるのは宦官《かんがん》のみ。

しかしそこに立っているのは、一度も見たこともない珍妙ななりをした男。

左右にわけた長い髪を耳のあたりで縛《しば》ってある。まるで女のように長く伸ばし、その下の服は薄絹《うすぎぬ》だ。腰には帯刀《たいとう》し、右手には笏《しゃく》のようなものを持っている。

誰だお前は。煬帝は口を開きかけた。

その瞬間。

「初めましてぇぇぇぇぇぇぇぇぅぇぇぇっ。わぁぁぁぁ、うるさいうるさい、君が楊広君かぁぁぁぁぁぁぃ、意外にまともな顔してるんだねぇぅぇぇぇぇ」

煬帝は一瞬下がった。執務室に戻り、叫ぼうと思った。あそこならば、まだ数人の兵が詰めている。

「おっととと、別にあやしいもんじゃないよぉぉぉっ。皇帝様に自ら贈答品《ぞうとうひん》を持ってきてやったんじゃないかぁぁぁぁあ」

「どうやってここにはいった」

「窓から」

そんなはずはない。移動式宮殿の最上階は、地上から何十丈あると思っているんだ。

「誰だ、お前は」

「よくぞ聞いてくれました。僕こそ誰あろう、かの有名な、日、出ずるところの天子、倭国天皇アメタラシノヒコハツシメノスクラノヒコナントカカントカの直系の子孫の摂政聖徳だよぉ。以後よろしく、日、没《ぼっ》するところの皇帝楊広ちゃぁぁぁぁん」

「お前が、倭国の」

「覚えてるの、さっすがだねえ」

煬帝は叫んだ。

「誰かおるか、出合え出合え」

たちまち執務室で足音。兵が駆けつけてきた。そこまでは良かった。しかし兵たちは執務室内で足を止めてしまった。そこから先は後宮。皇帝以外は出入りを禁ず。

厩戸はゆったりと左手を振ると、煬帝のそばに何かを落とした。

「また会いましょうねぇぇぇぇ。今度はゆっくり遊ぼうねぇぇぇぇぇぇぇぇぇぇっ

てうるさいうるさい」

厩戸は階段を昇って上に去った。

煬帝と宦官たちは後宮を隈無《くまな》く捜したが、その侵入者は跡形もなく消えていたという。

煬帝は厩戸皇子の落としたものを拾った。

それは銀製の十字架。

皇帝のプライドに響いたのだろう。この事件は『隋書』に、僅か「倭国遣使朝方物」という七文字が記されているに過ぎない。

中《なか》つ國《くに》

日《ひ》、中天《ちゅうてん》

小野妹子《おののいもこ》 蘇因高《そいんこう》として大陸に再び渡り
高句麗《こうくり》 王都を守るも頭を下げる

「行ってくるよ」

小野妹子《おののいもこ》は家を振り返る。ケミが答える。

「行ってらっしゃい」

最近はケミも歳をとったなと思う。それはつまり、自分が歳をとったということだ。


妹子が波瀾万丈《はらんばんじょう》の遣隋使《けんずいし》から戻ってきて約四年。

あれから朝鮮半島にはしょっちゅう船は行き来していたが、妹子が大使に任ぜられることはなかった。それはすでに、妹子の抱《かか》える部下たちの仕事になっていたからだ。

厩戸皇子《うまやどのおうじ》のさしがねかどうかわからなかったが、地位も上がった。『大仁《だいにん》』という冠位ももらった。妹子は役所に勤めていた。

飛鳥《あすか》の周辺に、多くの渡来人が住み着いて久しい。しかし新しく流れてきた人々と、古くから住み着いて倭国《わこく》人としてしか生きられなくなった人々との間には、多くの問題が持ち上がる。役所にもたらされるそういった訴えを裁くのが、今の妹子の仕事だった。

役所に近づいただけで、争う声が聞こえてきた。朝からため息だ。仕事のうっとうしさは日に日に増して、週に一度は航海している時の夢を見る。

だが、もはや倭国を離れ、外洋に出ることはあるまい。自分には国書をなくしたという汚点《おてん》がある。それは不問に付されたが、そんなやつに外交を任せる気にはなるまい。

それもまたよし。飛鳥にいる限り、妻とも子供とも一緒だ。母親にも時々会いに行ける。唯一の心残りは、百済《くだら》や隋には何度も旅をしたものの、母の心の故郷《ふるさと》である高句麗《こうくり》には、足を踏み入れることなく終わるだろうということだ。

しかたないだろう。自分ももう四十なのだ。今さら身体《からだ》がついていかない。行けと言われても、きっとうまく断るだろう。

争う人々の間に入っていた一人が、妹子を見つけて叫んだ。

「上様《うえさま》」

こんな仰々《ぎょうぎょう》しい呼び方をするのは一人。

犬上襷《いぬがみたすき》。

三十になったというのに、初めて会った時のような子供っぽさが抜けていない。

「その呼び方はするなといってるだろう。私は大臣様《おおおみ》でも何でもないんだぞ」

「はい、以後気をつけます」

「それでなんだ」

「今度、全権大使に任命されることになりました」

ついにそういう順番になったか。

「それはめでたい」

「まだ日取りは決まってはおりませぬが、次の隋への航行に」

「隋」

妹子は言葉を切った。

倭国は幸いにして、まだ侵略《しんりゃく》の憂《う》き目にはあってはいない。それは、危機が去ったということでは決してない。国外の情勢に耳をそばだてている妹子にとっては、むしろ事態はますます憂慮《ゆうりょ》すべきことになっているとしか思えない。

倭国にとって数年は短い。あっという間に政治は動き、人間も変わる。しかし隋のような巨大な国にとっては、四年は短いというよりも一瞬の間に過ぎないのだろう。歩の動きは重いが、方向が変わるということではない。

隋国皇帝煬帝《ようだい》は、華北《かほく》に兵を集結しつつあるという。それも百万、二百万。それこそ倭国の総人口をはるかに超えるほどの兵が、一か所に集結しているのだ。

攻撃相手は、高句麗。

周囲の国々全《すべ》てを平定し、服属させた隋が、ついに朝鮮半島へその大きな足を伸ばしつつあったのだ。

しかもその侵略は、完全に非道。

朝鮮半島の国は、高句麗も含めてすでに隋に服属しているのである。倭国が意図したように平和外交の使者を送り、物品を納め、皇帝への朝貢《ちょうこう》の儀《ぎ》をしきたりに従い執《と》り行っているのである。

にもかかわらず、隋はつまらぬことで難癖《なんくせ》をつけて、高句麗に侵攻しようとしている。隋に対する不誠があるとか言い立てるのである。高句麗が清廉潔白《せいれんけっぱく》とは言えないかもしれないが、そんなことを言えば、隋周辺のどんな国だって差はない。貢《みつ》ぐものを貢ぎ、皇帝にひれ伏《ふ》したことにおいて、高句麗は他国と同じく隋と敵対する意図はなかったはずだ。

妹子は厩戸皇子の言ったことを思い出す。時が来れば、隋は勝手に動き出す。周りのことなんて見ちゃいない。

超大国は今まさに本性《ほんしょう》を現したといっていい。かつて大陸を征服し尽くしたように、朝鮮半島をも領地に組み込もうとしているのであろう。

役所の周りがまた騒がしくなりはじめた。さっき仲に入って押し止《とど》めたというのに、役人の目が離れたとたん、また勝手に言い争いをはじめたらしい。

「片方を引き離して、こっちに連れてこい」

妹子は犬上襷に聞いた。

「今日は一体何を訴えてきているんだ」

「新しく移住してきた百済人たちが、自分たちの圃《ほ》のために、そばに厠《かわや》を造ったんです」

「肥料か、それがどうした」

「南風が吹くと古くからある村の方まで臭《にお》ってくるそうです」

それは深刻な問題だ。外交司《がいこうのつかさ》は臭いまで規制できず、村と村は十分離れているから土地の問題ではない。ここでは裁けない。しかし二つの村は争っている。

「厠の場所を移せ」

そうすると、新しい村の者たちが文句を言いはじめた。曰《いわ》く、他に適当な場所はない。言いはじめたら百済の者も頑固《がんこ》だ。妹子は嫌気《いやけ》がした。毎日こうしたつまらぬ、吐《は》き気がするような争いで明け暮れる。

それこそ隋が、倭国を今この瞬間に占領しようと手を伸ばしているかもしれない。艦隊を差し向けているかもしれない。しかしそれはもっと上、たとえば厩戸皇子などが考えているのだろう。どうしたらあの超大国に立ち向かえるかなど、妹子には及びもつかないが、何か策を立てて実際に動いているにしても、妹子には遠い世界だった。

厩戸には、あの船で別れて以来数年、会っていない。倭国に戻っているかさえ、彼のもとには聞こえてこない。

そして今、妹子は臭い公害に悩んでいる。話し合いで和解させる以外に道はないだろう。妹子は部下に命じた。

「何とか説得してくれ。どうにも言うことを聞かなければ、また私を呼べ」

妹子は奥に下がった。他にもすべき仕事が山ほどあった。上の者への報告。税の計算。役所の中での争いの仲裁《ちゅうさい》。曰く、穀高《こくだか》が少ない、あいつが気にいらない。

あっという間に昼が過ぎた。部下が走ってきた。

「すみません、さっきの百済人たちがもっと上の者を出せと。どうしても」

「しかたないな」

妹子は立ち上がった。こんなふうに一日は暮れていくのだ。その時だった。犬上襷が現れた。

「上様」

「何度言ったらわかるんだ」

「すみません。でも今度は本当に緊急です」

「殴《なぐ》り合っているのか」

「そうじゃなくて、上様を内裏《だいり》がお呼びです」

　内裏。朝廷。

「蘇我臣蝦夷《そがのおみえみし》殿のもとへまいれと」


「久しぶりだな」

　前にひれ伏した妹子に、蝦夷が浴びせた一声。

　確かに。厩戸皇子には四年前に会ったが、蘇我蝦夷に会うのは琉球《りゅうきゅう》以来。実に二十数年ぶり。貫禄《かんろく》はやたらついたようだが、印象は変わっていない。それはそうだ。地位も立場も全く変わっていない。生まれた時から人の上に立っていたし、今も立っている。立ち居《い》ふるまいもずっと同じだろう。

　ただ最近は、老齢のせいで父親の馬子《うまこ》が思うように動けなくなってきているため、飛鳥政治の重責《じゅうせき》は、次第にこの男の肩に比重が移ってきている。

「琉球の時はお互い、よく戦ったな。あの時助けた子供たちも、今は無事琉球に戻っているそうだし」

　下を向いたまま少し笑う。子供たちを近くの島に運んだのは確かだが、よく戦ったというほど戦ったわけではない。特に蝦夷は最初から船に籠《こ》もっていた。

「あの時から考えるとお互い歳をとった。今の仕事はどうだ。忙しいか」

「はっ。おかげさまで」

何だろう。近況を聞くためにわざわざ呼び立てたのだろうか。

「率直《そっちょく》に聞く。お前なしでもまわっていきそうか」

妹子は少し首をかしげた。

「私に別の仕事につけと」

「一年ばかり役職を解《と》く。官位も返上《へんじょう》してもらう。禄《ろく》は今まで通り、家族に払われるから安心しろ」

妹子は硬《かた》くなった。こんな変なことに自分を巻き込もうというやつは、きっとたった一人。

「摂政《せっしょう》皇太子《ひつぎのみこ》ですか」

蝦夷は、にたりとした。

「もちろんやつさ。他に誰がいる。お前に、高句麗に来いとさ」

限りなくいやな予感がした。

「高句麗に行って何をするのですか」

断ることなど考えられない。ただ仕事の内容くらい知っておきたかった。

「俺も詳しくは知らん。向こうに着いたら、あいつがいるから聞け」

「厩戸皇子は高句麗ですか」

「百済のはずだ。というか、あいつがどこにいるか俺はよく知らん。大体ここ数年、あいつの姿を公けの場で見たことすらないのだ。知っているだろう、お前も一緒にいた隋への旅、あれ以来、厩戸は姿を消してしまった」

「というと、あれからずっと飛鳥には戻っていないのですか」

最後、百済で別れたきり。

「いや、そうとも言いきれんのだ。時々は倭国に戻ってきているらしい。思いもよらぬ時に突然訪ねて来て、やれ金をくれだの、船を用意しろだの無理を言ってきたかと思うと、またすぐ消えてしまう」

昔からだ。全然変わっていない。絶対に天皇は無理だ。

「今回は、なぜ私にそんなことをしろと言ってきたかはわからないのですか」

「あいつのことだから、いきなりだ。理由を聞いても、うるさいと言うだけだろう。ただ想像はできる。わからんか。高句麗といえば、隋とのことがある」

「隋のことでって、私が高句麗に行くことと、どんな関係が」

「倭国は高句麗に物品《ぶっぴん》を流す」

高句麗を、援護する。

「ただし隠密裏《おんみつり》にだ。隋の煬帝に気取《けど》られぬよう、倭国が関わったと絶対に知られぬように、それを行わなければならぬ」

「私がそれを行う、と」

「厩戸はそうさせたいようだ。お前から官位を剝奪《はくだつ》し、誰とも知れぬ扮装《ふんそう》をさせて送り出せというのが、まさにそれだ」

「高句麗への物資運びですか。そんなうまくいきますか」

「いってもらわなきゃ困るんだよ」

蝦夷は妹子に服を脱ぐように言った。

「高句麗が負けたら、倭国に先はないんだ」

一言《ひとこと》、言いたかった。家族に。というより母に。

高句麗に行く。母の故郷に。

しかしそれはかなわなかった。妹子が許されたのは、妻子《さいし》に使者を出すことだけだった。行く先も言えず、ただ出張に出るというだけの使者だ。

『これからお前は流れ者の商人、蘇因高《そいんこう》になる。国籍などは俺は知らぬ。適当に百済人か何かだとしておけ。一歩ここより出たら、倭国語は禁ずる』

港に船が着くと、今まで同船していた百済の商人たちは、三々五々《さんさんごご》散っていく。小野妹子一人が取り残されるような格好《かっこう》になった。

船員たちにあやしい者だと疑われないために、妹子は疲れたふうを装《よそお》って、とぼとぼと百済の港を抜け出そうと歩を踏み出した。この港は倭国の難波津《なにわづ》に比べたら、賑《にぎ》わいで見劣《みおと》りがする。といっても、港そのものはさすがに何百年も使われているというだけあって、護岸など見事な普請《ふしん》がなされている。施設だけ比べたら、難波の方が後《おく》れをとっているかもしれない。

朝鮮三国、昔は任那《みまな》があって四国だったが、今や完全に三つどもえだ。高句麗、百済、新羅《しらぎ》。

三国は数百年間、三つどもえで争ってきていた。倭国も大陸も絡《から》んでいたが、ほとんど三国での争いを数世紀続けていた。国境線は安定せず、裏切りと内紛《ないふん》に明け暮れたこの三国は、決定打がないまま、いまだに事あるごとに侵略戦を繰り返している。

港がこんな状態にもなるわけだ。妹子は数年ぶりに朝鮮半島を眺め渡した。さっき着いたばかりの船がにぎわしく積み荷を入れ替えている他は、軍船らしき船が一隻《せき》だけ。

思えば数週間前は、自分がこんな なりをして、また朝鮮の地を踏もうなどとは思いもよらなかった。妹子はかなりの量の金を懐《ふところ》に入れていた。わびしい身なりをしているから、まさかそんなものを持っているなどとは誰も思わないだろうが、何しろ打ち続く戦乱で治安は心もとない。

しかも、いるはずの迎えが来ていない。全て百済で聞けとしか言われていないので、どこに行ったらいいのかさえわからない。せめて落ち合う先だけでもと思ったのに、このていたらく。

自然にふるまうようにはしていたが、やはりきょろきょろと警戒していたらしい。声がかかった。

「おい、そこの」

見れば左手。三人組。

最初からいやなやつらに当たった。明らかに追いはぎだ。一人は剣を持っている。逃げられないように、三方に散らばって妹子を囲んでくる。

妹子はあたりを見た。たちまち通行人たちが、蜘蛛《くも》の子を散らすように道端《みちばた》から散ってしまった。巻き添えを食わないためだ。そういう世の中とはいえ、冷たいやつらだ。

「何かの間違いでは。こちらは貧乏な商人です」

剣を持ったやつが前から迫ってくる。左斜め後ろにまわり込んだやつが言う。

「間違いじゃねえ。何か重そうなものを持っているな。それを置いていけ」

横目で見た。剣を持っているのは前のやつ一人。残りの二人はこん棒だ。左斜め後ろと右手から迫ってくる。

「荷物を置いてけば、命まで取りゃあしないよ」

妹子は素直に荷物を下ろすふりをして、そこから剣を抜いた。

「なんだお前」

「やる気か」

やる気でなければ、剣は抜かないものだ。こいつら、しゃべり過ぎる。

妹子は一歩前に出た。何しろ三対一だ。

この不利を巻き返すためには、一気に決着をつけるしかない。妹子は飛び出した。

実はこれは引っかけだ。剣に対して剣でやり合えば、残りの二人が自由になる。狙《ねら》い目は右手のこん棒だ。剣で飛び出すことによって前のやつが自然に受ける構えになるのを予想して、右に飛ぶ。

そのまま右のやつの懐に入り込み、のど元に剣をつきつける。これで決まり。

「武器を捨てろ」

妹子は、そいつの首に深く剣の刃先を押し当てながら言う。こん棒が地に落ちた。

「お前らも武器を捨てろ。でないと、こいつの首を掻《か》き切るぞ」

残りの二人は硬直《こうちょく》している。妹子はためしに、剣を少し首に滑《すべ》らせた。皮膚が破れ、剣先に血液がにじんできた。

うわぁぁぁ。もう一人のこん棒がそれを見るや、そのまま背中を向けて逃げ去ってしまった。仲間を見捨てるとは、盗人《ぬすっと》の風上にも置けない。

妹子はまだ立っている剣のやつに言った。

「お前も失《う》せるか。それともまずこいつの首を切り離してから、私とじっくり勝負するか、どっちがいい」

そいつは首を振った。剣を捨てた。

「負けた。この通りだ。頼む。そいつを放してやってくれ」

「それは都合が良過ぎるな。だが無益《むえき》な殺生《せっしょう》をしてもしょうがない。いいだろう」

「すまん。恩に着る」

「だがその前に」

妹子はこん棒を持っていたやつをうつぶせに押し倒し、剣を背中に乗せた。

「お前ら、持ってるものを置いてけ」

追いはぎたちは驚いた。

「お前も強盗だったのか」

「まさか。だが一人旅の者を、三人がかりで襲おうという性根《しょうね》が気にいらない。盗む者は盗まれるし、奪う者は奪われるんだ。こいつの命と引き替えに、持っているもの全部置いていくんだな」

「何を言うかと思えば。俺たちはただ戦《いくさ》に追われて、やっとここまで逃げてきただけだ。それこそ食い物もろくに食ってもいない。取るほどの価値あるものなんて、何も持っちゃいねぇんだぞ」

「だったら着てるものを脱いでいけ。裸になれ。それがいやなら殺すまでだ」

「お前、なんてやつだ」

「憲法第六条を言ってみろ。言えるわけないか。国が違うからな。私が言ってやろう。『懲悪勧善《ちょうあくかんぜん》』だ。さっさと服を脱げ」

強盗は妹子をにらみつけながら、ぼろぼろの上着を脱いだ。朝鮮半島は倭国よりはるかに寒い。日焼けしてはいるが、ろくに栄養をとっていない強盗の骨ばかりの身体が、北風にあおられていた。

「いいだろう。失せろ」

妹子は、足で踏みつけていた強盗の仲間を前に押しやった。

寒さに鳥肌《とりはだ》を立たせながら強盗が言う。

「お前、国王にでもなったつもりか。自分で人を裁いて、いい気分か」

「言わなかったか。悪を見たら必ず糾《ただ》せ。憲法第六条だ。いつもは守らん。それに私を襲わなければ、お前なんかがどんなことをしようと興味はない。とっとと失せろ」

追いはぎ二人は背中を向けた。しょぼしょぼと歩き去った。

「お見事」

声がかかった。妹子は振り返った。

「蘇因高殿ですな」

家の陰から仏僧《ぶつそう》が一人、現れていた。ばかりでなく、その背後に十人ばかりの兵。歩兵だが重装備だ。

妹子は警戒した。何しろ強盗に遭《あ》ったばかり。しかも、向こうは自分の名を知っている。

「わしは高句麗の僧で、恵慈《えじ》と申す者」

恵慈――聞いたことがある。

「皇太子の使いでお待ちしておった。今までそなたを、港からずっと拝見《はいけん》させていただいた」

「港で待ってたんですか。どうして今まで声をかけてくれなかったのですか」

妹子は声が大きくなった。

「そなたが、わしらの想像の通りのご仁《じん》か確かめるまで声をかけるのは控《ひか》えようと、ずっと遠くから見守ることにしたのだ」

追いはぎに襲われてもか。

「いやいや腹立ちはごもっともじゃ、しかし考えてもみなされ。そなたは倭国の全権を担《にな》っておる。ばかりでなく高句麗の、朝鮮半島の命運をも左右するかも知れぬ。当然保護されねばならぬじゃろうが、これから先、自分で考えて決断を下してくれねばならぬことも多々出てこよう。追いはぎの一人や二人さばけんでは、どうしようもなかろう」

「そんな大げさな。私はただの使いです。金を持っているだけの」

「そういう言い方もできるな。いずれにせよ、わしは仏に帰依《きえ》した身。それこそ殺生沙汰《ざた》には関わらぬのだ」

食えないじじいだ。そう思った。

「それではわしらの船に案内いたそう。来られるが良い」

「船。ひょっとしてずっと港に停泊していたのか」

一つ、小回りのききそうな軍船が停泊していたのを思い出した。百済も戦に船を使うのだろうかと思った。まさか。

「そうじゃ。ずっと船に寝泊《ねと》まりして、そなたの来るのを今か今かと待ち構えておった」

「それならなぜ、わざわざ私が迎えを捜しに歩き出すのを止めなかったのだ。無駄足ではないですか、お互い」

「もう話したではないか。わしは、そなたがこの大役《たいやく》をこなすことのできるお方であると確信した。それゆえ今、こうしてわが船に乗船願おうとしているのだ」

妹子は立ち止まった。

「私がいやだ、と言ったら」

「それでも構わぬ。が、そなたは一人で歩いて百済の国境を抜け、高句麗に向かわれる気かな。言っておくが、こんな港町でさえ追いはぎが出る始末《しまつ》、国境の村ともなれば、それこそ一隊でも率いていない限り生きては進めはせぬぞ。そなたは覚悟がおありであろうが、大切な金を取られてしまう危険を冒《おか》すことはなさるまい」

本当に食えないじじいだ。妹子は港に向かって歩き出した。

途中で思い出した。高僧恵慈。厩戸皇子の参謀の一人だ。

秦河勝《はたかわかつ》同様、厩戸に大陸の情報を提供している。飛鳥にいるとばかり思ったが、百済で動いていたのか。

妹子は並んだ。背が小さい。猿のような僧だ。

港がまた見えてきた。嫌味《いやみ》のつもりで、もう一度聞いた。

「もし私が追いはぎの一人二人でなく、たとえば追いはぎの十人にでも一遍《いっぺん》に囲まれて、虎《とら》の子の金を取られた上に殺されでもしていたら、どうするつもりだったんですか。こんな世の中だし、こんな国だ。あり得たでしょうが」

「その時はその追いはぎ連中をわしの兵が全て始末して、金だけ取り返せば良い。わが兵は屈強《くっきょう》じゃ。見ての通り」

恵慈は自慢げに、自分を取り囲んだ完全武装の兵を指した。

「金だけですか」

「当然じゃ。わしらが欲しいのはそなたが運び、高句麗にとって助けになる金であって、そなたではないのだからな」

こんなじいさんとは口を利《き》く気も起きなかったが、現在の半島や大陸の情勢について、聞いておかなければならない。

船の中、北に向かうにつれて高句麗の山がちの景色が近づいてくる。

妹子は恵慈の部屋に入れてもらった。恵慈は妹子が持ってきた金の量を聞き、予想より少なかったのに不快を表明した。

「倭国は、自分の国の危機を感じておらぬようじゃな」

恵慈は、妹子が懐にした金で購《あがな》うものは糧秣《りょうまつ》が一番良い、と言った。

「南岸の穀物《こくもつ》が安い地区でなるべく多くの糧秣を買い、それを高句麗王に届ければ良い」

「それで仕事は終わりですね」

恵慈はうなずいた。

「わしらは戦闘には加われぬのじゃ。そなたは異国の商人ということでもあるしな。できることは今のところせいぜいそれだけ。でも助かる」

確かにそうだ。今度の旅もすぐ終わるだろう。妹子は少し安心した。あんまり家を離れたくない。自分も歳をとった。

「隋は脅《おど》かしでなく、本当に高句麗を滅ぼすつもりですか」

「もう攻め込んでおる。春正月、軍は出陣した」

妹子は顔を上げた。すでに事態は動き出していたのか。

「戦局がどうなっているか、聞いてはおりますか」

「高句麗に着けば詳しい者がおろう。ただ隋は本気だ。その兵、騎兵と歩兵を合わせて百二十万人。将軍の数だけでも数十名。武器や食料を運ぶ後方部隊を合わせれば、おそらく合計は二百万人になろう」

「二百万人。それが全部、高句麗を攻めるためだけにですか」

　恵慈はうなずいた。倭国の全人口を何倍すれば、そんな数を得られようか。それが全て軍隊になる。隋は巨大過ぎる。

「対する高句麗の軍は」

「十万もないじゃろう。それこそ後方支援部隊をのぞけば、実態は数万。それに隋がまず攻めようとしている遼東《りようとう》にいるのは、大半が戦争とは関係のない一般の民《たみ》、農民、猟民じゃ」

　話にならない。悪夢がよみがえる。琉球。わずか一部隊で全滅させられた南の島。

「高句麗は、もちませんね」

「まともにやり合えば、敵《かな》わないことなどわかっておるわ。しかし高句麗の嬰陽王《えいようおう》は、この時のために長らく準備をととのえて来ているはずじゃ。乙支文徳《ウルチムンドク》を始めとする優秀な将にも事欠かん。それに高句麗は国土を味方にすることもできる。険《けわ》しい山、凍った土、やせた大地。これらを盾《たて》にして戦えば、高句麗はそう簡単には落ちはせぬ」

　妹子は聞いていた。

「祖国を愛しているのですか」

「くだらんことを聞くな」

「私は半分、高句麗人です。母が」

「そんなことどうでもよいわ」

恵慈は目を閉じた。

「どう頑張《がんば》っても高句麗はあと百年はもつまい。今回の襲撃をこらえても、隋が朝鮮をあきらめるはずはない。すぐ次が来る。その次をしのいでもまたすぐ次。永遠に続くのじゃ。高句麗が滅《ほろ》ぶまで」

「隋国がある限りですか」

恵慈は目を閉じたまま笑う。

「わしらは今、とんでもない怪物を相手にしようとしているのじゃ」


小野妹子の運んだ金は、百済南岸の穀倉《こくそう》地帯で食料に変えられた。できるだけ多くを安く買い叩《たた》いたおかげで、船の中は喫水線《きっすいせん》が下がるほどの糧秣で埋めることができた。そのまま船は一路、大同江《だいどうこう》へ、そして平壌《ピョンヤン》へと向かう。順調に任務は終わるはずだった。

しかし見張りの兵が船室に飛び込んできたことで、流れはさえぎられた。

「前方に大船団です」

恵慈が言った。

「隋軍じゃな。いかほどだ」

「見えません。大同江が埋まっているように見えます」

大同江は決して細い河ではない。というより、飛鳥に流れている川全てを集めたよりも巨大な流れなのだ。それが隋海軍で埋まっているとは。

「隋は二百万の陸軍を出しただけではなくて、水軍まで投入しているのですか」

妹子が聞くと、恵慈はうるさそうに首を振った。

「当然じゃ。陸軍が高句麗を攻め落とそうとすれば、まず遼東を抑えねばならぬ上、高句麗の地ほとんどを横断して、ようやく都の平壌に到達できる。水軍なら山東半島から直進すれば、もう大同江が口を開けておる。平壌は目と鼻の先。煬帝が水軍を使わぬ方が愚《おろ》かだ」

確かにそうだが、このままでは妹子たちは隋軍を直撃してしまう。

船が大きくかしいだ。舵《かじ》が切られたのだ。妹子はよろめきながらも聞いた。

「こちらから向こうの船が見えたということは、向こうからもこの船が見えるということです。やつら、こっちを追いかけてきますか」

恵慈も壁に手をついた。

「隋の狙いは平壌を落とすことじゃ。どこの馬の骨ともわからん船一隻を追ってくることはないじゃろうが、様子を見るべきじゃな」

船が通常運航に戻った。恵慈は地図を広げた。

「このまま大同江から平壌を目指すという航路は、御覧の通りじゃ。とすれば、いったんやりすごして北上して端和里《スワリ》から迂回《うかい》し、山岳路から平壌を目指す他はないじゃろう」

妹子は最大の心配を口にした。

「もしそのように時をかけている間に、平壌が落とされてしまっていたら」

「その時は高句麗が終わる時じゃ。おとなしくこの糧秣を持って倭国に戻る以外にあるまいて。真剣に倭国の防衛を考えながらな」

高句麗が終わる時、倭国も同じ目に遭う。

「安心せい。平壌はそう簡単には落ちん。だがあの船団がずっと平壌を取り囲んでいる限り、わしらも平壌には入れんな」

「どうしますか」

「簡単だ。あの船をそっくり倭国に向かわせればいい」

妹子が絶句すると、恵慈は笑う。

「いやか。いやなら何かいい方法を考えろ」

直線距離で行けば、大同江を上るよりも今妹子たちが来ているように、端和里からまっすぐ東へ平壌を目指した方がずっと近い。それを阻《はば》んでいるのが、京畿《けいき》地方の険しい自然と山だ。

妹子は歩いていた。道はほとんどない。ただ東に向かって自然林の中を進む。息つく度に空気が白い。まるで氷のかけらを飲んで吐き出し続けているようだ。夏ではないが、倭国ではまだ十分に薄衣《うすごろも》でみな通している季節のはず。それなのに、ここではすでに息が白いのだ。細く引き締まった針葉樹林が生《お》い茂り、日差しをさえぎる中を黙々と進む。

はたして無事に平壌に着けるのだろうか。土産物《みやげもの》の糧秣は、端和里付近の港に着けた船に残してきた。あれだけの量のものをたった数名の兵で運ぶことはできなかったし、山が険し過ぎる。まず平壌の様子を見るしかない、ということになったからだ。それでなくても、どこに隋軍がいるかわからなかった。

兵が歩を止め、あちこちの木の枝を拾いはじめた。今夜もまた野宿《のじゅく》らしい。あまりに日が差さないので、ずっと夜行軍を続けているようだ。

妹子は座り込んだ。そうすれば立てなくなることは知っていたが、やはり一日歩くともう身体が動かない。情けないが、しかたない。

母は、この国で生まれた。寒いだけで何もない国。確かにそうだと、今妹子も思っていた。笑顔さえも凍りつく。恵慈が黙り込んでむっつりしているのも、唇《くちびる》がこの国で凍りついたせいではないかと思った。

　火の粉《こ》がはぜた。火が熾《おこ》されていた。熱いはずの炎で妹子はまた寒さを感じた。芯《しん》から凍りついていたので、少しの炎では感覚が戻るだけ、よけい寒いのだ。

　炎の向こうに、恵慈の顔があった。

「本来なら、急げば一日で平壌まで到達できようが、何しろ今は隋軍が取り囲んでおるはず。慎重《しんちょう》にあたりをうかがいながら進む。二日を見る」

　また炎が揺らめく。恵慈は僧ではなく、戦闘員だ。妹子は思った。軍師であり戦士である。だから厩戸皇子は参謀にしたのだ。

　兵の一人が言った。

「大同江を埋め尽くしているあの兵力から言って、隋軍は数万から数十万を差し向けているはずです。そしてその大半はもう平壌を取り囲んでいるか、最悪の場合は」

「それでもわしらは平壌に入らねばならんのだ」

　今度は汗だくだ。しかし気温は相変わらずなので、最悪の事態が起きる。汗が凍りつく。気がついたら、手足に血が通わず真っ青になっている。

　北の国の司《つかさ》たちは、凍りついたままの手足を何日も放っておくと、そのまま腐《くさ》ってもげてしまうぞと脅していたことがあった。確かにそうなりそうだ。最初はやたら痛かったのに感覚がなくなっている。

それは兵たちもそうらしい。晩にしか熾さないたき火を昼も熾そうとしている。

すると恵慈が怒り出した。

もはやすでに平壌も近い。隋軍がどこに潜《ひそ》んでおるかわからぬに、昼日中《ひるひなか》から目立つような火を熾すでない。

しかし手足が動かなくなったら、そんなことも言っていられないのではないか。妹子は文句を言いそうになったがやめた。兵たちはずっと賢《かしこ》く、石組みでかまどらしきものを造り、その中で小さな火を熾して岩や石を熱し、それにより暖《だん》を取ることをした。これだと煙の量は格段に少なくてすみ、少し離れればわからない。ただ問題は、暖を取れる人間が一度に一人になってしまうことだが、それ以上は恵慈が許さないのでしかたがない。

なぜこういう面倒なことになってしまったのか。恵慈が新しく命じた仕事のせいだ。

「木を切り倒して積め」

樹齢百年はありそうな太くて重い木を、なるべく多く切り倒して運べというのだ。妹子は昨晩、疲れきってよく作戦の詳細も聞かずに眠り込んでしまったらしい。何のためにこんなことをするのかよくわからないまま、ひたすら働かされた。

一口に木を切れと言っても、すでにあたりは深い山の中。足場は平坦《へいたん》ではなく、障害物も数多くある。恵慈が命ずるような太く重い木は豊富にあるものの、この凍《い》てつく外気《がいき》の中で力を振り絞《しぼ》るのは、簡単なことではない。

妹子は気がつかなかったが、兵の多くが斧《おの》を持参していた。それは高句麗兵だったからだ。大きな斧すなわちまさかりは、高句麗では皇帝や王の象徴であり、儀礼に用いられる。何か祝い事がある度に『斧鉞手《ふえつしゅ》』と言われるまさかり担《か》ぎが並び、祝いのまさかりを振るのが高句麗の習わしだ。だからどんな部隊にも、祝い用の巨大な斧には不足しない。

その巨大な斧が、高句麗の原生林の硬《かた》く引き締まった幹をえぐる。岩のように硬い。一本を倒すのに一刻（二時間）ではきかない。あたりの用心をしながら斧を打ち続けていれば、半日かかることも珍しくはない。

そうやって倒された木は全員で運ぶ。山の上の方へ、何の意味があるかわからないが、担がれて林の間に並べられる。

「一体坊さんは、どういうつもりでこんなことをさせるんだ」

妹子は二日か三日くらい経ったあとに、兵に聞いてみた。音《ね》をあげたと思われたくなかったから我慢《がまん》していたが、目的が見えなければ、もっと疲れると思ったたから。

しかし兵は首を振った。

「わしらは知らん。そっちが知っていると思っていた」

どうやら恵慈の独断のようだ。恵慈は高齢のため、重労働には加わらない。時々枝を切り払ったりする他は考えたり、突然ふらりと消えてしまったりしている。みんなよく従っているなと思ったが、惰性《だせい》だろう。疲れ過ぎて反発する気力もないのだ。

何日経ったか覚えていない。数日だったような気もするし、ひょっとしたら十日くらいは経っていたかもしれない。十数本の巨大な丸太が山の中にゴロゴロと積まれると、恵慈はみんなを早くから休ませた。

「明日がいよいよ正念場じゃ」

何のことだかわからないまま、みんなは小さなたき火で順番に短い暖を取って休んだ。

翌日、恵慈はみんなに言った。

「身を伏せてついてくるが良い。どこに兵がいるかわからぬ。周りに十分に目を配れ」

どうやらようやく山を抜けるようだ。妹子は言われるまま、四つんばいになりながらじりじりと進んだ。

　気がつくと岩山に出ていた。目の前は巨大な崖《がけ》だ。水音もする。大同江の上流に出ていたのだろうか。

「見るが良い。大声を出すなよ」

　その通りだった。崖の下は大きく景色が開けていた。今まで針葉樹が密集する山奥にいたせいで、目の下に流れる河がとてつもなく巨大に見える。

「あれが平壌じゃ」

　ささやき。川の向こう側に城壁。隋の巨大都市のように町全体を囲んでいる。山の中に大都市があるのだ。岩場を天然の要塞《ようさい》と化して、高句麗の都、平壌が形成されている。

　そして河。大同江にはびっしりと埋め尽くされた船また船。およそ日の届く範囲まで、下流にびっしりと隋国の船団が密集していた。上流ともなれば水流も激しいはずだが、それに逆らい船を係留《けいりゅう》している。

「たどり着いた船の中から次々に兵が山に登り、平壌を取り囲んでおることであろう」

　妹子は慄然《りつぜん》とした。この船の数だけで数百隻は優に越える。兵の数は一体何万になるのだろう。目の下、十数丈の光景。もしこの高さになければ、妹子はすぐにでも逃げ出していたかもしれない。

「木を運べ」

切り出した大木をか。

「ここへですか」

「正確に言うと、ここではない。この崖からあの船の上に丸太を落とす」

切り出した巨大な丸太は林の中に隠してある。林から登った崖まで数人がかりで丸太を運んでくる。途中から転がすこともできるので、恵慈は半数の人間でやれと命じた。

「一組が一本の丸太を運んで落としている間に、もう一組が別の丸太を運ぶことができる。その者が丸太を落としている間に別の者が奥に走れる。そうして連続的に攻勢をかけてやるのだ。敵が態勢を立て直す前に、何が起きたのかを悟《さと》ってしまう前に全てを終え、わしらは山奥に逃げ込むのじゃ」

論理的にはそうだ。しかしそれにどれだけ体力がいるか。林を抜けるまで、今までの半数の人間で丸太を引きずる。全力を振り絞ってようやく動く。態勢を立て直して丸太を崖に転がしている時は、すでに頭の中が白い。そのまま自分も崖から転がり落ちてしまうかと思ったほどだ。

そして最初の丸太が妹子の手から離れた。高さ十数丈の崖。途中の岩や灌木《かんぼく》などものともせずに、すさまじい音を立てて大同江へと転がり落ちる。たちまち上がる水しぶき。途中で削り取った岩まで巻き込んで、巨大な渦《うず》が大同江の流れに生ずる。

巨大な丸太はそのまま隋軍の船の一隻に直撃し、真っ二つに裂《さ》いて一気に水中に沈めてしまった。水圧があたりの船を回転させ、なぎ倒す。

「次、走れ」

恵慈の冷たい号令。妹子は自分の行った戦果を見ることなく、次の丸太を引きずりに走った。

派手な音を立てて、丸太がまた崖から転がる。妹子が放つ第二弾は、のべ三本目。これもまた、係留中の隋船の一部を砕《くだ》いて水の中に引きずり込んだ。

兵のほとんどは船を泊《と》め、陸に上がって平壌を取り囲んでいる。大船団は実に無防備に離してあったのだ。見張りは残してあろうが、はるかな高みから転がり落ちてくる巨大な物体に用心などできない。

しかも丸太は岩とは違う。いったん大同江に没したあと、自らの浮力で浮き上がってくる。そしてそのまま水の勢いに乗って流れ、下流に数珠《じゅず》つなぎになっている隋軍の船団を、玉突きにしていった。丸太が流れた途中にある帆船《はんせん》は、まるで砂場を指で掃《は》くように丸太の筋《すじ》を川に残して川の中に崩れていく。しかも一つの船が崩れれば、その船も丸太の代わりになって次々に下流の船を巻き込んでいった。何往復しただろうか。ついに全ての丸太が大同江に放たれた。その時には隋軍は大混乱に陥《おちい》っていたが、態勢も整えつつあった。最初の頃のような破壊効果は既《すで》になく、兵が岩場に取りつきはじめていた。

恵慈が言った。

「さぁ、逃げるのだ」

妹子たちは来た道を戻って、山奥へと走りはじめる。

しかしこの時になって、たまりにたまった疲れが出た。自分が走っているのかよろめいているのか、わからなくなっていた。周りの景色さえもぐるぐる回っている。

しゅたん。いやな音がした。それは若い頃に聞いた、悪寒《おかん》を伴《ともな》う音だった。矢だ。矢が近くの木の幹に突き立って震《ふる》えていた。

追手だ。隋軍が崖を登り、もうここまで来ているのか。

妹子は必死に走ったつもりだったが、足が動いていないようだ。逆に追手の足音はやたら元気に響く。

何か叫び声。金属音。妹子は見た。高句麗兵が隋兵と打ち合っている。まさかり対剣。追いつかれた。

妹子は自分の剣を抜こうとした。しかし手が震えて剣の柄《つか》も握れなかった。なんと情けない。襲ってきたのは絶望。

目の前に隋兵の集団、数名。反撃する力はない。隋兵が剣を振る。

その瞬間、矢の音。

近くの木の幹に、凍った土に、そして隋兵の身体に次々に突き立つ。

「無事か」

妹子はその声に聞き覚えがあった。

「秦河勝殿」


河勝は厩戸皇子の命《めい》を受け、先に高句麗に入って妹子たちを待っていた。

河勝が来るのと時を同じくして隋国煬帝は侵攻《しんこう》を開始し、百里《り》の長さに及ぼうかという船団が大同江を上ってきた。平壌はたちまち包囲された。天然《てんねん》の要害に建設された高句麗の都がそう簡単に落ちるわけがなかったが、河勝の懸念《けねん》は、妹子たちがこの隋軍に阻まれて平壌に到達できないことであった。

大同江は封鎖されたも同じ。その結果、恵慈が描いたように河勝の頭も西岸からの山越えの道を描いた。

大同江南岸の山中に待機すべきであろう。河勝は部下数十名を連れて平壌を抜け出した。何度も戦乱にさらされた高句麗の城下には、人一人が脱出できる程度の抜け穴がいくつか掘られており、敵に知られなければ自由に近くの山中に出入り可能なのであった。

つねに部下一人は山に滞在させるようにして、待つこと数日。河勝は、無謀《むぼう》にも隋軍に攻撃を仕掛ける小部隊を見た。丸太を船に落として破壊するという手段。敵に与える損害などたかが知れているが、敵の圧倒的な数を思えば見事な活躍だ。

妹子たちの仕業《しわざ》だ、と思った。そこで河勝と部下は山中に散り、妹子たちを捜したのだ。

間に合ってよかった、と河勝は言ったが、それは後の話。その時妹子は気絶していた。ついでに言えば、それから数日間夢うつつの間をさまよっていた。河勝の顔を見て安心したのか、今までの疲れがどっと出てきた。

妹子が高句麗山中で意識を失っている間に、平壌では大戦闘が起きていた。ついに隋軍と高句麗軍の戦端《せんたん》が開かれていた。

妹子が目覚めた時、全ては終わっていた。炎がそばにあるのに凍りつく感覚の、高句麗の山の中。日も差さない洞窟《どうくつ》の奥で目が覚めた妹子は、闇《やみ》に目が慣れるにつれ、そばにいる人間の顔を認識していった。

「目が、覚めたか」

何年ぶりだろうか。十年かもっとか。六十に手が届こうという秦河勝は、彫《ほ》りの深い顔立ちは相変わらずだが、髪の毛にすっかり白いものが混じり込んでいた。でもそれは、凍りついた息が目にそう映っただけかもしれなかった。

「ありがとうございました」

妹子は頭を下げた。これでまた生き永らえた。妻にも会える。子にも会える。河勝は首を振った。

「恵慈殿は」

兵たちの顔も変わっている。みんな河勝の配下だ。

「無事だ。百済に戻られた」

自分は、百済で皇太子の連絡を待つのが本来の仕事じゃ。そう言って、恵慈たちはもと来た道を平然と去っていったという。妹子には信じられない話だ。

「隋軍は」

「撤退《てったい》した」

「平壌を落とせずにですか」

「そうだ。高句麗は勝ったよ」

平壌の城の中は死屍累々《しるいるい》だった。あちこち血溜《ちだま》りができていて、どの死体が隋軍か高句麗軍か、判別し難《がた》いものの方が多い。壊《こわ》れた家や壁の破片も転がっている。人体の一部、手足や首もだ。それらがうずたかく死体の山となって積まれている。死体は所々刺されたり斬られたり焼け焦《こ》げたり、さまざまな死因がごっちゃになって原形をとどめていないものばかり。鎧《よろい》や兜《かぶと》も散っている。もはや身元を特定することは不可能に近いだろう。

生き残った人々は泣いたりわめいたりしている者も数多いが、何の表情も浮かべず、ただ黙々と死体や瓦礫《がれき》を片づけている者の方が圧倒的に多い。戦乱が多くて、慣れてしまったとは思えない。きっと衝撃が強過ぎて何も考えられず、仕事をこなすことで、この悽惨《せいさん》な光景を記憶にとどめないようにしているのだろう。

あとで聞いた話を総合すると、平壌攻防戦はこのようであった。

他の高句麗の城同様、平壌も城下は迷路のように入り組んでいる。そのうち城は、実は二重構造になっていた。城壁のある外城《がいじょう》と、さらにその中にあって一見城の中枢《ちゅうすう》には見えない本丸である。

最初、平壌の周囲を取り巻いた隋軍は攻めあぐねていた。兵力では圧倒的な隋軍とはいえ、天然の要害である平壌が、中途半端な攻撃では陥落《かんらく》しないのは見るだけでわかったからだ。こういう場合、常道《じょうどう》としては兵糧《ひょうろう》攻めなどが行われる。だが隋軍は、力押しで攻めるか、持久戦《じきゅうせん》でゆくかに迷いがあったようだ。

囲んでいる兵は城内の百倍に達しよう。しかしそのまま突撃しては、被害が大き過ぎる。隋軍だって犠牲は出したくない。まずは陣を構え、長期戦をもって城の内部が疲弊《ひへい》するに任せる作戦に出たようだった。

その方針が急に転換したのは、皮肉にも妹子たちの丸太作戦があったからであった。僅少《きんしょう》な被害とはいえ、船を破壊された隋軍は逃げる足を失ったのだ。戻る道はなく、前に進むしかないと思ったようである。つまり撤退する船を失ったことによって、兵たちはもはや、平壌を落とす以外に安全な退却《たいきゃく》ができないと知ったのだ。

一転してすさまじい力押しが行われた。城の強固な門めがけて蟻《あり》のように隋兵が取りつき、振り落とされてはまた取りつく、壮絶《そうぜつ》な攻城戦が展開されたのだ。

もはや攻める方も守る方も、何も見てはいられない。

次々に折り重なる死骸《しがい》また死骸。崩れる壁。流れ落ちる血肉。さすが平壌城は、攻める方の死者を刻一刻と増やしていくが、守る側もじわじわと目減りしていく。

ついに高句麗王は、どうにも支えられないと悟った。死者を踏み越え迫ってくる隋兵が、ついに門を崩しかけていた。

高句麗王の下した決断は非情なものであった。肉を切らせて骨を断つ。迷路になった平壌城下及び本丸に多数の伏兵《ふくへい》を隠し、敗れたふりをして門を開け放ったのだ。

たちまちなだれ込む隋兵。何万という兵が怒濤《どとう》のごとく城下に溢《あふ》れ、たちまちそこに住んでいる民を次々に殺戮《さつりく》し、略奪《りゃくだつ》の限りを尽くす。隋軍はここで勝ったと思ったことだろう。兵たちはばらばらになり、統制は乱れた。

隋兵は知らず知らずのうちに、迷路のような平壌の奥深くに誘い込まれていた。

そして王の号令一下、隠れていた高句麗軍が飛び出し、一斉《いっせい》に反撃を開始した。たちまち攻守ところを変え、今まで重なっていた高句麗人の死骸の上に、隋兵の死体が山と積まれる。隋兵は反撃する余裕もない。高句麗軍の刃《やいば》をくぐり抜けるのがやっとというありさま、散り散りになって逃げ去っていった。

高句麗軍はこうして勝った。しかし被害はあまりにも甚大《じんだい》だった。残った機能は王宮などを始めとする政治中枢のみ、経済と生活の拠点のほとんどは壊れ、略奪を受け、死体と血によって幾層にも埋もれていた。

小野妹子は頭を下げた。

「商人、蘇因高です。このたびは平壌の被害を聞き及び、私財をもって購入した糧秣船一隻分を、無償《むしょう》で陛下《へいか》及びその勇猛果敢《かかん》な兵に献上致すべく、この地にやって参りました。どうかお納めくださいますよう」
高句麗王は激闘の疲れがまだ癒《い》えていないのか、目の下に深い隈《くま》をつくってい
た。
「面《おもて》を上げよ。感謝致す」
妹子のそばには秦河勝がいた。河勝は、高句麗王にも顔がきいた。でなければ、
一介《いっかい》の商人風情《ふぜい》に王自らが姿を見せることはない。
「蘇因高よ。船一隻の糧秣とは、この場においてまさに大恩《だいおん》。御仏《みほとけ》の加護《かご》もかく
やと思われるほどのものである」
「問題がございます。隋軍が包囲していましたので、平壌には船が寄せられません
でした。兵糧は端和里にございます。今は隋軍も去りましたので、もし陛下ができ
るということであれば、船から運び出してくださいませ」
「しからば蘇因高よ。甘えてすまぬが、ぜひ今一度頼みがある」
「はっ。もし船を平壌まで寄せろということでありますれば、多少時間はかかりま
すが、私めと秦河勝殿の力により何とか」
「いや、そうではない。兵糧を、遼東まで運んでほしい」
妹子は絶句した。
「遼東、と申されましたか」

「そうだ。遼東である」

「しかしそれはあまりにも遠く、しかも」

「遠いのはしかたがない。しかしながら遼東は現在、まだ隋と交戦中である。わが高句麗軍の獅子奮迅《ししふんじん》の働きにより、平壌に押し寄せた水軍は何とか撃退した。しかるに遼東の地では、隋陸軍二百万を相手に、いまだにわが軍が必死の戦闘を行っておるのだ。一刻も早く糧秣が欲しいのは、ここではない。遼東の地だ」

妹子は言葉を選びつつ口を開いた。

「いかに陛下の頼みとて、できることとできないことがございます」

妹子が頭を下げると、今度は河勝が静かに言いはじめた。

「現在の情勢で遼東に向かう道をお考え下さい。陸下、船で遼東に向かえば大きく黄海《こうかい》に張り出した遼東半島を回り込まねばなりませぬ。さりながら半島の末端には隋軍がすでに歩を伸ばしており、ここで船は襲撃を受けるでしょう。ひるがえって陸路を通れますか。鴨緑江《おうりょくこう》より北は、すでに戦闘地帯。どこに隋軍がいて、どこに貴下《きか》の軍がいるかさえ判然としない状況ですぞ。せっかくの糧秣であります、いくらでも他に使いみちはございます」

「これはわが願いである。遼東のわが軍がいかに必死で戦っているか。私は督励《とくれい》と感謝の気持ちを形にして届けたいのだ。しかし残念ながら今の平壌の状態では、私には何にもできない。だから頼む。糧秣がどれほど前線の兵にとって役に立つか、そちなら知っていよう」

「私は商人です」

「違うであろう。倭国人、小野妹子」

妹子は王の顔をぼけっと見つめた。王はかすかに疲れた顔で笑った。

「私にだって耳はあるし、目もあるのだよ。お前は有名過ぎる」

そうか。有名なのか。

「この河勝殿といい、こたびのことといい、倭国には感謝しておる」

「しかしそれなら高句麗王、なおのこと陛下がいかに無理な願いをしているか、わかっているということですね。陛下は他国の者に前線へ行くことを強要しているのですよ」

「たとえば、どうかな。この高句麗にだって、隋の間者《かんじゃ》は多く放たれておる。町を歩くだけですぐにぶつかる。そいつらにちょっと一言言うというのは。倭国の者が、隋に逆らって高句麗の手助けをしておると」

妹子は態度を硬化《こうか》させた。

「今度は脅迫《きょうはく》するのですか」

「脅迫ではない。すでに高句麗と倭国は、同じ道を来ているということだ。お互いもう承知であろう。高句麗が引き返せないように、倭国も引き返せない」

「それは話が違います。確かに朝鮮半島が全滅すれば、次は倭国だ。誰だってわかります。しかし私たちは、遼東の戦闘に巻き込まれるいわれはない。それは高句麗と隋のことだ」

「遼東を守ることで、わが軍は倭国をも守っているのだ。彼らに助けが必要だ」

「端和里に船はあります。陛下が使って下さい。それ以上は限界を超えています」

「兵は割《さ》けん。しかしそれ以外のものはいくらでも差し出そう。頼む」

妹子は首を振った。立ち上がろうとした。しかし妹子はその瞬間、見た。

高句麗王が頭をたれていた。王が。倭国の天皇がこんなことをしたら、その場で取って代わられるだろう。

「どうしてそこまで私に、異国人の私に」

「それは、本当に、今、私たちにはできないからだ。見て知っているであろう。都がこんなになっているのに、私たちにこれ以上どうしろというのか」

妹子は河勝を見た。それは問いかけではなかった。了承を求めたのだ。

「行きましょう」

王は、ぱっと顔を上げた。

「行ってくれるか」

「危険を感じたら、すぐに引きあげます。それから船に武器を積んだりするので、準備に時をください」

「もちろんじゃ。そうか。何なりと申しつけるがいい」

河勝がささやいた。

「本当に危険なんだぞ」

「わかってます。今回だけです」

妹子は王に背を向けた。頼まれたからじゃない。王のためでもない。母のためだ。

母の祖国高句麗を、潰《つぶ》してたまるか。潰されるのは妻の祖国だけでもう十分だ。

秦河勝《はたかわかつ》 安市《あんし》にて小野妹子《おののいもこ》を守り
軍神 勝てぬ戦いを告げる

船はまた北に向かって進みはじめていた。高句麗《こうくり》の領土を縦断するような旅だ。隋《ずい》帝国に比べれば微々《びび》たるものかもしれないが、隋の周囲の国々の中では、最大の版図《はんと》を誇っているのではないだろうか。

今度の旅は一隻《せき》ではない。秦河勝《はたかわかつ》にも船を預けられた。妹子は危険な旅になると、河勝の同行を一度は断った。しかしすぐに説得されてしまった。

「船は二隻の方がいい。一隻の船に糧秣《りょうまつ》を満杯にしている現在の状態では、隋船団に追われた時、絶対に逃げ切れない。二隻の船で重さを分けて、少しでも船足を速めるのだ。その分、武器も搭載《とうさい》できよう」

かくして、二隻の船が同時に出航した。積み荷を半分ずつ分け合い、あいたところに武器弾薬を詰め込んだ。もし隋軍と接触すれば、海戦になるだろう。妹子は再び、投射器《とうしゃき》と焼夷弾《しょういだん》を船に用意させた。前回の戦闘で焼夷弾は、船対船では威嚇《いかく》だけでも十分効果があると知ったからだ。

準備だけで、さらに時が流れていた。季節は本格的な冬になろうとしていた。

冬の旅は危険だろう。河勝が言った。敵は寒さだ。海が凍ることはないだろうが、雪は降るし、氷も降る。夜明けなど帆《ほ》が凍り、うまく操《あやつ》れなくなろう。だが出航した。

「考えようによっては、それも良い。隋船団も条件は同じだ。めったに黄海《こうかい》上に現れまい。季節が最悪の時ほど敵は接触しづらい」

雪と寒さに船体が悲鳴《ひめい》を上げるのをだましだましながら、ひたすら北に向かっていると、やがて行く手をさえぎるように、巨大な陸地が見えてきた。これこそ遼《りょうとう》東半島。ここを回り切った対岸こそが、最終目的地だ。

船を半島沿いに南西に滑《すべ》らせた晩、河勝は地図を指した。

「ここだ」

渾河《こんが》の河口にある港、安市《あんし》。

「この港に数百の兵とそれなりの数の馬を用意するよう、使者を走らせたと王は言った」

「では遼東半島を回り込めば、旅は終わりですね」

河勝はうなずいた。少し苦しそうに肩で息をした。妹子は見るに忍びなかった。

まだ旅は平穏《へいおん》に過ぎているが、それでも朝晩の寒さは深刻だ。

河勝はぽつりと言った。

「この歳《とし》になって、こんな船旅ができるとは思わなかった。感謝する」

「何を言い出すんですか」

「隋が大陸を制圧した時だったな。倭国《わこく》にもずいぶん流民《るみん》が」

「ええ。二十年以上経ちますか、あれから」

「あいつらの内、知識と技能のある者は重宝《ちょうほう》され、今、倭国でいい暮らしをしている」

福利《ふくり》は隋国に帰ってしまったが。

「しかし倭国にとって役に立たない知識を携《たずさ》えてきた者、あるいは故国でただひたすら土と向き合い、静かに生きてきただけの者はほとんど死ぬか、どこか奥地でひどい暮らしに追い込まれているだろう」

妹子は黙った。

「あの流民たちの天地を分けたものは、一体何であろうな。人間が人間の間に割り込むものとは何であろうな」

沈黙。

「すまん。わしも歳をとった。いずれにせよ、また半島の地が踏《ふ》めた。どこかで皇《ひつ》太子《ぎのみこ》に会ったら感謝していると伝えてくれ。倭国に半生を過ごそうとも、死ぬ時は生まれたところでと思っていた。半島にはいい思い出なんか一つもない。でもどうしたことだろう。わしはむしろ倭国に帰りたくないんだよ、今」

翌日はひどい吹雪《ふぶき》だった。

陸に近づき過ぎたせいだ、と秦河勝は言った。地形上、遼東半島は海の上に大陸の一部が突き出している。朝鮮半島と大陸に挟《はさ》まれた湾の中にいる、と見てもい い。大陸にたまった寒気が湾の中に、温度差によって吹き出してくるのだ。

世界は白く染まり、視界の多くを閉ざされ、また雪によって帆が自由を失う。吹き寄せられる雪によって帆がたちまちぬり固められ、人間の支配を拒《こば》む。甲板《かんぱん》にじわじわ降り積もる雪。船にとって、適量の雨は天の恵み。長い航海で消費した水分を、みんなで一斉《いっせい》に手桶《ておけ》などに受けて補給する。しかし流れ弾のように人間と帆に体当たりし続ける雪は、人間の役に立つことを拒んでいるかのようだ。

帆船《はんせん》では、甲板と望台《ぼうだい》に人間が立たなければならない。目視《もくし》を失うことは致命《ちめい》的だからだ。弾丸のように当たり続ける雪を払いつつ、針路を修正していかなければならない。

幸いなことといえば、台風と違って風速がさほどないことだ。目つぶしを食らうだけで、打撲《だぼく》があるわけではない。寒さにやられぬように短い時間で交代を立て、ひたすら座礁《ざしょう》を防ぐために舵《かじ》を取り続ける。

甲板には一寸、二寸と雪が積もっていき、妹子は必死にそれを海に落とし続ける。凍りついたら目も当てられない。長い一日だった。しかし単調な一日だ。天を恨《うら》み、白い粉を払い続ける。遠くに黒くかすんで見える遼東半島の影を見失うことにおびえつつ、陸地の影が近づき過ぎることにおびえつつ、ひたすら天候の収まるのを待ち続ける。船は西へ西へと進む。

しばらくすると風がやんだ。雪は降り続けているが、それは帆にぶち当たるような横なぐりではなく、甲板にひらひらと舞い落ちるような軽さになっていた。

妹子はもう一枚だけ帆を立てるように命じた。また風が強くなってきたら降ろすつもりだったが、その心配はなく、沈み行く太陽が大陸の西の稜線《りょうせん》に顔を現した。やがては没してしまう太陽の、何と巨大なことだろう。何と鮮やかに紅《あか》く染《そ》まっていることだろう。

吹雪は去った。妹子はそう思った。

あとは部下に任せて船室に降りた。夜の間にできるだけ進み、吹雪の後《おく》れを取り戻すようにと言った。妹子は疲れのせいで、そのまま眠ってしまった。

朝日が差した。妹子は起き上がろうとした。それより先に、河勝が飛び込んできた。

「敵大船団に遭遇《そうぐう》した」

遼東半島は山東《さんとう》半島に向かって突き出している。それはまさに、城門を閉じているようだ。

山東半島は隋の勢力圏であるが、遼東は高句麗の領土だ。だが遼東半島の先端、あるいは半島が造る狭い海峡はその限りではない。むしろ遼東半島の先、大連《だいれん》や旅順《りよじゅん》の港は隋国の橋頭堡《きょうとうほ》と化していた。

高句麗の都平壌《ピョンヤン》からはるかに遠く、港自体も田舎《いなか》なので、高句麗の国家自体には大した影響は与えていない。しかし、この海峡を船で横断しようとする者には、苦難が待ち構えていた。

隋軍とは言っても、ほとんど海賊と変わりない。通る船全《すべ》てに貢《みつ》ぎ物を要求し、それがなければ強奪《ごうだつ》する。しかも、武装自体は国家の正式な水軍という厄介《やっかい》なものだ。

妹子たちはこの襲撃を避けるために、わざわざ船が走りにくい厳寒の真冬に海峡を横断しようとしたのだが、吹雪にこそあったものの、それ以外は比較的温和な冬であったために、結局、船団と遭遇することは避け得なかったのだ。

妹子は甲板に上がった。

「敵船団は」

「追いかけてくる。多いぞ。十隻はある」

河勝が指した。妹子は位置を素早く頭の中で考えた。

「あっちの船を寄せて下さい。私があちらに飛び移って指揮をとる。二つの船でかばい合いながら敵船団を追い払いましょう」

「良かろう」

妹子は縄を取った。甲板に降り積もった雪は全てが落とせたわけではなく、隅《すみ》の方では海水を浴びて、凍った塩の塊《かたまり》を造り出している。踏めばきっと滑る。こんな天候の時にと嘆いてもしかたない。

河勝の合図によって、もう一隻の船がどんどん速度を上げ、横に並んでくる。船員が並んだ船に縄を投げた。向こうが受け取る。ぴんと縄が張られる。妹子はその縄を脇に挟むようにして甲板を走り、そのまま宙《ちゅう》に飛んだ。空気が澄《す》み渡っている。風が痛い。

着地。妹子はもう一隻の船にいた。

「投射器は無事か。撃《う》てるか」

部下たちはすでに空撃《から》ちをはじめていた。投射器にたまっていた氷が、朝日の中、はじかれてキラキラ光る。大丈夫のようだ。

追いかけられるのは二回目だ。もう慣れたよ。妹子は甲板で、僚船の河勝に手で合図を送った。左は私がし切る。そちらは右を。

　敵船は多い。数えて十隻。ただ隋軍の船のほとんどは急造である。高句麗を、倭国を、そして他の国を侵略《しんりゃく》するため、何十万という人員を駆り出し、突貫《とっかん》工事で造らせたのだ。それらは、百万の兵を搭載させることが目的で建造されている。しかしそれだけだ。大砲が備えつけてあるわけでも、諸葛孔明《しょかつこうめい》発明の連弩《れんじ》が備えつけられてあるわけでもない。武器はあくまで、それぞれに乗っている兵の数とその装備だ。

　空中戦ならば、たとえ二隻でも互角《ごかく》。この間の戦いでそれはわかった。

　敵は後方に食いつきながら分散した。船団が形成する陣。扇形《おうぎがた》に散開し、こちらの進路を阻害《そがい》しようというのだろう。

　妹子は前方を見た。長興島《ちょうこうとう》。及びその列島。遼東湾最大の座礁地帯。ここに追い込むつもりか。

　妹子は河勝にまた合図を送った。岩場に追い寄せられる前に、ここで勝負をかける。

「舵を切れ」

　船がかしいだ。妹子の船は河勝の船に突撃するように舳《へさき》の向きを変える。次の瞬間、河勝も。二つの船が互いに交差する瞬間、隋船は驚いて速度をゆるめる。

「点火」

妹子は叫んだ。冷気が顔を打ち、冷たい水しぶきが空に舞い上がる。波も凍るような寒さの中、火口に火がついた焼夷弾が投射台を転がる。

「撃《こ》てぇっ」

弧を描いて後方に放たれた炎の弾丸、放物線を描いていったん中空で静止するように舞い上がる。見ている妹子にとっては、じりじりする瞬間の後。

一発ははずれ。しぶきを上げて波に消え、舞い上がる水蒸気と湯気。白い煙《けむり》が遼東湾から天空に。

もう一発。河勝の船から放たれた焼夷弾。これは見事に敵船団の一隻の甲板に落下して破裂。植物油脂《ゆし》が氷の載った敵船に一瞬にして広がる。黒煙《こくえん》が舞い上がる。温度が上がらないため、炎は一気に船を焼くことはない。だが黒い煙が敵船団の視界を潰《つぶ》すように覆《おお》っていく。一隻が舵を切りそこねて、その場で回転するようにかしぐ。

「今だ、全速前進」

追いつかれれば撃つ。撃てば逃げる。これを繰り返す。もう一回くらいはこれを繰り返さなければならないのかと思ったが、一回の戦いで敵は戦意を喪失《そうしつ》したのか。妹子たちの目に、船団の影はすぐに小さくなっていく。

最大の難所を抜けた。目指すは遼東湾の最深部、安市の町。

深夜、星灯《あか》りだけが港を照らす中、船は安市にたどり着いた。そのまま船で夜明けを待つと思ったが、町なかから、たちまちたいまつの灯りを持って人々が集結してきた。

「蘇因高《そいんこう》、秦河勝の御両名でございますか」

たいまつの灯りはすでに数百。中から一人が進み出てきた。妹子は慌《あわ》てて甲板に上がった。

「その通りだ」

「王よりの使者、承《うけたまわ》りましてございます。その船中には、高句麗軍遼東城へと寄《き》贈《ぞう》されるべき糧秣。それでよろしいのでございますか」

妹子はうなずいた。

「確かに」

男たちは深く頭を下げた。

「ありがとうございます。聞けば旅の商人とか。われら高句麗軍一同及び大将軍乙《ウル》支文徳《チムンドク》になり代わり、厚く御礼申し上げまする」

妹子はため息をついた。終わった。この感謝の言葉。これを聞いただけでも、ここに来た甲斐があった。

「糧秣はこの二隻に分けて搭載してある。遼東の地まで運ぶには、馬が最低でも数十頭は必要ではないか」

「用意しましてございます。申し遅れましたが、私は高句麗軍 西大尉《にしのたいい》、函婁《かんる》と申します。本来ならばわが軍が制圧していなければならないこの地にも、すでに隋軍は大勢います。いつやつらがこの船に気がつくや知れませんので、急いで積み荷を遼東に運びましょう。夜明けを待ってはいられませぬ」

妹子はうなずいた。たいまつの灯りに照らされて、たちまち数十人の男たちが船に乗り込み、船底の食料を運び出しはじめた

とその時、何か呻《うめ》くような声がした。

「河勝殿」

甲板で河勝がよろめいたらしい。妹子は慌てて走った。

「大丈夫じゃ、疲れただけだ」

河勝が手を振っている。確かにそうだ。妹子だって連日の緊張で倒れそうと言えば、その通りだ。自分より二十歳も年上の彼などは、本当に限界だろう。

「河勝殿は休んでいて下さい、指揮は自分とこの者たちで」

「わかっておる。任せたぞ」

妹子は函妻を捕まえた。

「隋軍はどのくらいまで侵攻しているのですか。戦況《せんきょう》はどうですか」

「正直、苦戦しております」

函妻ははっきりと言った。

「何しろ敵の数が数です。まともにぶつかり合えば、勝ち目がないのはわかりきっております。しかしわが軍には、軍神と呼ばれる乙支文徳将軍がおります。わが高句麗軍がいまだに立っていられるのは、ひとえにあのお方のおかげです」

「この近くにも隋軍がいると言われましたが、それはすでに高句麗のあちこちを占領されているということですか」

「それは違います。隋軍は二百万という兵をこの高句麗に展開させていますが、肝《かん》心《じん》ないくつかの拠点をまだ落とせずにいるのです。隋軍のいくつかの部隊はすでに敗北し、撤退《てったい》をはじめているものもあります。楽な戦いではないですが、わが軍はまだ優勢です」

妹子は事態がうまく頭に描けなかった。夜が明けたら地図を持ち出して、もう少し細かく事情を問いなおしてみよう。ただ陸路がまだ安全でなさそうなのはわかった。でなければ、妹子の兵糧《ひょうろう》がこんなにありがたがられるはずもない。陸路を通って糧秣が運べないからこそ、この船が貴重だったのだし、王も頭を下げたのだろう。

さすがに男が百人近く働けば、数刻で一隻の船がたちまち空になった。二隻目もほどなく終わるだろう。東の空が白く染まってきている。

港は夜明けの寒さで男たちの息が白い。踏みしだく砂に霜《しも》が降りている。本来ならさびれ切った北の港が、今晩だけはにぎやかな軍港に変わっている。

白湯《さゆ》が差し出された。

「飲むか」

河勝だった。

「これはどうも。しかし河勝殿はもう少し休まれていても」

「いいや、歳のせいで朝が早くてな」

「旅は終わったのですから」

その瞬間。

「敵襲――」

はるか沖。

ぼんやりと黒い影がある程度だった。それはみるみるうちに大きくなる。

隋船団。

十隻どころではない。数十隻だ。本国から応援を呼んできたのか。それとも平壌から撤退した部隊が、ここに回ってきたのか。

つけられたか。河勝が唇《くちびる》の間から声をもらした。

そうかもしれない。やけにあっさりと引き下がったと思ったが、それは援軍を呼んで襲撃するためだったのか。

数十隻は船団を横に広げていく。陸上で言えば鶴翼《かくよく》の陣だ。港全体を覆い囲んでしまう隋軍の扇形。

函妻はわめいた。

「退避《たいひ》。民《たみ》を退避させよ。糧秣を守れ。離脱《りだつ》する。安市を捨てる」

高句麗兵たちはたちまち馬に乗り、民と兵糧を内陸へと押しやる。すでに兵糧のほとんどは船より運び出されていた。

「蘇因高様、秦様、馬を用意してあります。急いでこの地を離れます。共に遼東へ参りましょう」

妹子は馬に乗った。

しかし河勝は首を振り、歩き出した。

妹子はわめいた。

「何をしているんです。河勝殿、急いで馬にお乗り下さい」

河勝は振り返った。

「ここに残る」

「えっ」

「民の足、それに、重い兵糧を抱《かか》えていては逃げても追いつかれる。だめじゃ、ここで踏みとどまって食い止める者が必要だ」

函妻が叫んだ。

「それは私たちで」

「何を言うか。そなたたちはこの兵糧を、命に代えても遼東城に届ける責務を負っておるではないか」

函妻は唇を嚙《か》んだ。

「妹子、行け。ここはわしが引き受ける」

「そんな、たった一人でどうするんですか」

「一人ではない。見るがよい」

一隻の船がいつの間にか係留《けいりゅう》を解《と》かれ、甲板の投射器に一人、兵が立っていた。

「こういうこともあろうかと、わし同様、いつ死んでもいいと覚悟を決めた者たちを少し頼んでおいた」

河勝は休んでいたわけではなかったのか。すでに覚悟をしていたというのか。

「さあ行け。必ず生きて倭国に戻れ。皇太子に会われたら伝えてくれい。河勝は故国の地で死ねたことを感謝しておるとな」

妹子の目が涙でかすんできた。馬の手綱《たづな》も握れない。しかしそれを引っ張った影。函妻。

「行くしかありません」

「しかし」

「泣くのは後です。行くしかありません」

馬が走り出した。

「撃て。撃て。全弾を撃ち尽くすまでやめるな」

その河勝の言葉が町を抜けつつある妹子の耳に届いたと思ったが、空耳《そらみみ》かもしれない。

町を抜けた高台で振り返る。港は黒い煙に包まれていた。船の姿はすでに遠過ぎて見えなかった。

函妻の話を総合すると、隋軍二百万と高句麗軍の陸上戦は、次のようなものだったらしい。

高句麗軍は国境の遼河《りょうが》の水際《みずぎわ》で陣を敷いた。河を越えて来る敵軍を国境で迎え撃とという、定石《じょうせき》通りの戦法だ。

隋軍は三本の浮橋《うきはし》を造り、それで川を越えようとしたが、計算を誤り、一歩《ぶ》ほど（二メートル弱）足りなかった。その一歩の間は川に入って渡らなければならない。そこに高句麗軍が陣を構え、矢を射かけ槍《やり》を突き出す。

もう少しで上陸できようという兵が、水際の戦闘で次々に屠《ほふ》られていく。死体を踏みつけて別の兵が渡っていく。それを殺しても、さらに次が屍《しかばね》を踏み越えて攻めてくる。国境の遼河は死体がえんえんと流れ、凍りついて暗褐色《あんかっしょく》になった流れが、遼東湾を染めていった。

しかし数十倍の兵力の差は、いかんともしがたかった。ついに隋軍は遼河を渡り、高句麗軍の屍の山を築きはじめた。ここに至って高句麗軍は撤退し、いくつかの城に籠《こ》もり内陸戦に入った。

隋軍二百万は堰《せき》を切って高句麗領内に進撃してきたものの、荒れ地、ぬかるみ、そして不毛《ふもう》の地が続く中、次第に細かく散開していった。

百万を超える部隊ともなれば指揮する将軍の数も十や二十では利かなかった。それぞれの部隊が自分の兵を温存しようとして、多大な犠牲《ぎせい》が予想されるいくつかの防御《ぼうぎょ》拠点には、積極的に攻め込もうとしなかった。

隋軍は数十万の部隊で遼東城を取り囲んだが、そのまま膠着《こうちゃく》状態に陥《おちい》った。高句麗軍はただ城に立て籠もるのではなく、敵が引いたと見れば門を開けて打って出て、敵が押してくると見れば門を閉めて固く守った。

　五か月以上が遼東城での攻防戦に費やされた。高句麗軍にも多大の犠牲は出たが、その間にも隋軍の兵糧は確実に減り続けていた。隋軍のいくつかの部隊は城を離れ、もっと攻めやすい村などの略奪《りゃくだつ》に走り、そのまま脱走する兵も出はじめた。

　ここでついに動き出したのが、軍神乙支文徳将軍である。彼は大胆《だいたん》にも単身隋軍の司令部に行き、偽《いつわ》って降伏した。

　隋軍の将軍たちとしては、士気が落ちはじめている時に、高句麗軍　の名将が投《とう》降《こう》したとあって、最高の歓待をした。しかし乙支文徳は敵陣に潜《もぐ》り込むと、隋軍の方が疲弊《ひへい》しているのを見抜いた。

　分配されるにはあまりにも少ない兵糧、痩《や》せた馬、無気力な兵たち。二百万もの軍を満たす兵糧など、そんなに長い間用意できるはずがないのだ。

　乙支文徳は事態を確認すると、さっさと隋軍の陣から逃げ出してしまった。隋軍は後でそれを知り、数十万の兵を繰り出して追撃する。

　高句麗軍の陣に合流した乙支文徳は、作戦通り隋軍と戦っては敗れ、逃げてはまた戦い、すぐに敗れ、また逃げた。

　七回これを繰り返すうちに、疲弊してきたのは隋軍の方であった。気がつけば高句麗の奥地まで引っ張り込まれている。そして食料は完全に尽きていた。

ここで乙支文徳は、また偽りの降伏に打って出た。

「兵を引いて下さい。降参します」

隋軍はまた計略ではないかと疑っていたが、もう戦う気力は残っていない。七回戦い、全て勝っていることもある。隋軍は態勢を整える意味もあって退却《たいきゃく》をはじめたが、乙支文徳の作戦に引っかかっただけであった。

「全軍突撃」

乙支文徳の命令一下《いっか》、背中を向けた隋軍に突撃する高句麗軍。もはや食料も戦う意志も失った隋軍は、ただひたすら逃げる。逃げながら、次々に高句麗軍の手にかかって死んで行く。

数十万いた隋軍は、部隊を見なおした時には三千になってしまっていたという。

煬帝《ようだい》は怒っていた。怒り狂っていた。

全ての計算違いと、虫けらの抵抗に怒っていた。

なぜ二百万もの兵を用意したのか。それはそれだけの数を動かせば、戦う前に虫けらごとき小国の高句麗などは恐れをなして這《は》いつくばる、と思ったからだ。

しかし高句麗王は、虫けらの分際《ぶんざい》で頑強《がんきょう》に抵抗した。それならさっさとひねり潰せばいいようなものの、二百万の兵は、てんでんばらばらな攻撃をしていたずらに戦闘を長引かせ、食料が不足したと文句を言い、あげくの果ては、いくつかの重大な戦闘に敗れて退却までしてくるという情けなさだ。

それはひとえに、自分が後方に退《しりぞ》き、部下に任せていたからだ。高句麗など一部隊で十分だと、高《たか》を括《くく》っていたからだ。

これは、こちらが本気だと天下に知らしめてやる必要がある。超大国に逆らったらどうなるかを、徹底的に見せつけてやる必要がある。そのためには。

「隋軍はもはや城を落とす部隊もなく、食料を失って退却に入っているだろう、という将軍のお言葉でした」

「それでは勝利したのですか」願いを込めて妹子は聞いた。

「緒戦は勝利でした。しかし」

「まだあるのですか」

「隋軍第二部隊が、遼河を越えました。今度の司令官は皇帝自身です。数十万を率い、遼東に迫っております」

函要が指した。

「見えました。遼東城です」

解けた氷がぬかるみ、足が重く沈む不毛の荒野。岩ばかりが張りだし、人間を拒んでいる遼東の地。その中心に巨大にそびえ立つ堅固《けんご》な要塞《ようさい》が、地の果てに見えていた。

山上の絶壁にできた城のようなものを思い描いていたが、実際の遼東城は丘の上に造られていた。地盤が固く、周囲をいい位置から見下ろしていた。城門は一段高いところに造られ、防御にも適している上に、いざ城門を開く時にできるすきもなさそうだった。

函妻は部隊に告げた。

「城の周囲は、どこに隋軍がいるかわからぬ。これからは陣形をつくり、注意して進む」

食料部隊を真ん中に据《す》え、その周囲を歩兵や騎兵が守備する陣をつくった。

一刻ほど進んだ頃だろうか。岩場を一つ抜けた時、突然敵の大集団が出現した。

あまりにも数が多いので、妹子は最初、大地の色かと思った。

それは、遼東城と妹子たちの部隊のちょうど中間にいた。城に行くためにはどうしても抜けねばならない平原に、数万人もの隋兵が居座っていたのだ。

函妻がみんなを叱咤《しった》した。

「あいつらは水も食料も失い、前に進むことも後ろに下がることもできない集団だ。ろくに戦えない。一気に突っ切るぞ」

しかし数が数ではないか。こちらは多くても一千。しかも重い兵糧を抱えている。敵はその数十倍。兵糧部隊を別として、一人が百人以上を倒さなければ進めない。

敵はじわじわと進んでくる。こちらが食料を持っていることを知っているのだ。函夫が叫んだ。岩場に陣取れ。

妹子は高句麗食料部隊の一人から弓矢を借りた。弓は苦手だが、そんなことは言っていられない。馬では岩場を登れないので、平地で馬上のまま弓を構えた。

敵集団は飢《う》えていた。何日も何も口にしていないらしい。後ろの方はよたよたと進んでくる。ひょっとしたら説得できるかもしれない。妹子は叫んだ。

「そんな状態では戦えまい。

言葉は通じたはずだと思ったが、敵兵は動きを止めなかった。函夫が言ってきた。

「無駄《むだ》です。あいつら、こちらの食料を全部奪う気です。でなければ本当に死んでしまうんです」

なんてくだらない戦争をしているんだ。

隋兵の中からわめき声が上がった。うぉぉぉという何とも言えない、けだもののわめき。そして一斉に突撃してきた。

妹子は矢を放った。それは見事に敵兵の中に吸い込まれた。しかしそれだけだ。倒れた敵兵はたちまち敵集団の中に飲み込まれ、別の兵が前に出ただけだ。

同じように高句麗兵が放った数百本の矢はみんな敵兵の中に吸い込まれたはずだが何万という集団にそのまま埋没《まいぼつ》した。それどころか隋兵の中には、押しのけ合い、互いに踏み潰し合って進んでくる者もある。一度倒れたら、その身体《からだ》を踏みつけて大集団が進んでくるのだ。大勢の足で踏まれた死骸《しがい》はたちまち数倍に面積を広げていく。

妹子は二の矢をつがえた。放つ。それも命中したはずだが、集団の中に消えた。敵が近過ぎる。もう矢を構えている余裕はない。妹子は剣を抜いた。そのまま馬で敵集団の前面を迂回《うかい》し、横手に回り込む。

敵の狙いは食料であって馬で離れた妹子ではないのだから、この戦法はうまくいった。敵集団の横に飛び出し、斜め後ろから敵に斬り込む。二人ばかりを倒して集団から飛び出す。しかしあまりの集団の多さに、効果があったかどうかわからない。

もう一回斬り込もうと思った時は、集団の位置が移動していた。敵前面が高句麗軍と衝突《しょうとつ》し、集団が大きく横に散らばりはじめていた。妹子は隋軍の中に飲み込まれそうになった。慌てて飛び出そうと剣を振り回すが、敵の数の方が多い。

左手を捕まえられた。剣を振って敵の腕を斬る。だが、逃げ場を失っていた。

あたりが血しぶきの暗褐色に染まる。大きなどよめきがあったのは、その時だった。見ると、隋軍の間にすき間ができていた。

高句麗騎馬隊がくさびのように、隋軍の中に斬り込んでいた。遼東城から戦闘を見て、飛び出してきてくれたのだろう。

こうなると、ただの飢えた無秩序な集団である隋軍に勝ち目はない。塊《かたまり》を作って逃げはじめた。高句麗騎馬隊は、よろよろと逃げ惑《まど》う隋兵を踏み潰し、槍で突き刺して始末していく。逃げた兵を追撃まではしなかった。

妹子は肩で息をしていた。剣が今し方流したばかりの血で染まり、地にしずくをたらしていた。肉弾戦に及んだのは何十年ぶりだろう。人間の腕や骨を断《た》ち切った感触がまだ手に生々《なまなま》しい。

そのまま馬の上でぼけっとしていると、声がかかった。

「小野妹子殿ですか」

妹子は軽くうなずこうとして不審に思った。函婁も他の高句麗兵も、自分を旅の商人蘇因高と認識している。

この名で呼ばれる理由は。

妹子は振り返った。高句麗騎馬隊、鉄色が鈍《にぶ》い鎧兜《よろいかぶと》もあざやかに見えるほど。そればかりか馬にまで防護の鎧がかぶせてある。これは身分の高い集団。中の一人が極《きわ》め付きに背が高い。老齢なのか伸ばしたひげが白いが、それでも筋肉が盛り上がり強烈な印象がある。自分に声をかけたのは、この将軍か。

「乙支文徳です」

妹子は遼東城に入った。

想像していた以上の歓迎だった。やはり兵糧は不足していたらしい。

乙支文徳将軍は妹子に言った。

「今夜はあなたたち援軍が到着したことを祝うため、歓迎の宴《うたげ》を開くことにします。こういう時でもなければ、城内の兵たちの疲れを癒《いや》すことはできないので、よろしくお願い致します」

「この城では、もうどれくらい籠城《ろうじよう》しているのですか」

「約一年、ですか。ずっと取り囲まれていたわけではないが、かといって外にはいけない。隋軍百万以上が道筋《みちすじ》だけは封鎖《ふうさ》していて、平壌への行き来はいつも危険を伴います、今でも」

「平壌が攻撃されたのは知っていますか」

「使者は届きます。隋軍が知らないような岩場やぬかるみの中を通って。あなたが来たことも、そうやって知りました」

ありがとうございます。将軍はそう言って軽く頭を下げた。

「あなたにこの仕事をさせた倭国の代表にも、礼を伝えて下さい」

厩戸《うまやど》か。今どこにいやがるんだ。

「今回は勝ったみたいですね」

「物理的に無理だったのですよ。補給だけで二百万の兵を動かそうというのは。向こうは高句麗の町や城を落とせば略奪ができ、何とか食糧をまかなえると思ったかもしれないが」

乙支文徳は笑う。

「高句麗はそんなに豊かな国ではない。二百万もの兵隊が飯を食っただけで、国中の穀倉《こくそう》が空になってしまいますよ」

「隋兵は今どれくらい領内に」

「把握《はあく》はまだできない。しかしさっきも言ったように、高句麗にいたって絶対に飯は食えない。とすれば、逃げ帰るしかないでしょう。現に、ほとんどの隋兵が国境へ戻ろうと、今うろうろしている。われわれは、そういう遊兵《ゆうへい》を相手にしている余裕はない。しかし、まだ皇帝の命《めい》に従ってこの城を落としてやろうという兵は、もういないと思いますよ。最初に入ってきた二百万の中にはね。こっちが仕掛けなければ、自然に出ていくでしょう」

「とりあえず勝利を祝《しゅく》させていただきます。倭国として」

「ふふふ、初めて異国より、そのような言葉をいただきましたな」

妹子はその言葉に引っかかった。

「といいますと、百済《くだら》や新羅《しらぎ》は」

「もちろん勝利を祈っているでしょう。援軍を送るという言葉だけはいただきました。言葉だけで、実際に兵が来るということは決してあり得ないでしょうが」

将軍は笑う。

「すぐに宴は始まります。休んで下さい」


一室を与えられた。そのまま気絶するように寝込んでいたが、起こされた。あたりはすっかり暗く、たいまつの煙があちこちで独特の臭いを放っている。

城内の広場のようなところに多くの兵が集まり、食事が配られている。みんな倭国同様、地に直接座り込んで食べている。

宴という割りには食事の量は粗末《そまつ》だったが、それでも一年間籠城していた兵にとっては、きっとごちそうなのだろう。妹子もずっと旅に次ぐ旅だったので、久しぶりに落ち着いた食事をとることができた。

高句麗兵が呼びに来た。

「出し物を用意しました。将軍が一番良い席で見てほしいそうです」

何と乙支文徳将軍のすぐ横に案内された。武器を携行《けいこう》した兵が後ろに控えているが、それでも特別扱いだ。

乙支文徳将軍がささやいた。

「倭国の使いであるということは、隠さねばならないのですな」

妹子はうなずいた。

「心づかいありがとうございます」

たいまつの灯りが四方から照らす中、高句麗兵たちが前に出て、勇壮な舞踊《ぶよう》を行った。高句麗の儀式を象徴《しょうちょう》する、まさかりの乱舞《らんぶ》だ。斧鉞手《ふえつしゅ》たちがまさかりを自由自在に操り、空に飛ばし、それを互いに受け止める。うまく決まれば声援が湧《わ》いた。

続いて徒手格闘の勝ち抜き戦が行われた。この寒さの中、上半身裸《はだか》になった男たちが素手で撃ちあう格闘だ。手搏《しゅばく》と言うらしい。

妹子にとっては、極めて実戦そのままで危険な撃ち合いに見えたが、高句麗では武器さえ使わなければ、それも戯《たわむれ》となるのだろう。つくづく戦闘的な民族だ。

優勝者には結構な褒美《ほうび》が出るらしい。みんな真剣に撃ち合っている。

妹子はそっと隣にいる将軍を見た。乙支文徳将軍は、目の前の真剣勝負を見るともなく眺めていた。どうやら見せ物よりも国の将来が心配なようだ。

妹子は悪いと思ったが、聞いた。

「私のことですが」

「ええ。あなたは役目を果たされました。何とか無事に倭国へお送りしたい。と言っても、この城にはそんな余裕はないから、平壌まではお届けしたいと思ってはいます」

「それはいつ」

「わかりません。平壌からまた使者でも来れば、その帰りに随行《ずいこう》していただければと思っているのですが。何しろ城の周りは、敗れたとはいえ隋兵でいっぱいだ。なまじ撤退にかかっているだけに始末が悪い。どこにどれだけの部隊がいるかさえわからない」

「このままでは城にいるしかないと」

「隋軍の撤退が終わるまでは。しかし問題はそれだけじゃない」

「二次攻撃ですか」

将軍は黙った。沈黙は重過ぎた。妹子はまた口を開かざるを得なくなった。

「今度は皇帝自らが指揮をとって」

「今回の失敗にこりたようだ。二百万の兵がてんでんばらばらに手柄《てがら》を争っていたら、勝利なんておぼつかない。しかし皇帝という命令系統が確立していれば、それはない。おまけに今度は、一つ一つ確実に拠点を押さえてじっくり進もうという気らしい。兵数だって十分だ。数十万は来る」

「この城に」

「まずここに来ます。そしてここが落とされれば、後はないです。平壌まで一気です」

　将軍の沈黙の意味がわかった。妹子は聞きたくないと思いつつも聞いた。

「勝てますか」

「絶対に、勝てません」

　乙支文徳は冷厳《れいげん》に告げた。

将軍乙支文徳《ウルチムンドク》　遼東《りょうとう》を守りて奮戦し
皇太子《ひつぎのみこ》　自ら聡耳《とみみ》を告す

妹子《いもこ》は最初、それは雲がたなびいて地に映した影だと思った。地平線を覆《おお》った影はじわじわと、世界を端《はし》の方から黒く浸食《しんしょく》しはじめていた。雲の影が地に落ちているのではないと気がついた時、地上そのものが黒く染《そ》まっているのだと知った。

さえぎるもの一つとしてない、高句麗《こうくり》の荒涼《こうりょう》とした大地、はるか地平線の端から暗褐色《あんかっしょく》のうねりが生き物のように広がって、世界を覆い尽くそうとしている。

目を凝《こ》らした妹子は、それが途方もない数の人間の集団であることを知った。鎧《よろい》兜《かぶと》が鈍《にぶ》く太陽光を吸収し、世界を暗褐色に侵《おか》していく。地平線の端から次々に現れて数を増す兵が、見えている限りの世界の全《すべ》てを埋め尽くす。

妹子は慄然《りつぜん》とした。

隋《ずい》軍。数十万。

ついに来た。この遼東《りょうとう》の城を落とすために、遼《りょう》河《が》を越えてやってきたのだ。

「戦闘配備」

乙支文徳《ウルチムンドク》将軍の声が響く。本来なら、高句麗軍全体の指揮をとって平壌《ピョンヤン》にいるべき大将軍だが、現在は遼東城の防衛に専念している。それだけこの城が、高句麗にとって最大の要《かなめ》だということだろう。

しかし城内には、多く見積もってもせいぜい一万。しかも女子供だって多いのだ。正規兵は数千程度だろう。

相手は大地を一色に染める大軍団。しかも所々にボコリボコリと浮き上がっている不気味《ぶきみ》な山がある。遠くてよく見えないが、間違いなく攻城兵器だ。すでに敵は遼東城を研究している。

どうしたらいいんだ。

敵は数日をかけて遼東城を包囲した。四方をぐるりと兵で埋め、蟻《あり》がはい出るすき間さえなくしたのだ。どんな弓の名手が高みから射ても届かないほどの遠巻きから徐々に接近し、東西南北の四方に、それぞれの将軍たちが陣を築いた。一角十万以上の兵がいるはずだ。そしておもむろに、城の周囲に障壁《しょうへき》を建造しはじめた。

城から弓を放っても全く利《き》かぬように、障壁をだんだん高みに上げていく。数日もしないうちに、隋兵の姿は障壁の後ろに隠《かく》れ、ほとんど見えなくなった。そうまでされても、城の中では手をこまねいて見ているしかない。

高句麗兵たちは、いら立った。敵は戦闘不可能な遠さにいるのにあまりにも多過ぎて、まるで目の前に迫るようだ。視野全体を広く覆い尽くしているからだ。戦闘配備のまま、いつ敵が総攻撃を開始するかと、緊張《きんちょう》のあまり眠れないまま数日。

兵の中には、将軍に文句を言う者まで出はじめていた。中には今からでも遅くない、打って出ようとみんなを挑発する者まで出てきた。

乙支文徳将軍はさっそくその兵を捕らえた。軍律維持のためそのまま殺すのかと思ったが、みんなの前にその兵を引き立て、静かに問うた。

「打って出たいのなら出てもよい。しかし、お前のその作戦に従う者がおるか」

並ぶ兵は全員沈黙で答えた。

「たった一人の作戦など意味はない。出すならもっと良い案を出せ。下がってよし」

妹子は感心した。敵との戦いが始まる前に、味方の血を流しても士気がなえるだけだ。

ある晩、突然にそれは始まった。

その晩も妹子は寝つけず、城壁に上がっていた。城壁のすき間から夜空を見る。

春になったというのに、高句麗の夜は冷たい。不毛《ふもう》の荒野《こうや》にただ一つ、ぽつりと据《す》えられた血なまぐさい古城の中にずっと閉じ込められていると、まるで生きながら墓場に埋められているかのようだ。見張りの兵は数丈おきに立っている。しかし彼らも、この数日間の緊張ですっかり疲れているようだ。

妹子は目を外に転じた。隋軍は、壁を造った後はしばらく動きがない。あっても見えないが、それだけに景色が単調になり、つい眠気を催《もよお》したりもするのだろう。

今日は月に雲がかかっているのだろうか、何かキラキラと光る影がある。何が輝いているのだろうか。

その瞬間。天から巨大な腕。星がまたたく夜空から長い巨木が落ちてきた。それはまるで、天から丸太が突き出してきたかのようだった。

雲梯《うんてい》だ。遼東城の城壁に鉤《かぎ》のように引っかかる。壁上で見張っていた兵には、この突然の出現に転がり落ちる者もある。

「敵襲ーーーーっ」

深夜。城内に銅鑼《どら》がなり、兵が飛び出す。その時には隋兵が、梯子《はしご》の端から蜘蛛《くも》のようにするすると滑《すべ》り来ようとしていた。

雲梯とは長い梯子。城を攻略しようという軍が地上から引っかけて城壁を登るためのもの。従って見張りの兵は、そんな巨大なものを見逃すはずはなかった。

通常通りの使用ならば。

しかし隋軍は、思いもよらぬやり方でこれを使った。まず城の周囲に障壁を築き、それを高く積み上げた。その障壁に梯子を横たえる。それから長大な梯子を空中で回転させ、遼東城の壁に向かって空から落とす。

まるで川に橋を架けるように、壁から壁へと梯子を引っかけたのだ。動きが見えない深夜に。

妹子はわめいた。

「火矢だ。火矢を射て」

自分も慌てて火口を取りに走る。

城の四面、東西南北の城壁全てで戦闘が開始されていた。隋軍は壁の浮橋《うきはし》を城の四方に、同時に掛けたのだった。

妹子は慄然とした。信じられない手際《てぎわ》だった。もう寸刻も惜《お》しい。慌てて飛び出してきた女たちに、たいまつを持って上がってくれと叫ぶや、自分も壁に駆け上がる。

隋軍第一陣は、すでに遼東城の壁に取りついていた。そして後から後から隋兵が、信じられない速度で押し寄せてくる。

浮橋は雲梯ではなかった。壁をよじ登るための梯子は、足をかけるために格子《こうし》状になっている。しかし現在壁に引っかけられているのは壁と壁を空中で繋《つな》ぐ橋、板状になっているから、兵が列をなして押し寄せてくる。

遼東城の城壁の方が敵の造った障壁よりも高いので、角度はやや斜めになっている。だが梯子をよじ登ってくることに比べれば、坂を駆け上がっているようなもの。兵の速度が違う。

妹子は斜めの位置から火矢を放った。壁に引っかけられた雲梯を防ぐのは、そのまま押して倒し返してやること。これに限る。しかし空中に架けられた浮橋をそのまま持ち上げて押して倒すなど、遼東城の限られた兵力では不可能だ。それに、すでに隋兵がすき間もなく密集し、次々に押し寄せてきている。この重さを跳《は》ね返すことはもうできまい。とすれば燃やすしかない。

妹子の放った火矢は浮橋に刺さることなく、密集した兵の中に吸い込まれた。一人の隋兵が、身体《からだ》のどこかに刺さった矢にもがいて橋から転落していった。ただし浮橋は地上十数丈の高さにある。わめき声がはるか遠くに消える頃には、飛び散った肉塊《にくかい》が地上に広がったようだった。

高句麗兵はもはや、敵が近過ぎて矢を射ることができなくなった。長槍《ながやり》を構えてひたすら突き出し、敵を撃《う》ち落とした。

ばらばらと浮橋から兵が転げ落ちるたびに、地上に暗褐色の実がはじける。それでも後から後から、狭い橋の上を駆け上がってくる隋軍。ついに一人二人が、高句麗兵を突破して壁の中に入る。しかしそんなものは、待ち構えている高句麗兵にとって敵ではない。たちまち集中攻撃を浴びて、原形をとどめなくなってしまう。それでも波は切れない。

妹子は矢を射尽くした。切りがない。何なんだ、こいつら。

隋軍は前回のような、飢《う》えてうろついている無秩序な集団ではなかった。一糸乱《いっし》れぬ統制の下《もと》、自分たちの命をものともせず突き進んでくる戦闘集団へと変わっていた。

煬帝《ようだい》。皇帝自らが作戦を指揮しているのか。

血しぶきが飛んでくる。槍を持っていた兵がいつの間にかやられ、剣とまさかりで激しく打ち合っている。高句麗兵のまさかり部隊が、隋兵の前線を次々に叩《たた》きのめしている。隋軍は一打ちで首が飛び、手足がもげ、浮橋から血まみれで滑り落ちる。いつしか浮橋の上はぬるぬると滑る空間に変わる。飛び散る血が、あたりの夜景をさらに黒く染める。

その時、号令。

「第三部隊、前へ」

わめき声と怒号《どごう》がこだまする城内なのに、これだけはやけに澄んではっきりと聞こえた。乙支文徳将軍の声だ。

次の瞬間、数人の部隊が城壁に滑り上がってきた。手桶《ておけ》のようなものを持っている。それを両軍の兵が交差し、密集する浮橋の前で傾ける。

と、中から暗くてよく見えないが、色の着いた液体がゆっくりと浮橋の上を流れ落ちていく。とたん妹子にもわかった。

「火矢だ」

妹子は叫ぶ。しかし矢がない。女が慌てて妹子に手渡してくれた。それを持ち、滑り落ちる液体めがけて妹子は矢を放つ。

火炎。

浮橋に炎が走った。やはりそうか。油だ。火矢を突き立てるより、油を流せば簡単だ。

たちまち燃え上がる橋の上で、立ち往生《おうじょう》する隋兵たち。しかし数でふくれ上がっている隋軍は、そのまま後ろから押される。動きが取れない隋兵はそのまま炎に包まれるが、その前に自分から落下する兵も現れた。

さらに慌てて遼東城に駆け上がってくるが、そんな統制を失った隋兵は、高句麗兵の敵ではなかった。槍とまさかりのえじきになり、将棋《しょうぎ》倒しのようになだれをうって浮橋の上を転がり落ちていく。

四方の浮橋は一斉《いっせい》に炎をあげた。それは天高く夜空を彩る灯《あか》り《いろど》を、殺伐《さつばつ》とした空間に祝祭のようにともした。こうなっては隋軍は橋を渡れはしない。障壁の向こうに退却し、隠れた。

乙支文徳将軍は壁に上がってくると、またよく通る声で号令を掛けた。

「敵の雲梯を回収せよ」

燃えている浮橋をいただくのか。妹子は少し驚いた。

「見張りを残して各自待機せよ」

将軍がまた命じた。戦闘終結宣言。

長い夜。それはただ、最初の長い夜に過ぎなかった。

よく眠れないまま夜を明かすと、高句麗特有の春の白い朝日の中に、ひときわ目立つ黒い影があった。

城壁に上がって外を見れば、はるか遠くまで地にひしめく隋兵。陣をつくっているのは障壁の向こう。地の果てまで続いているようだ。目を凝らせば、食事をしているのや地にべったりと臥《ふ》せって寝ている兵までが目に入ってくる。射程外に出てしまえば、向こうは何しろ数がある。余裕だ。対するにこちらは、籠城《ろうじょう》して一体何日になるのか。吸う空気だって薄いような感覚がある。

数十万人の兵は、輪のように丸くびっしりと遼東城を取り巻いている。何重にも、あるいは何百何千という輪ができている。おかしな光景が見えているのは、その向こうだ。城から見て北東の方角。地平線にかかるひしめく兵の果ての方に、巨大な影が見えている。

妹子は必死に目を凝らした。岩のように突き出しているそれが、かすかではあるが動いている。山であれば動くわけがないし、第一、昨日まであんなところに山などなかったのだ。

目測《もくそく》をしてみる。距離からしてその物体の高さは十数丈。ひょっとしたら二十に届く。とてつもなく高い。

丘の上に盛り上げて建造された、遼東城に匹敵《ひってき》する。

城と同じ大きさの物体が、ずっと続けて観察しなければわからないくらいではあるが、じわじわと動いている。それはしかも、こちらに接近しているようだ。

妹子はあたりを見た。全員が何やらささやき合っている。見張りの兵も当然あれに気がついている。何もないところに山が出現しただけでも脅威《きょうい》なのに、近づいてくるともなれば騒ぐのは当然だ。

と、珍しく将軍が上がってきた。乙支文徳将軍はみんなが騒いでいるのを尻目に、チラリとそれを見て引き下がろうとした。妹子はつい忙しい将軍を引き止めてしまった。

「あれが何だかわかりますか」

「煬帝の、移動式宮殿だ」

将軍は言い捨てて去った。

妹子はあらためて見た。噂《うわさ》では聞いていた。しかし現物の迫力は、想像とは全然違う。宮殿自体を動かすということは。一つの城そのものを戦争の最前線に運び出して、皇帝自らが高みから戦場を見下ろしているというこの事実は。かなわない。そう思った。絶望的なまでの彼我《ひが》の差だった。あの移動式宮殿をあちらからこちらに移動する国力だけで、すでに倭国の国家予算など軽く上回っているだろう。煬帝はそれを、一回の戦争で当然のように繰《く》り出している。

その時だった。

「敵襲ーーーっ」

また悲鳴のような銅鑼。

次の瞬間、地鳴り。

衝車《しようしや》。

文字通り衝撃を与える車。

砲のように突き出した重槍《じゆうそう》部分を城門に体当たりさせ、その重量によって城門を破壊する。原理としては簡単で、寺の大鐘《おおがね》をつく丸太と変わりはない。しかし違うのは、城門の方は大体木材で造られているが、衝車の重槍は金属で覆い、破壊力を増している。

移動させるため設置された車輪は十六輪。それぞれを隋兵十余人が受け持ち、かけ声と共に一斉に引き、そのまま反動をつけて一気に城門に向かって走り込み、叩きつける。

妹子は慌てて城門に向かって走ったが、そこにはすでに高句麗兵がひしめき、必死に防戦をしていた。

一回の衝車の重量は、押している兵士二百人の体重まで乗せて、すさまじい衝撃を城門に与えているようだ。激しく天地がうなりを上げ、地響きが城内を揺るがす。

女たちがわめいて子供たちを抱《かか》える。助けて助けて。

乙支文徳将軍が一喝《いっかつ》した。

「静まれ。配置につけ」

この一声で、高句麗軍はそれぞれの持ち場に急ぎ帰る。現在攻撃を受けているのは城門だが、そこに兵が集中することは許されない。隋軍は城の周囲に無限にいるのだ。弱い部分を見つければ、かさにかかって押し寄せてくる。

妹子は、兵が比較的薄い城門横手に上がって戦況を見渡した。高句麗兵は城門やその横に上がり、叩きつけてくる衝車に果敢《かかん》に攻撃を挑《いど》んでいる。

一定の間隔《かんかく》を置いて、引いては返す攻撃。反撃は、ここに集中する。

城門の上から弓矢と火矢を集中させる。しかし衝車は金属で被甲《ひこう》してある。矢はきかない。

高句麗兵は城内にあらかじめ蓄《たくわ》えてある岩の破片を使う。羊頭石《ようとうせき》。字のごとく羊の頭ほどの大きさの石だが、これを高みより投げ降ろせば、そうとうの衝撃がある。当たりどころが悪ければ、骨折どころか即死も起きようという単純かつ強力な兵器だ。

しかし煬帝も、こうした攻撃は織り込み済だった。兵数名を先頭に走らせて、その直後に衝車が続く。しかも先頭を走る兵が持つのは、巨大な盾《たて》。

高さでいえば、人間三人分はあろうかという巨大な鉄製の盾が、衝車の車輪を押して突撃する兵の前面を走ってくる。さしもの羊頭石も弓矢も、ほとんどがこの鉄製の盾にはじき返されてしまう。

高句麗兵の攻撃は強力だ。羊頭石が当たるたびに盾がへこみ、持って走る兵の腕がしびれているはず。しかし、それくらいで突撃が停止することはない。

衝車、三度目の突撃。城門が悲鳴を上げ、天と地に響き渡る衝撃。城門に上がっていた兵が平衡《へいこう》を崩し、数人が転げ落ちる。幸いにも城門の内側だが、外に落ちていたら、たちまちひき肉になっていただろう。

妹子は血の気《け》が引いた。こんな効率の悪い反撃では、衝車の兵を崩す前にこちらの羊頭石が尽きよう。岩がすきをぬって兵を幾許《いくばく》か倒したとしても、隋兵の代わりなどいくらでもいる。皇帝はただ次の兵、前へと命ずるだけでいい。

衝車がまたするすると引いた。次の突撃の前に力を蓄えるため、十分距離を取る。いかに頑強《がんきょう》な遼東城の城門とはいえ、こんな強力な攻撃に長くもつものではない。

妹子は弓を引き絞《しぼ》った。得意ではないが、石を投げるよりはまだましだ。歳を取って腕力が衰《おとろ》えた自分の力では、あの鉄製の盾に傷一つ付けられまい。

かけ声。隋兵。遼東の荒野に、りんと響きわたる。まるで勝利の雄叫《おたけ》びのようだ。

どっどっどっ。衝車の車輪が地を打つたびに大地が揺れる。高句麗の荒野は平面ではなく、雪が解けてぬかるみもある荒れ地だ。車輪はそのままでは速度を持たない。二百人の兵が渾身《こんしん》の力をもって押し、走ることにより、体重がそのまま地を打つ上下動になる。

妹子は片目をつぶった。狙いは一つ。隋兵の足。

放《はな》った。かすかな金属音。近くまではいったが、それは残念ながら鉄製盾に阻《はば》まれてむなしく地に落ちた。

しかし、同じことを高句麗の精鋭たちも考えていたらしい。別の矢が空気を切る。それは弓の苦手《にがて》な妹子の矢と違い、盾を持って前面を走る隋兵の右足を見事に貫いていた。

盾がよろめき、平衡を失って揺れる。その瞬間、あまりにも速度がつき過ぎていた後方の衝車の兵たちと接触した。盾が平たく地に伏せる。

その瞬間、怒濤《どとう》のごとき高句麗の攻撃。弓矢は過《あやま》たず衝車の兵たちを次々になぎ倒す。衝車は動きを止め、城門前で立ち往生した。隋兵はすぐに退却した。

突撃は中断した。ただし、それはごく僅《わず》かの間に過ぎなかった。命を惜しまぬ隋兵が数百人、どっと駆け寄り衝車と盾を回収してしまった。

高句麗兵たちはこの時とばかり火矢を射込み、石を投げつけた。隋兵は城門前で数十人血まみれで倒れ伏したが、それだけだった。衝車にはまた新しい兵が取りつき、盾を持った兵は今度は足を狙われぬように斜めに盾を構えて走り寄ってきた。

今度はまばらな投石《とうせき》。すでに石が不足しているのか、節約しているのか。これでは敵に痛みさえ与えられない。衝車の突撃が来た。

地響き。城門の悲鳴。

妹子は力が抜けていきそうになるのを、かろうじてこらえた。多過ぎる。殺しても殺しても全然減らない。犠牲《ぎせい》をいとわず無限の攻撃を繰り出されれば、矢尽き兵が尽きるのはこちらの方だ。

その時、また声だ。

「報告せよ。敵位置、速度」

乙支文徳将軍。

絶望しかけている城内の兵にとって、冷静な彼の声はまさに救い。すぐに彼のもとに報告が届けられる。

将軍が城門左手、妹子から見て反対側の位置に上がった。

「全軍、用意」

妹子は何とか気力を奮《ふる》って、また弓を引き絞った。

その時、隋軍は次の突撃のために衝車を引いていた。

盾の兵がまた走ってくる。完全に覆われていてすきがない。矢が射てない。

衝車が来る。

「まだだ。まだだ」

何がだ。もうすぐ当たってしまう。一体いつまで城門がもつかわからない。もしかしたら次の攻撃でひびが入ってしまうかもしれない。そうなったら。

衝車が上がってくる。すごい迫力のため、まるで目の前にいるかのようだ。

「まだだ」

将軍の声。もう射たなければいけないはずなのに。妹子はしかし、すきを見いだせない。矢を構えたまま何もできない。

なんて大きい。城門めがけてまっすぐに。すごい速度がついている。

「今だ、出せ」

その瞬間だった。

城門の上から衝車めがけてまっすぐに突き出されたもの。

ぐぇぇえっ。それは百人の兵士たちが上げる悲鳴か、それとも動きが停止した衝車の車輪が、空回りして上げた地響きなのか。

高句麗兵十数人が、一本の巨大な槍を持って突き出していた。長さ十丈はあろう。それを城門の中に隠し、衝車の速度が最高に上がった瞬間、兵数十人の連携《れんけい》によって一気に城門の上から突き下ろしたのだった。

衝車を押していた片輪百名の兵士の間に、それは見事に突き立った。何しろ勢いがついていただけに止まることはならなかった。玉突きからほとんど串刺《くしざ》し状態になって、果実が潰《つぶ》れるような血しぶきがあたりいっぱいにはじけ飛んでいた。

それは浮橋だった。昨晩、隋兵が城の壁を繋ぐのに引っかけた長大な浮橋。それを乙支文徳将軍が回収し、先を削って巨大な槍状にとがらせた長い木の杭《くい》が、その正体だった。

「第三部隊、前へ」

隋兵が衝撃のあまり何もできずにいる間にも、将軍の指令は飛ぶ。

現れた十数名。それは昨晩と同じ油部隊。隋軍百名を衝車ごと貫き通した槍に沿ってするすると油を流し落としていく。

衝車は何しろ勢いがつき過ぎていたところに槍の逆撃を受けて、地面に縫《ぬ》い止められている。慌てて数百名の隋兵が回収に走ってくるが、車輪もはずれかけていて動かない。

そこに流し落とされる油。衝車とその周りの隋兵にしたたる。そして火矢。

火炎。

さしもの金属の被甲も、火炎までは計算に入れていない。衝車は兵もろとも激しく炎を発しはじめた。

まるで祝祭の空間のようだ。高句麗兵は躍《おど》り上がって快哉《かいさい》をあげた。妹子は逃げ惑いはじめた兵の間に矢を放った。意味がなくもあり、自分を喜ばせるためだけと言えなくもない。それで良かった。また命を拾い、また長い一日が過ぎていく。

さすがにその晩は、妹子も疲れて眠ってしまった。身体が痛みはじめている。この城に来てからずっと溜《た》まっていた疲れが、そろそろ出はじめているのだろうか。この戦闘が終われば、いつでも休めると自分をだましているが、何しろいつ攻撃を受けるかわからない緊張続きだ。神経だけが戦闘態勢になったままで、身体がついていってない。

四十歳の自分がこんなにつらいなら、もっと年齢をかさね、しかも城全体を指揮しなければならない乙支文徳将軍は、一体どれだけつらいのだろう。それを押して、あれだけの声を張り上げるのだ。超人としかいいようがない。

妹子は、その日は部屋に閉じこもったまま臥せっていた。戦闘がない時くらい、休んでいるべきだと思ったからだ。他の兵や民《たみ》だって、そうしているはずだ。ただ、憂鬱《ゆううつ》になるのは、この戦闘がいつになったら終結するかわからないことだ。隋にしたら、この城を落とせば終わりという単純な結末。攻撃の時も自由に裁量できる。

こちらにとっては、絶滅しないためだけの先の見えない暗鬱《あんうつ》な戦い。たとえ負けないでこのまま城がもったとしても、城壁の外にいる数十万もの隋軍を反撃して倒すことなど、絶対に不可能だからだ。

なぜ自分はこんなところにいるんだろう。なぜこんな、家族からはるかに遠ざかった北の果てで、死に向き合っているんだろう。

また外が騒がしい。

やはり光景は展開していた。

敵の造った障壁から夕闇の中、するすると橋が伸びていた。今度は太く、簡単には燃えなさそうな巨木だ。

敵襲の銅鑼はない。ただみんなが壁を見つめて騒ぎ合っている。

それは、敵の浮橋があまりにもゆっくりと突き出されるせいだ。隋軍がまたとてつもなく多くの人間たちを使いに使って、障壁の向こうから伸ばしているのに、いくら見ていてもこちらに迫ってこない。

よほど橋が重いか、それとも何か仕掛けを施《ほどこ》しているのか。いずれにせよ攻勢の前段階であることは間違いない。

「者共、配置に付け。将軍の命である。者共、配置に付け」

ついに将軍から指令が飛んだ。今回は、乙支文徳自ら号するまでもないと思ったらしい。函《かん》婁《る》を始めとする部隊長の伝令が走った。

兵は城壁に張りついた。妹子は遊軍だから自由に動ける。自分にとって戦いやすい位置を探すために、城壁をいったん下りて城の中を走った。

敵の橋は前後二方向。前回の浮橋は城の面全て、東西南北四方から繰り出してきた。

今回の対向二面の橋には何か意味があるのか。それともまず前後二面で攻め、こちらが集中しているすきに左右対向二面で襲うつもりか。

あり得る。今まであまりあまるほどの人的資源をぜいたくに使って、集中攻撃を繰り出す作戦に徹していた煬帝が、理由もなく攻撃の手を節約するとは思えない。とすれば、妹子の持ち場は今敵の橋が繰り出されてくる前後ではなく、不意打ちを食らわせてくるだろう左右だ。

妹子は壁に上がった。夜のとばりの中に沈もうとしている敵の障壁には動きはなかった。

城内のざわめきがひどくなった。妹子は身を乗り出した。

敵の橋は急角度で繰り出されていた。これでは、なかなか伸びてこないように見えたのも無理はない。敵はこちらの壁に引っかけるように橋を伸ばしていたのではなく、それよりもさらに上、天に向かって橋を伸ばしているのだ。

横手から見ていると、橋が着実に伸びているのがわかる。しかも今度も長い。十丈をもう越えていよう。その浮橋が、まるで見えない虚空《こくう》にかけられようとするみたいに、夜に向かう遼東の空に伸び上がっていた。

橋をこちらの城壁に落とさない理由は想像がつく。兵が駆け込む前に、焼かれたり反撃を受けたりしないようにだろう。しかしあれだけの巨木、平らに削ってあるとはいえ、一体どれだけの重量になるのだろう。それを十丈、いやそれ以上の高さに持ち上げつつ伸ばし続ける。敵側の壁の向こうでは、どれだけの人間が今動いているのか。

ついに敵の浮橋の先端が、こちらの城壁を越えた。こちらは攻撃できず、ただ見上げるしかない。なぜなら浮橋の角度は急で、橋の端はこちらの城壁のはるか高みにあった。そう。遼東城の城壁に上がっている兵士たちよりも、さらに一丈以上高い空中に、浮橋は浮いていた。

次の瞬間だった。

高句麗兵が叫びをあげた。隋兵数十人が出現した。宙の浮橋に。

隋兵たちは最初から宙の橋端にしがみついていて、こちらに届くのを待っていたのだ。

そして矢と巨大な石が、高句麗兵の頭上に降り注いでいた。

「敵襲ーーー」

銅鑼。そんなものはわかっている。高句麗兵が反撃するが、一体どうすれば良いのか。敵は一丈高い上にいる。石は投げ上げられないし、弓矢も天に向かって飛ばせようか。

戸惑《とまど》っているうちに、高句麗兵が次々に射たれて壁から転がり落ちる。怖《おそ》るべし皇帝煬帝。天橋《あまのはし》攻撃。

妹子は走った。一刻も早く応援に行くことしか頭にない。しかしあんな敵、どうやって倒すんだ。空に浮かんでいるんだ。

天橋にはいつしか隋兵が次々に密集し、手渡しで石や弓矢を補給していた。無限の補給のもとで、浮橋先端から高句麗兵に、次々に攻撃していた。

高句麗兵が退却すれば間違いなく敵は浮橋を降ろし、城内に大挙して乗り込んでくることだろう。

高句麗兵は左右に割れた。浮橋の攻撃が集中する真下から逃れる。橋を斜め横に見る位置に走ったのだ。距離は遠くなるが、矢は放物線を描いて浮橋先端に射ち上げられた。

橋はしょせんは一本の木である。従ってどんなに幅があっても城壁の長さに及ばない。左右に割れた高句麗兵の矢は、はさみ撃ちに浮橋先端に集中した。

隋兵が一人、矢を受けたのか、橋から滑り落ちる。何とか橋にしがみつくが、そこにも攻撃が集中した。隋兵は針ネズミのように矢を受けたままぶら下がっていたが、やがて一個の物体になって落下した。

その瞬間だった。

浮橋が動いた。左に。

集中している高句麗兵の真上まで来ると、また大量の石と矢を落としはじめた。高句麗兵が左右に割れると、それを追いかけるように右に戻る。

妹子は愕然《がくぜん》とした。天橋は固定されていない。信じられないことだが、何万人という隋兵が手で、自らの重みで支えているのだ。多分障壁の向こう、ここからは見えないが、橋はさらに長く伸びて地に到達しているだろう。そこにひしめく隋兵。橋を必死に押さえている人間たち。途方もない数で何十丈という長さの板を、その上に乗った兵を押さえ込んでいるのだ。そして先端の指示で右に左に移動する。膨《ぼう》大《だい》な数の人間が一斉に動くことによって。

高句麗兵も必死に反撃を繰り返すが、浮橋は自由自在に宙を滑り、もっとも攻撃されにくい敵の真上にすぐに到達した。隋軍もやたら滑り落ちたが、高句麗兵が石に打たれて倒れていく数が次々に増えていく。

妹子は立ち止まった。橋が降ろされて隋兵が押し寄せたら、間違いなくこの城は終わる。あの天橋を攻撃する方法がない限り、このままでは潰し合いだ。潰し合いなら、数が無限に近い相手の勝ちだ。

どうすれば。

その時。妹子のいる城壁にも橋が伸びてきた。

暗闇の中それも天に向かってするすると橋の端を伸ばしていく。まるで竜が天を昇っていくようだ。妹子は思った。とたん、見えた。

「そうか、あれを」

妹子が気がつくようなことは、将軍もわかっていたということだ。妹子が城壁を駆け降りようとした時に、城の女たちが大挙《たいきょ》して上がってきていた。

妹子は聞いた。

「手に持っているものは」

女たちが壺《つぼ》のようなものを差し出した。

「早く壁一帯に並べて下さい」

やはりか。妹子は三個受け取り、まず敵浮橋が伸びてきつつある中央に並べた。たいまつが渡された。妹子は火をつけた。壺の中にはゴミや、布の他に何やら得体の知れぬ草が大量に入っていた。

その瞬間からもう痛みが走った。まず目。次にのど。

敵がすでに攻撃を開始している前後の壁面には、すでにいくつもの壺からもうもうと黒煙が噴き上がっていた。

高句麗兵はいったん引くか、噴煙にやられぬように這《は》いつくばっている。

そう。上にいる敵は煙をまともに吸うのだ。

多分壺の中に入っている草は、漢方薬の薬草だ。煎《せん》じて飲むなりすれば効《き》き目抜群の薬草も、燃やせば毒煙《どくえん》を発するというわけだ。

そうでなくても、生活ゴミから発せられる黒煙は煙幕《えんまく》となる。向こう側から何十丈もの橋を伸ばしている隋軍は、煙幕のせいでこちらの位置を見失う。

隋兵は慌てて撤退しようとしたが、毒煙は目をふさぐ。天橋から次々に兵が滑る。

からになった浮橋は、しばらく煙の中を所在なげにふらふらしていたが、すぐに引っ込められた。

また終わった。妹子は思った。しかしなんて、長い一日なんだ。

翌日。銅鑼の音で目が覚めたはずだが、剣を打ちあう音で目が覚めたのかもしれない。戦闘は始まっていた。

流れ矢まで飛んできた。今度こそ本格的な大戦闘だった。なるべく流麗《りゅうれい》に、手早く遼東城を落とそうとしていたが、あいつぐ反撃に煬帝はついに怒ったらしい。何万という隋軍が障壁を飛び出し、一斉に城壁に取りつき、梯子を掛り、壁によじ登り、高句麗軍と大攻防戦を展開していた。

もう作戦なんてものは言っていられない。ただ肉弾戦だった。よじ登ってくる隋軍の頭を叩き潰し、腕を引きちぎり、引っかけてくる梯子を砕く。それでも隋軍は、次から次へと休みなく人間を交代させ、ひたすら攻め寄せる。

妹子も戦闘に巻き込まれてしまっていた。目の前にいた高句麗兵が隋軍の矢に当たり、城壁から転げ落ちたからだ。そこを隋兵が登ってくる。

妹子は剣を抜いて、目の前にいたやつを貫き通す。鎧に剣が当たって手が痛かったが、そのまま剣が内臓に入ったらしい。そいつは壁の上でじたばたともがいていたが、妹子が剣を引き抜くと、口から血を噴き出しながら外に転げ落ちていった。すぐに次のやつが来る。妹子は体当たりを食らわす。重心を崩して、そいつは後ろのやつを巻き込んで落下していく。高さがあるから、落ちればまず再起不能だ。それでも登ってくる。

城壁は血で真っ赤だった。高句麗兵たちが斧《おの》を振り回し、モグラ叩きのように隋兵の身体を粉砕《ふんさい》する。城の中には手が飛び、足が飛び、内臓が飛ぶ。

攻防はひたすら続いた。城壁には血がひっきりなしに流れ、滑って登りにくくなっているはずだ。しかし皇帝の突撃命令が続いているのだろう。敵の攻撃に休みは見られない。

女たちが熱湯を沸《わ》かし、煮えたぎるままの湯や油を、よじ登ってくる兵に浴びせ掛ける。隋兵が次々に転げ落ちていくにもかかわらず、その死体を踏《ふ》みつけて新手がやってくる。

数刻が過ぎていた。妹子はまだ剣をふるっていた。血のりが剣だけでなく、腕の方まで流れてきている。ぬるぬるするので、自分が剣を握りしめている手ごたえがない。正確に覚えているだけで、十人近くは壁から突き落とした。そのうち三人は、自分の剣でとどめを刺した。手や足に打撲《だぼく》を受けたが、まださほど痛みはない。しかし疲労。これが着実にたまって剣の動きを鈍らせている。

それは周りの高句麗兵も同じようだ。妹子より十以上は若いはずの高句麗兵たちも、肩で息をしている。それはそうだろう。時々後ろに下がって援護に回っている妹子に比べ、彼らはずっと壁に張りついている。きっと一人当たり百人は殺しているはず。

高句麗兵は何人死んでいるのか。被害は甚大《じんだい》だが、少なくとも死体の識別《しきべつ》はできるはずだ。どれくらい戦死したかぐらいはわかるだろう。対して隋軍は万という単位で死者を出しているはず。死体だってあまりに多過ぎ、何が何だかわからなくなっているに違いない。

城攻めとはそういうものだ。ただ闇雲《やみくも》に突撃しても落ちやしない。降り積もるのは死者だけ。それなのに煬帝は。

妹子は剣を持って走った。腕がしびれて剣を振り上げられない。ただまっすぐに突っ込んで身体ごと敵に体当たりした。剣が相手の甲冑《かっちゅう》に刺さり、相手は壁からもがきながら落ちていった。その際、血まみれの剣も持っていかれた。

素手《すで》になった妹子は少し茫然《ぼうぜん》としていた。もう戦えないと思った。だから城壁をとぼとぼと下りていった。高句麗兵は煮え立つ湯を持って走り回っている。それを見ながら邪魔《じゃま》にならない隅《すみ》に引っ込み、寄りかかって休んだ。

すでに全身血だらけだった。きっとひどい臭《にお》いがするだろう。なぜこんな争いをしなければならないのだろう。煬帝はそんなに高句麗が欲しいのか。こんな寒くて荒れ果てた、何も産しない世界を。

そのまま気絶していたらしい。気がつけば夕闇があたりを覆っていた。静かだった。あちこち見回すと、どこにも血まみれの兵たちが倒れていた。一瞬陥落《かんらく》してしまったのかとびっくりしたが、みんな休んでいるだけのようだ。どうやら敵の攻撃も休みに入ったらしい。どれだけの間、戦ったのだろう。

妹子は北国特有の長い日差しを背に受けつつ、壁に登った。城壁は激しい戦闘を物語るように、何重にもぬり固められた暗褐色の液体がこびりついていた。

城の周囲には、相変わらず無数の隋兵がまだびっしりと取り巻いている。終わらない。妹子は思った。いつまで経っても終わらないぞ、これは。

その晩、珍しく乙支文徳将軍がみんなを集めて檄《げき》を飛ばした。今日の戦いでみんなの気力がなえかけていると思ったのか。一日程度ならともかく、これがこれから先も続くとなったら降参した方がましだ、という気分になりそうだった。

「諸君、頑張《がんば》ろう」

将軍は簡単なことしか言わない。単純で胸を打つ言葉を使おうとしているのだろう。

「どんなにつらくとも、もちこたえよう。高句麗はわれわれの祖国だ。われわれの手で一日でも、一刻でも長く守り抜こう」

妹子にとっては違う。母の祖国だ。高句麗に来て大分経つが、人間にひたすら厳しいここの自然には、いまだになじむことができない。

「われわれが耐え忍んでいれば、必ず国王から援軍が来る。その日を明日か、また明日かと思いながら今を戦っていこうではないか」

おう。兵が一斉に立ち上がった。おうおうとわめいた。檄は利いたようだ。

しかし妹子は知っている。都平壌がそんな余裕の状態ではないことを。高句麗王の援軍か。多分来るまい。将軍だってそれを知っていながら、あえて檄を飛ばしたのだろう。でないと兵の精神が焼き切れるから。

夜は寒々とふけていく。

翌日も朝から大攻勢だ。

また壁際に血しぶきが飛び、悲鳴と怒号がひっきりなしに城内に反響する。遼東城の壁の四方は隋兵の死体が積もり積もっている。それらが高句麗の冷たい朝に凍りついて、ぎざぎざした赤茶けた氷の塊《かたまり》になっている。血液が霜柱《しもばしら》のように氷結したらしい。

それがまるで階段のような踏み台になっている。隋兵は積もり積もった死骸《しがい》を踏みつけて登ってくる。

女たちは交代で湯を沸かし続けた。沸騰《ふっとう》した湯が、凍りついた壁をよじ登ってくる隋兵に、次から次へと浴びせられる。夜のうちに壁に取りついた霜が連鎖《れんさ》的に溶解し、壁は血液と水分によって世にも危険な断崖《だんがい》と化す。

梯子までが滑りだし、下の隋兵を巻き込んで落下する兵もあちこちで見られた。

しかしそれはごく僅かだ。隋兵たちは執念《しゅうねん》で登ってきた。

妹子は、今日は敵の集中する側面壁を避けて、正面の城門の上から矢を射かけた。二日続けて敵と正面から組み合っていては身体と神経がもたないと思ったし、それが許される立場にある。

衝車の残骸《ざんがい》はまだ正面にある。すっかり焼け焦《こ》げてしまっているので、隋軍はもはや用無しとして回収はしないが、矢を防ぐ盾には使っている。敵は衝車の残骸の下などに隠れ、城門に突撃してくる。

だが、衝車は、多勢が身を隠すには狭い。一度に突撃できる数は側面壁とは違って限られる。それに城門には、つねに矢を射かける兵が待っている。

敵がまた走り来る。妹子は矢を射かけた。他の兵は石を投げた。盾で防がれるが、城門だって突撃にはびくともしない。隋兵はいったん撤退する。昨日からこの繰り返しだ。

と、左手でひときわかん高い叫び。ついに高句麗兵が崩れ、一角が隋兵に登り切られたらしい。妹子は振り向きざま、暴れている隋兵に狙いを定めて矢を放った。

なにしろ至近距離だ。過たず隋兵の顔の真ん中あたりに吸い込まれた。隋兵は両手で顔を覆ったが、それを見逃す高句麗兵たちではない。体当たりのようにまさかりがつきこまれた。隋兵はせっかく占領した壁の一角を失っていた。

それでも今日は高句麗兵の動きが鈍い。それはしかたない。向こうは新しい兵が次々に送り込まれているのに、こちらは妹子も含めて、昼夜戦い続けだ。

また壁の一角が占領された。すぐに押し返す。今日はこれを繰り返している。ひょっとしたら、このまま向こうが押し切ってしまうのではないか。いやな予感だった。

また高句麗兵が崩れた。妹子は走り、剣を抜いて突き込む。慣れた手ごたえと共にたちまち両手が血に染まった。

いやも応もない。妹子はまた壁際で肉弾戦を続けた。もう周りが見えない、次々に登ってくる敵をただひたすら殺していく。考えるな、考えるな。

両手がやけに重い。高句麗兵が崩れていくのも無理はない。身体が動かない、このままではまずい。足も動かなくなってきた。

だが、敵も動きを止めていた。妹子は下を見た。隋軍がまた撤退しかけている。まだ戦いはじめてそう時は経っていないはず。何か起こったのだ。

と、城門に動き。向こうの襲撃なのか。

妹子は走った。自分にまだ走れる力が残っていただけでも嬉《うれ》しかった。

城門の上から見下ろすと、敵の一集団が走って来るのが見えた。隋軍だ。巨大部隊で城門に突撃するのか。

違った。隋兵は隋軍同士で争いながら、遼東城に逃げてくるところだった。集団で小競《こぜ》り合いがおき、兵が倒れていた。

どうしたことだ。妹子が見つめていると、集団の先頭が城門にたどり着き、叫んだ。

正確な朝鮮語だった。

「開門、かいもぉぉぉぉぉぉぉぉん、扉開けようよぉぉぉおっ、隋帝国軍将軍、斛《こく》斯政《しせい》君が高句麗に降《くだ》ろうというんだよぉぉぉぉぉぉおっ、みんなで歓迎しようよぉぉぉぉ。わぁぁぁぁぁぁあうるさぁぁぁい」

声に聞き覚えがあった。

「皇太子《ひつぎのみこ》」

妹子はわめいた。

「どうも姿を現さないと思ったら、隋軍に混ざっていたんですか」

「僕はどこにでもいる」

厩戸《うまやど》は両手を広げた。

「僕は見えないものを見えるようにし、見えるものを見えないようにする」

「斛斯政をどうやって寝返らせたんですか」

聞くまでもなかった。

「楊広《ようこう》がすぐ後ろで見張ってるもんねぇぇぇぇ、皇帝に言いつけちゃうぞぉってて言えば、ああいうのは言うこと聞くのさ」

「皇帝の耳に入ったら即《そく》殺されるようなことをしでかした、ということですね。別に私には興味ないですが」

「僕にもね。ただ楊広は怖《こわ》いらしいねぇ。すぐに殺すんだってぇ」

城に入ってきた隋兵はもう戻れない。一応、高句麗兵の見張りはついたが、そのまま城の守備兵に雇《やと》われることになる。

これで格段に遼東城の守備が助かった。煬帝も将軍の一人が高句麗に降るという前代未聞の事態の前に、策を練り直しているらしい。あれほど激しかった攻撃がぴたりとやんだ。

函妻が二人の前に走ってきた。

「将軍がお話を聞きたいと言っておられますが、ええっと、なんとお呼びすればよろしいですか」

「僕かね、僕は日《ひ》、出《い》ずるところの天子《てんし》、またの名を」

妹子がさえぎった。

「イエスキリストはやめておいた方がよくはないですか」

「聞く耳のある者は聞け」

「皇太子だって、自分をキリストの生まれ変わりだなんて思っちゃいないんでしょう」

「なぜわかった」

「福利《ふくり》が言っていました。キリストに生まれ変わりはない」

「当然だ。僕が僕以外のものであってたまるか。同じ馬小屋で生まれた者に敬意を表してやっただけだ」

「それより皇太子、乙支文徳将軍が呼んでいます」

「うるさぁいうるさいうるさいうるさい」

厩戸は突然叫び出した。

「この城はうるさ過ぎるぞ。えっ、うるさいうるさい」

地面を転がりはじめた。あまりのことに周囲の者は茫然としている。すると厩戸皇子は城門に向かって走り出した。

妹子は叫んだ。

「彼を止めて下さい。城門を勝手に開けてしまう」

函妻は慌てて走り出した。

「城門を開けるって、彼は味方ではなかったのですか」

「あいつは特別なんだ」

城門にいる兵にも叫んだ。

「その者を捕まえろ」

厩戸皇子は途中で何度も叫びながら地面を転がり、耳を押さえてよろめきながら壁を登りはじめた。

どこに転がるかわからない厩戸に混乱しつつ、兵たちは壁から飛び降りようとしていた厩戸を何とか押さえつけた。

「うるさいうるさいうるさぁぁぁぁぁい」

厩戸は叫んだまま暴れている。

妹子は函妻に頼んだ。

「この者を地下のどこか、音がしなさそうなところにでも入れておいてくれませんか」

函妻がようやく追いついた。肩で息をしている。

「何なんですか、この者は」

「よろしければ、私からじきじきに将軍に説明を」

他に言いようがない。彼の正体を明かすことはできないが、かといって、それ相《そう》応《おう》の待遇を与えなければ、今度は妹子の首が飛んでしまう。

数日は敵の動きはなかった。見張りは昼夜欠かさないが、他の民や妹子にとっては、ようやく休養が取れたという感覚だった。

厩戸皇子は城の地下牢《ちかろう》に入れられている。しかし妹子が将軍に頼んだので、特別に床を掃《は》き清めて敷物を敷き、料理も特別なものが差し入れられるという待遇になった。

高句麗を援助するという作戦の立案者が彼であることを知れば、当然だが、その彼を閉じ込めておかなければならないことに、将軍は少し戸惑っているようだ。妹子だってそうだ。しかしここは飛鳥《あすか》でもなく、高句麗の他のどんな地域でもない。ほっとけば騒いで城門を開けて敵を入れようとするか、壁から飛び降りて墜落《ついらく》死《し》しようとする人間は、閉じ込めておくしかないではないか。

厩戸は地下牢が気にいったようだ。妹子が会いに行くと、昨日は妙なことを話した。

「八角形の御堂《みどう》はどうだろう。四角なら反射は少なく音が粗《あら》いが、八角形なら音が幾重《いくえ》にも反響してばらけ、重厚な余韻《よいん》を夢の中で楽しむことができる。そうだ。夢《ゆめ》殿《どの》だ」

普段から厩戸の言うことの半分は理解できないのだが、今回も理解はできなかった。ただ彼の心が、この差し迫った戦況にないことは確からしい。

今日も城中は平和そうだ。敵が攻めてくれば、城内に反響する銅鑼でわかるのだが、今のところその音もなく、兵の動きも心なしかゆったりとしている。

妹子はまた城の地下牢に出向く。戦いがなければ、この遼東で妹子は仕事があるわけではないからだ。

牢に向かっていると、ばったり乙支文徳将軍に出会った。慌てて頭を下げる。

「どうですか、彼の様子は」

「地下で落ち着いています」

「不思議な人ですね」

そんなことはわかっている。妹子は気にかかっていることを聞いた。

「敵に動きは」

「ないようです。兵糧《ひょうろう》攻めを狙っているのかもしれませんね」

「兵糧はどれくらいもちますか」

「あなたがたが運んでくれた分がありますし、それに悲しいことだが、この間の戦闘で大分兵が死にましたので、実はその分の兵糧も余りが出ました。だから兵糧だけを言うならば、そうとうもちます」

「隋は本当に兵糧攻めを」

「わかりません。だから今日は、隋に潜入《せんにゅう》していた彼に話を聞きたいのです。投《と》降《こう》してきた斛斯政などからも話は聞きましたが、皇帝の作戦はどうも突然予告もなしに来るらしい」

はたして厩戸とまともな話ができるかと思ったが、将軍だって万に一つの可能性を期待しているのだ。頭から否定してもしかたがない。一緒に地下牢へ向かった。

扉が開いていた。中には誰もいない。

「逃げた」

妹子は叫んだ。

「どうして。外から鍵《かぎ》がかかっていたはずなのに」

妹子は将軍を振り返った。

「彼のもとに食事を運んでいた人間を呼んで下さい」

「しかし彼は忠実で、きまじめな男だ。それに彼を逃がしても、何の利益があるわけでも」

「やつは、何でもできるんです」

人間さえいれば。

廐戸皇子に食事を運んでいたのは、朴訥《ぼくとつ》な田舎の老人だった。まさか自分が将軍様の面前に引き立てられる事態が起きようとは思ってもいなかったようで、ひたすら床にひれ伏していた。

「どうかお許し下さい、お慈悲《じひ》を下さい」

「やつの部屋の鍵を開けたな」

老人は黙った。

「どうして鍵を開けたかについては、大体察しがつくからあえて問うまい。これまで数限りない人間が厩戸と取り引きをしてきたのだから、お前に言ったこともわかっている」

老人は黙ったまま。泣いているのかもしれない。自分を責めているのかもしれない。厩戸はこんな、ただ朴訥なだけの老人のどんな罪悪を見つけたのだろうか。

「厩戸はどこに行った」

「わかりません。ただ叫んで走っていってしまいました」

結局老人が知っていたことといえば、それだけだ。

「何もなかったことにする。どうせあれは罪人ではなく客人だ。最初から扉は開放されていたと思えば良い。もう行け。このことは一切誰にも言うな」

乙支文徳将軍は例によって、寛大《かんだい》に顎《あご》を振った。老人は涙を流しつつ去った。

将軍は続いて部下を呼び、城内を隈無《くまな》く捜《さが》せと命じた。あんな目立つ男、どこかにいれば、すぐにわかるはず。しかし誰かを脅迫《きょうはく》し、取り引きをして姿を隠せば、その限りではない。

将軍は妹子を見た。

「ああいうやつなのですか」

妹子はうなずいた。

「誰だって生きている限り、罪の一つや二つは犯す。それこそ毎日。上司に知られたら地位や命が危ないような失敗をしでかすことも、ないとは言えない。あるいは、人に言えないような恥ずかしいことをしてしまうことだって、人間にはある。廐戸皇子はそれをかぎつける。どうやってか、かぎつける」

「それをネタに、周りの人間を操《あやつ》っていくということですか」

妹子はまたうなずいた。

もう壁から飛び降りてしまった、と見るのは早計だろう。民家の中をうろうろしているのか。あり得ないことではない。城内は広い。あんな目立つやつでも、隠れるところはいくらでもある。

妹子はあまり入ったことのない民家の間をうろうろしてみた。城内は敵が侵入《しんにゅう》した時に迷わせるために、迷路のようになっている。たちまち袋小路に突き当たった。

出ようとして、変な道に入ったらしい。道に迷ってしまった。近くの人々に話を聞こうとして近寄った。すると、逆に向こうから話しかけられた。

「ちょっと兵を呼んできてくれよ。井戸のそばに変なやつがいて転げ回っているんだ。毒でも入れようとしているんじゃないかって、みんな気味悪がっているんだよ」

それは気味悪いだろう。間違いなくあいつだ。

「案内してくれ。それから一人は将軍様のところに走ってくれ。何か聞かれたら蘇《そ》因高《いんこう》の名を出してくれ」

妹子はその井戸のそばに走った。

いた。とっくに城内から脱出していると思ったが、厩戸は奥まった井戸のそばで転げ回っていた。

妹子は遠巻きにしている人々を置いて、そばに行った。

「何をしているんですか。井戸のそばで寝るために牢から脱出したんですか」

「僕は自分からは何もすることはできない。ただ聞くままに裁くのである」

「そうしたいのなら、そうしてていいです。誰も反対なんかしません。なのにどうしてあの老人を脅迫してまで脱走したのですか。私とか誰かに、出たいと一言いえばすむ話だったのに」

「時は満ちた。高きところに祝福あれ」

その時、兵が来た。将軍の配下《はいか》だ。妹子は手を振った。

「見つかりました。どうもすみません。ご迷惑を」

厩戸はガバッと起き上がった。

「乙支文徳を呼びな」

兵たちは硬直した。将軍を呼び捨て。妹子も青くなった。

「ここだ。ここ」

厩戸はさっきまで顔をつけていた地面を足で蹴《け》った。

「地下牢にいると、振動がようく伝わるんだよぉぉぉぉぉぉぉぉっ」

小刻《こきざ》みに身体を震わせながら、空中に何回か飛び上がった。兵たちはあっけにとられている。

妹子は一応聞いた。

「何ですか、振動って」

「穴を掘っている。隋軍が隧道《ずいどう》を掘って、この城を地下から攻撃しようとしているんだよぉぉぉぉぉっ」


乙支文徳将軍は部下たちと絵図を広げた。作戦会議だ。妹子も参加させてもらえたが、厩戸はいなかった。参加したいと言えばできたのだが、逆に厩戸はへらへらと笑って、また民家の中に消えてしまったのだ。

将軍は、厩戸が指し示した井戸と城門の間に線を引いた。それから厩戸が異変に気がついた地下牢にも点線を入れた。

「隋軍は城北方から斜めに城内を横切り、城門あたりで飛び出す気でいるに違いない」

函妻はうなずいた。

「城門付近で飛び出して、こちらが慌てふためいているすきに守備兵を打ち倒し、開門する。そこから敵主力数十万がなだれ込む、という作戦ですね」

「どうも動きがないと思ったが、地下に穴を掘っていたとは」

高句麗の地は、特に北方は基本は凍土《とうど》である。隧道を掘るのは、とてつもない困難が伴う。しかし数十万を駆使《くし》し尽くせば、できないことはない。

妹子は聞いた。

「どうしますか」

さらに日が昇り、沈んだころ。

妹子が動きのない敵軍に目をやりつつ城門に来ると、見張りの兵たちが間隔を空《あ》けて、地に耳をつけている異様な光景があった。

やがて一人の兵が片手を上げた。どうやら耳に聞こえるほど掘り上げてきたらしい。他の兵たちはたちまち起き上がった。

妹子の持ち場は井戸だった。厩戸皇子が警報を発した井戸だ。

もこり、もこり、地面がかすかに持ち上がる。不意を突かれれば、兵でさえも逃げ惑う事態になるだろうが、今はぐるりと、高句麗兵たちが完全武装で取り巻いている。

妹子は合図を出した。

「崩落《ほうらく》」

とたん高句麗兵たちが押さえを破り、井戸の水位が急に下がった。

水は激流となって、敵が造った隧道の中に流れ込んでいるはずだ。何かわめき声のようなものが地の底から響いてきた。でも気のせいかもしれない。

じわじわと盛り上がっていた地面が、何かに押されるように爆発的につき上げられた。噴出する水に押されるように飛び出してくる隋軍。

将軍が叫ぶ。

「壊滅」

一斉に高句麗軍が突き出す槍。暗い隧道からいきなり白昼に飛び出して来た隋兵は、高句麗兵が待ちぶせていたとわかった瞬間に討ち取られていった。

敵の隧道が井戸の真横を通っていると知った乙支文徳将軍が、水攻めの計を思いついた。井戸の水を敵にぶつける。地の中の狭い道を進む隋軍は慌てふためき、互いに逃げようと押し潰し合うだろう。

しかしそれだけでは、敵はいったん下がるだけだろう。造った隧道を完全に塞《ふさ》いでしまわねばならない。

そこでわざと敵に城門まで掘らせる。水に追われた隋兵が慌てて地表に飛び出すようにしむけ、そこで討ち取る。隧道と地表の両面で大量の兵を失い、また隧道の位置まで把握《はあく》していることをわからせれば、隋軍は同じ手を使えなくなる。

作戦は図に当たった。

城門周囲の広場に死体の山が築かれた。隋軍は水に追われ、穴の中に戻ることはできない。外に待っているのは、槍を構えた高句麗軍だ。どちらに転んでも死しかなかった。

隋軍の隧道の中に血がしたたりはじめ、妹子たちの班が決壊《けっかい》させた井戸水の中に、淡《あわ》い朱色が混ざりはじめた。そのころには殺戮《さつりく》は終わっていた。

夕闇の中、また長い一日を終えた妹子は城壁に出た。このところ、寝る前に城の周囲の敵の動きを眺めるようになっていた。敵が遠くに取り巻いてだれている様子が見えれば、こちらも眠れる。

最近はこちらばかりでなく、敵も疲れているようだった。無理もない。こちらだってずいぶん死んだが、敵の死者の数はその比ではないのだから。しかも、明日は自分がうずたかく積まれた死体の山に加わるかと思えば。

妹子は城壁に上がった。すると先客がいた。厩戸皇子。

妹子は念のために言った。

「飛び降りないで下さいよ」

厩戸は、城のまわりの敵を見つめたまま言った。

「あんなうるさいところへ僕は降りようとしたのか。もっての外《ほか》であったな」

「そのように考えていただければ、こちらも安心です」

「蘇因高」

「何ですか」

「この城は長くない」

妹子は黙った。厩戸の口から、こんな静かな口調では一番聞きたくないことだった。

「いかに乙支文徳が有能な将軍でも、いかに高句麗が屈強《くつきょう》な兵をもって守っても、やはり数が違い過ぎる。こんなに殺して、こんなに勝って。それなのに敵は一向に減らない。このままでは、まず城の兵たちが疲れ切る」

現に妹子だって、そうとう疲れている。

「あちらだって疲れているが、何しろ皇帝がすぐそばで見張っている。へたな戦いはできない。そして蘇因高、後はわかるだろう。この城が落ちれば、間違いなく平壌はもっと簡単に落ちる。高句麗が落ちれば、後は倭国まで何の障害もない」

飛鳥の地で、この惨劇《さんげき》が間もなく起きる。妹子は目の前が真っ暗になった。妻のケミ、わが子。さらに母に、そして。

妹子は叫んだ。

「それなのに、どうしてあなたはここにいるのですか。こんな場所に。あなたは飛鳥で、その時のことを考えていなければならない人ではなかったのですか。こんな、明日死ぬかもわからない一番前にのこのこ現れて、あなたは一体何をやっているのですか」

「同じことだ」

厩戸は微動《びどう》だにしない。

「倭国にはこんな大軍を防ぎ切る力なんてない。この十分の一でも来たら間違いなく、滅亡する。同じことなのだ」

「そんな」

「僕たちにできることは、隋軍が倭国を攻める前に何とかすることだけだった。でもそれが今やぁぁぁぁぁぁぁっ」

　厩戸は耳を押さえた。

「うるさいうるさいうるさいうるさぁぁぁぁぁぁぃ」

　妹子は立ち上がった。

「やめて下さい。こんなに静かじゃないですか。何がうるさいんですか。あなたが」

「こんなにうるさいのに、何を言っているんだあぁぁ、うるさいうるさいうるさいうぁぁぁぁぁぁぁ」

　厩戸はのたうち回った。騒ぎに他の兵が駆けつけてきた。

「見ろぉぉぉぉぉぉっ」


　闇の中、兵たちが動いていた。

　今日一日、敵の隧道と格闘していたので、この動きに全く気がつかなかった。だが気がついていたとしても、何ができたか。

　煬帝は隧道作戦が見事に失敗したと知らされるや、時をおかずに新しい作戦に取りかかっていたのだ。

　山が埋まっていた。

遼東城は山城だ。自然の丘を絶壁に削り、その上にさらに城壁を築き城を囲んでいる。敵が何度も城壁に橋を掛けようとしたのも、城の壁に至る前に天然《てんねん》の絶壁があり、それを登るのだけでも困難を伴うからだ。もちろん城壁から外側に落下すれば即死は免《まぬか》れない。

しかし今、城の北面、やや西に向いた城壁と繋がった絶壁の下に、何万人という人間がうごめいていた。

それぞれが手に袋を持っていた。布袋で、中に土をいっぱいに詰めてある。一つの袋で一尺の高さにしても、それが何十万、何百万という数を乗せていけば。

城壁は埋まる。

妹子は今夜もまた眠れないと実感した。煬帝。何というやつだ。徹底的にやる。絶対にあきらめない。

隋軍の陣地から城壁の高さまで、その布袋の土でゆるやかに坂を造っていこうとしているはず。橋を強引に掛ければ燃やされる。壁をよじ登っても落とされて死体ばかりが積もる。それならばいっそ、地面そのものを造ってしまえば良いのだった。

たとえこちらが高みにあり、向こうの陣が低くても、いったん道が造られてしまえば、向こうは数で圧してくる。一度に何万もの人間が大集団で押し上げてくれば、いかに高句麗兵が防いだとて、その稼《かせ》ぐ時など知れよう。

「うるさいぞうるさぁいぞぉぉぉうるさいじゃないかぁぁぁぁぁぁぁぁ」

妹子は、厩戸を振り返った。さっきからずっと叫んでいたのだが、妹子の気が動転して何も聞こえなかったのだ。

とりあえず今は厩戸どころではない。妹子は近くの兵に下を指し叫んだ。

「早く将軍にこのことを」

兵士の一人が答えた。

「将軍はご存じです。今、対策を思案中とのことです」

対策。どうしたらいいんだ。道を造られたら終わりだ。途中で突き崩すしかない。しかしこの城を打って出ても、あの何十万という隋兵の中に飲まれていくだけだ。

「うるさいうるさぁぁぁぁい。蘇因高」

「はい」

「僕を地下牢に」

厩戸は立ち上がった。妹子は慌ててついていく。

「蘇因高、お前にも聞こえないのか。といってもお前はみんなと同じだ」

「何がですか」

「わぅぅあぁあ、聞こえるわけないか。砂の音だ。砂を積む音。うるさくてうるさくて」

砂の音。隋兵が百万の砂袋を絶壁に積み上げている。まさかその音だというのか。

「まさか、そんな」

「だくだくだくだくざくざくうるさいうるさいうるさい」

厩戸は両手を振り回した。

「そんな、どれくらい先の音なんですか」

「知るかそんなこと。みんなの方が聞こえないのが不思議だった。でも、本当にみんな、聞こえないんだ。本当にみんな、何も感じないんだ」

厩戸は地下牢に自分で入った。今回は妹子も追いかけて中に入った。

「聡耳《とみみ》。本当にあなたは聡耳なんですね」

妹子は叫んだ。厩戸はかすかに笑った。

「そんなことを言われたこともあったな。小さい頃は、この力を隠《かく》した方がいいなんて思わなかったからな。耳が聡《さと》いやつだと言われ続けた。僕に言わせれば、みんなの方が鈍過ぎるんだよぉぉぉぉぉっ、でもね」

厩戸は両手で耳を覆った。

「一つ教えてあげる。僕は普通に目が見えない」

妹子は絶句した。

「ものは見えるんだ。こうしていても、ちゃんとものは見えているんだ。でもね。どういうことになっているか知らないけれどね、すぐに見たものを忘れてしまうんだ。たとえばこうしてお前を見ていてもね、蘇因高。目を閉じたらすぐにお前の顔なんて頭にないんだ。さっと消えてしまうんだ。みんなが見るようには、僕はものが見えていないんだ」

「見えるのに、ですか」

「その代わり、お前の声は全部覚えている。声を聞けば誰がしゃべっているか、そうとう離れていてもわかる。小さい頃はみんながそうだと思っていた。でも違うんだ。みんなは見ている。それなのに僕一人だけ相手を聞いている。どうしてこんなのに生まれたのかわからないよ。いまだに僕には、見えるっていうことがよくわからない。太陽の光がないと見えないなんてことがわからない」

厩戸は腕を激しく振った。

「こうして手を振るだけで腕に当たるものがあるだろう。これが『気』さ。みんなはこの気を吸って吐《は》き出している。それだけじゃない、みんなはこの『気』を振動させて音を出しているんだ。しゃべっているんだ。僕には光なんてわからない。でも音ならわかる。何をどう伝わるのかさえ、はっきりと聞こえてくる。高い音、低い音、跳ね返った音、重なった音。それぞれが違う振動になって伝わってくるのが、はっきりとわかるんだ」

妹子は言った。

「あなたは、人と、違う」

人間は生きる上で情報の八割、またはそれ以上を視覚《しかく》から得ている。それは、視神経が伝える情報が日常感覚のほとんどということでもある。神経は人間の身体全域に広がっているのに、情報を利用するソフトである脳の八割が、視覚情報の解析《かいせき》に回されているのだ。そしてその方向づけができてしまえば、チャンネルを切り替えるようには他の感覚を解析する機能はできはしない。それは歳と共に固定していく。

しかしまれに脳を損傷したり、あるいは先天的に解析方法が異なる脳を持って生まれる人間が現れることがある。たとえばサヴァン症候群《しょうこうぐん》などが代表的なものだが、障害で日常生活に支障があるにもかかわらず、見えない位置にある物体を把握したり、何十桁《けた》にわたる演算を一瞬で計算することが可能だったりする。それは明らかに、視覚に頼り過ぎた脳の解析ソフトを、別の感覚で補うことにより発生した能力であると結論づけられている。

　たとえば人間の脳の八割が、視覚ではなく聴覚《ちょうかく》に回されていたとしたら、十人の話だって一度に聞くことができよう。少なくともわれわれは、十以上の物体を一度に視野に納めることができているからだ。

「おまえたちはいい。目を閉じていれば何にも感じなくてすむらしい。僕には想像もつかないけれどね。でも僕は違う。目を閉じていても眠っていても、世界はつねにうるさい。誰か耳を閉じる方法を教えてほしいよ。ほら砂を積んでいる。ほら地下道を掘っている。わぁぁぁぁぁ、うるさいようるさいんだよ」

「そんな世界に生きてきたんですね。何十年も」

「最初の内はこれが当たり前だと思ってた。でも違うと知った。それから、お前たちが聞こえていないと思って、好き勝手やるということも知った。あんなことも言う、こんなこともやる。壁で隠しても音は漏《も》れる。金を盗んだら金の音がする。食べ物をこっそり食べていたら食道の音がする。見えていないだけで音はいくらでも漏れるのに」

「それで、聡耳ですか」

「そのうち、みんなが隠れてやっていることで、みんなを操れるということを知った。見えていないと思ってやったことが、恥ずかしいことが、罪なことが白日《はくじつ》のもとにさらされるのを、みんな恐れているということを知った。それでみんなを脅《おど》かせるということも知った。みんな、僕を見ると隠れた。意味ないのにね」

「間違いなくあなたは、世界で一番いやな人ですよ」

「うるさいよ」

厩戸は横になった。

「しゃべり過ぎたなぁ。でもまぁいいか。死ねば音は聞こえなくなるものな。静かだろうな、音がないって」


明け方近くに妹子は起こされた。何事かと思って飛び出したが、乙支文徳将軍が久しぶりにみんなに檄を飛ばすためだった。

「いよいよわれわれの戦いは正念場《しょうねんば》を迎えようとしている」

妹子は思った。ついに隋軍のあの『道』が通じてしまうのか。壁のたった一か所に過ぎないが、砂袋によって造られた坂は橋と違って落ちはしない。

高句麗軍も交代で必死に抵抗したはずだ。それこそ夜中通して岩を落として熱湯を浴びせる。それでも積まれてしまった砂袋自体は城の中からは取りのぞくことはできない。隋軍は犠牲を出しながらも、着実に道を築いていったのだ。

「今日からいよいよ、わが軍の総力を挙げた戦いに取り組まなければならないだろう。みんなには今しばらく苦しみに耐えてもらわねばならない。しかしこの山さえ越えれば絶対に道は開ける。国王からの援軍だって、すぐそこまで来ているはずだ。われわれはもうしばらくの間、全員一丸となって耐え忍ぼうではないか。敵を痛い目に合わせてやろうではないか」

おうおうと兵が声を張り上げた。妹子は距離を置いてみんなを眺めた。実はこれには参加を強制されなかった。しかし自分だって一緒に一兵となって戦い続けている。城が落ちれば死ぬのは同じなのだ。疲れた身体をおして将軍の言葉を聞いてみた。厩戸の姿はない。やつなら地下牢からでも、この声を聞けるのだろうが。

この演説。間違いなく全員の気力は奮《ふる》い立っただろう。しかし妹子は絶望的な気分にならざるを得なかった。将軍の檄はうまい。うま過ぎるがゆえに悲しくなる。

みんなの心を一つにしても、外の敵の数が減るわけでもなければ弱くなるわけでもない。援軍も来ない。第一、将軍自身が絶対に勝てないと言った。あれはいつのことだったか。

厩戸皇子ではないが、自分にも敵が砂袋を積んでいる音が聞こえるような気がした。それが自分の命の残りを告げているかのような、ざくざくいう音。

戦いはとっくに始まっていた。城壁では敵が袋を積む端から矢を射、熱湯を浴びせかけていたが、いよいよ袋の量が増し、敵が射程距離に次々入りだしたのだ。

隋軍の囮《おとり》部隊だろう。砂袋を積んでいる間、高句麗軍と戦っていろという命令を受けた兵が次々に城壁によじ登り、下から槍を突き出す。だがそんな苦しい戦法は通じない。来る端から叩き落とされていく。

それでも相手をする高句麗兵は、時間と腕を取られる。その間にも砂袋のかさは次第に上がっていき、ますます隋軍がよじ登りやすくなる。時には十人近い隋兵が一斉に壁を登ってくる。高句麗軍は全力で立ち向かわざるを得ない。

また壁際で死闘が展開された。積まれた砂袋の上に次々に血しぶきが飛び、死体が積まれていく。隋兵の死体がほとんどだが、時々は高句麗兵の死体も混じっていく。その上にも平然と砂袋が乗せられる。流れた血液はすぐに布袋と中の砂が吸い取り、糊《のり》のような滑り止めになってしまう。

妹子はすぐに手持ちの矢を射尽くし、女たちが持ち上げてくる熱湯を下の砂袋作業班にぶっかけ続けた。悲鳴と怒号がこだまし、耳鳴りがえんえんと続いている。両手がしびれているが、手を休めればそれだけ自分の死が接近するのだ。

しかし抵抗もむなしいものとなった。気がつけば、妹子の耳に整然とした足音。隋兵が並んでいた。はるか遠くの陣地からこちら側の城壁まで、びっしりと。ついに道は開かれていた。

隋兵たちは整然と砂袋を並べたわけではなく、自分たちの置きやすいところに袋を放り出しては次の袋を取りに行っていた。その繰り返しに過ぎないのだろう。しかし隋の陣からゆるやかな斜面は、とぎれずに城までできた上がっていた。

袋の数は十万や二十万で利くまい。百万かそれ以上はあろう。しかし突貫《とっかん》でこれだけの作業をこなし、犠牲をこれだけ払ってもまだ数十万の兵をそろえている。

かなわない。妹子は厩戸の言ったことを思い出した。国力が違い過ぎる。この十分の一が入ってきただけで、倭国は滅亡するだろう。戦闘国家高句麗だから、ここまで戦えるのだ。でもそれにも限界がある。

妹子は絶望的な気持ちで熱湯を浴びせた。ついに空中大道の上に軍隊をそろえた隋軍は、数で圧しはじめた。高句麗兵が疲れた身体にむち打って斧をふるい、槍を打ち込み続けても、後から後から隋兵は押してくる。

高句麗兵が押されはじめた。隋兵の海の中に身体ごとのまれるものも出てきた。隋軍の間で高句麗兵が文字通り潰れ、体中から紅い液体を噴き出している。

その時だった。

「道をあけい」

響く声。乙支文徳将軍。

蹄《ひづめ》の音。騎馬部隊。

そう。高句麗は騎馬民族。主力は歩兵ではなく騎馬部隊なのだ。身体を泳がせて下がった妹子が見たもの。それは高句麗軍主力、乙支文徳将軍を先頭とした重装騎馬部隊だった。

頭には兜、身体には鎧、そしてまたがる馬にも馬鎧。全身をすきなく鉄で覆った完全装甲《そうこう》部隊だ。将軍自ら長槍を持ち、朝日を反射しながら闊歩《かっぽ》してくる。

「いざ、行くべし」

将軍の合図と共に飛び出す騎馬部隊。空中大道にすき間なく並んだ隋兵の真ん前に走り込む。

そうか。敵の通る道はこちらも通れる。敵が道を築き、斜面を歩兵で登ってくるならばこちらはその道を馬で駆け降りることだってできるのだった。

たちまち先頭の隋兵は馬の蹄の下、潰れた果実と化した。まさか騎馬の大軍が駆け降りてくるなど予想もしていない隋兵は、瞬間逃げようとする。しかし後ろからはどんどん押されている。

隋兵同士の間でもみ合いが起こり、隊列が乱れた。そのすき間に容赦《ようしゃ》なく将軍旗《き》下《か》の精鋭の槍が飛ぶ。弾《はじ》け飛ぶ血しぶきが空中高く舞い上がり、血の霧となってあたりを漂《ただよ》う。

将軍の騎馬部隊が通った後に高句麗軍歩兵が走り下り、敵の置いた砂袋を次々に奪って城の中に運び込む。あるいはそのまま横に放り投げて捨てていく。空中大道にはえぐれた穴がいくつもできた。

「撤退」

将軍の声。

騎馬部隊が背を向け斜面を上がる。高句麗兵は板を敷いて馬が戻りやすくした。将軍旗下の精鋭は板に乗って城壁に駆け上がる。隋軍がようやく追いかけて矢を雨のように射掛けてくるが、板は回収される。

妹子は持ち場に戻り、駆け上がってくる隋兵にまた熱湯を浴びせかけた。一回の騎馬の突撃で空中大道にはいくつもの穴がうがたれた。修復など時間の問題かもしれないが、また時は延びた。

壁の周囲は、それが最初からの紋様《もんよう》であったかのように血液でまだらだ。妹子の身体も、汗だか血の臭いだかわからない酸性の臭いがまとわりついている。

その時、悲鳴がした。

妹子は見た。

乙支文徳将軍の装甲を突き抜けて、わき腹に一本矢が刺さっていた。

「騒ぐな。かすり傷だ。騒ぎ立てるな」

将軍は両手を振った。しかし妹子はかえって、それが将軍らしくない大げさな身振りで、元気であることを印象づけているように感じてしまった。

「函妻」

「はっ」

呼ばれた騎馬隊長は、馬を下りて膝《ひざ》をついた。

「これからはお前が指揮をとれ。第二突撃の準備だ」

函妻は感激したようにうなずいたが、きっと彼だけだろう。

他の全員が、城の中の全員が、一気に希望から絶望へと投げ出された瞬間だった。

乙支文徳将軍が健在だからこそ生きていられる。全軍がそう思っていたはず。しかし彼が傷を受けてしまっては、この城はどうなるのだろう。口には出さないが、絶望が一斉に共有されてしまった。

いよいよこの城も終わりなのでは。

将軍は普段よりも早足で去っていったが、それがますます見ている者に暗鬱を与えた。女が数人、彼の後を追った。将軍の歩いた後を数歩ごとにしたたり落ちた血の色が、やけに紅かった。

函妻が部下たちにわめいた。

「整列」

騎馬隊が歩をそろえはじめた。

その時、妹子も見ていた。いったんは引いた隋軍がまた、空中大道の登り口に整列しはじめているのを。今度は先頭が盾を構えている。先鋒《せんぽう》隊を犠牲にして、騎馬の突撃をしのごうというつもりらしい。

妹子は視線を上げた。気のせいか、遼東の春の白くかすんだ空に、煬帝の座す移動式宮殿がやけに近づいて見える。隋皇帝は高みから、全てを見ているのだろう。こちらが絶望に覆われている様まで。

じわりじわり。敵が動きはじめた。鉄の大盾を持っているので、先ほどのような、我先に壁を突破しようという素早さはない。空中大道も上の方は穴だらけにされている。それでも、どうしてもこの城を落としてやるという、威圧だけは伝わってくる。

妹子は矢を補給した。敵が下方から射込んで来る矢は勢いを失い、城内にふらふらと落下していく。それを拾って、そのまま相手に射返す。

風が強い。春の風だ。向こうもそうだが、こちらも矢の勢いがない。地上ではきっと砂埃《すなぼこり》が舞っていよう。高い城壁では矢先までが揺れる。

ついに敵の先陣が壁の守備軍と激突しはじめた。槍の一斉攻撃が鉄の盾に当たり、鈍い音が壁の内外に反響する。支え切れずに盾の一隊が大道を転げ落ちるが、相手からも長い槍が突き出される。高句麗兵が正面からそれを受けてしまい、城壁から落下する。

また矢を射尽くした。今度は熱湯をかけようとしたが、その時正面に人間の顔を見た。

隋兵。空中大道からでなく、別の部隊も壁をよじ登っていたのだ。妹子は反射的に一歩下がって剣を抜いた。相手は壁から上半身を出す。そこに妹子は剣を打ち下ろした。

両腕に衝撃。しびれ切った腕の筋肉でも手ごたえだけは感じた。たちまち手首まで敵の噴出する血に染まった。そいつはもがきながら壁を滑り落ちる。次の瞬間。肩に衝撃。別の隋兵が長い剣を打ち込んできたのだ。妹子はひっくり返った。鎧がなければ、肩の骨どころか胸まで斬り下ろされていただろう。

しばらく激痛であたりが見えない。

目の前に二人の隋兵。殺される。そう思った。

しかしその時、槍が突き出されて隋兵は城壁の向こうにふっとんだ。後ろの高句麗兵が駆けつけてきたのだ。隋兵が血へどを吐き、妹子にかかった。

妹子は何とか立ち上がった。肩が痛過ぎて剣が持てない。よろよろと下がった。

「突撃」

近くで声。見ると函妻。

騎馬隊の先頭に立って、再び空中大道を駆け降りていく。大道にひしめく隋兵が、たちまち騎馬隊を飲み込んで血流が空に飛ぶ。春の風に舞う血は紅い霧となり、霞《かすみ》になる。

さすがに隋軍は撤退していく。鉄の盾も、装甲騎馬隊の突撃はしのぎ切れない。高句麗兵が板を敷く。それに乗っかり騎馬隊は退却。なのに、函妻の姿はない。

函妻が死んだ。

残っている高句麗兵だって、まっとうな者の方が少ない。妹子も肩をやられた。風があたりのものを舞わせる。

妹子は声を殺して泣いた。死にたくない。死にたくない。倭国に帰りたい。こんな顔を、前線のみんなに見せるわけにはいかない。

妹子は肩を抱いて下がった。足の方は勝手に城の奥に向かっていた。どうしたらいいのか、将軍の姿を見たかった。乙支文徳将軍さえ無事ならば、まだ城はもつのではないかと思えてしかたがなかった。

城の奥で何か声がしている。女たちがせわしげに出入りしている。妹子の姿を見ても何も言わない。そのまま奥に入っていった。

最上階の奥にいたら会わせてもらえなかったが、将軍はすぐそばで寝ていた。階段を上がる力さえもなかったのだろうか。

矢を抜いて大失血《だいしっけつ》したらしい。わき腹のあたりにぐるぐる巻かれた布が、分厚く血を吸っていた。誰が見ても将軍は長くないのがわかった。

そう。将軍はすでに高齢だ。普通の人間ならとっくに引退していなければならない年齢だったのに、この城の戦いのために無理に無理を重ねた。騎馬隊突撃にも先頭に立ったこの絶望的な戦いは、将軍なしでは一日ももたなかっただろう。

そして今、ついに将軍は。

乙支文徳将軍は妹子を視野に捕らえたようだった。口を開いた。

「言ってはならぬ」

えっ。妹子は、自分に言われた言葉かどうかとらえかねた。

「みんなには秘せ。わが死を秘せ。言ってはならぬ」

女たちが将軍に取りすがった。

「何を言いますか」

「今少しの間、われはここに健在であると伝えよ」

妹子は聞いた。

「いつまで」

「煬帝の、死すまで」

煬帝。死ぬわけがない。隋帝国皇帝は移動式宮殿の最上階で、のうのうとこの殺戮を眺めている。

「煬帝が死ねば、必ず後継が争う。そうなれば高句麗もしばらく時を稼ぎ、戦える」

死ねばの話だ。そんな都合のいいことが起きるはずがない。

「風が、強い。水だ」

将軍はうわごとのように言いはじめた。

みず、水。

女たちが慌てて走り去る。将軍に水を運ぶ順番でも争うのか。

しかしその瞬間。将軍の顎が落ちた。

乙支文徳将軍、死す。


妹子は背を向けた。絶望。倭国が遠のく。妹子が聞きたかったのは、こんな話ではない。妹子が見たかったのは、こんなひどい光景ではない。

暗黒だ。その瞬間、妹子は悟《さと》った。

敵は夜間攻撃をかけるだろう。いかに騎馬隊とは言え、闇夜には馬の目が鈍る。

突撃が決まらなければ、空中大道は築かれているのだから隋軍の方が押せる。

こちらはもはや、騎馬隊自体残り少なくなってしまっているのだ。将軍もいない。函妻も死んだ。もう終わり。全てが今晩で。

その時だった。また声がした。

「うわぁぁぁぁぁぁあ、うるさいうるさいうるさいよぉぉぉぉぉおっっ」

厩戸だ。耳を押さえて駆け回っている。それはうるさいだろう。万という人間が殺し合っているのだ。悲鳴だけでもそうとうな。

妹子にも剣戟《けんげき》の音だけは聞こえてきた。そうか。ついに夜間戦闘が始まってしまったのか。これがついに最後だろう。

肩が痛い。それでも戦いに出向くべきだろう。戦わずに城が陥落したら、死んでも後悔《こうかい》する。

外に出れば風が寒い。高句麗の春だ。まだ冬と変わらない。

えっ。妹子は思った。将軍は最後に何と言ったか。風が強い、水。水が飲みたければ、最初からそう言うはず。では、なぜ風のことを言ったのか。風が強いから。

妹子はわめいた。女たち全員にわめいた。

「水をくんで来てくれ。今度は沸かさなくていい。ともかく水だ。絶対沸かすな」

敵には熱湯を浴びせる。それが今まで。しかしこんな冷たい風では熱などすぐ冷める。逆に水なら。

妹子は水をそのまま城壁から落とした。みんなにもわめいた。

「敵に水をかけろ」

隋軍はなぜ春に軍を出してきたか。高句麗の冬を避けた。吹雪《ふぶき》の冬は兵が冷え、食べ物が凍って戦いどころではない。しかし忘れている。高句麗は、春でも夜間は氷点下《ひょうてんか》だ。

隋兵は水を浴びる。そんなもの効果などない、すぐには。しかし氷点下の風が吹くならば、たちまちに熱を奪われる。体温が失われれば動作が鈍り、攻撃力がそがれる。

間違いなく明け方には霜が下り、土が凍りつく氷点下の春。高句麗兵たちの落とす水は、空中大道の隋兵たちを確実に冷やしていった。下からつき上げる隋兵たちの動きが遅くなればなるほど、高句麗兵たちの槍が着実に獲物を捕らえていく。

そんなもので何十万もいる隋兵がひるむことはないが、高句麗兵たちは寒さには慣れている。押されたところで騎馬兵が突撃をかけ、味方も減らしながらも敵は討っていった。

戦いは両者譲《ゆず》らず、死体ばかりが増えていく。血しぶきが飛べば、その湯気はたちまち冷えて光る氷になって乾いていった。

妹子はひたすら水を敵に浴びせているうち、いつしか肩の痛みを忘れていた。そんなことを考えている余裕はなく、月が出て夜半は過ぎていった。何度血しぶきが飛んできたか、冷たい風の吹きすさぶ城壁に飛び散る血が、とても暖かく感じていた。

ついに霜の下りる明け方になって、隋兵は撤退した。足下が凍りついて滑り、戦える状況ではなくなっていたから。

妹子は壁の内側に倒れた。そのまま気絶した。高句麗兵たちもそうだったようだ。ほとんどの者たちが、そのまま倒れ伏し動けなくなっていた。

妹子が目覚めた時、世界を広く覆っていた影はなかった。

隋軍、移動式宮殿、陣地。全てが消えていた。

すでに日は高かった。何十万という人間が消えた後の荒野に、昨日と同じく春の強い風が、ただむなしく散らばる死体の上を吹き抜けていった。

妹子は立ち上がった。何だ、どうしたんだ。

厩戸皇子が立っていた。遠くを見つめている。

妹子はかすれた声で聞いた。

「助かったんですか、もしかして」

全身血まみれでごわごわしているし、肩どころか首も腰も全身が痛かった。

厩戸は独り言のように言った。

「そうか。そうなのか」

「いったい何なんです。隋軍は完全撤退したんですか」

厩戸はまた自分に向かって言う。

「僕としたことがこんなことにも気がつかないなんてぇぇぇぇぇぇぇぇ」

それから厩戸皇子はたった一人、茫然としている兵たちの見つめる中、大きな声でずっと笑っていたのだった。


いぶかしむ高句麗兵が城を出たが、隋軍は撤退していた。まだ半信半疑ながら、高句麗兵は遼河まで敵の後を追って、最後尾の雑兵《ぞうひょう》を少し討った。

実は遼河の向こう側、隋の華北《かほく》で、地区長官である楊玄感《ようげんかん》という者が反乱を起こしていたのだ。華北は高句麗への兵糧搬送《はんそう》の要地である。ここで反乱をされたら、兵を引きあげないわけにはいかない。

玄感の反乱はかなり大きく、兵だけで二十万近くいたという。ただ肝心《かんじん》の将が腰ぬけだったらしく、煬帝が引き返すとすぐに逃げ出し、あっけなく討たれた。

しかし煬帝の第二次高句麗出征も、これによって終わったことは確かである。遼東城の戦い、それは長いようであったが、日数にすれば僅か二十日余りの戦いであった。

だが煬帝が、朝鮮をあきらめるはずはなかった。さらに翌年、煬帝は第三次高句麗討伐の兵を起こし、陸海軍数十万の兵をもって高句麗への侵攻を図る。

ことここに至って、ついに高句麗王は降参する。第二次出征の際に降ってきた斛斯政を煬帝に差し出し、慈悲を願う書を渡した。煬帝はそれにより、いったんは兵を引いた。そして東都で、斛斯政を文字通り『解体』してさらした。

だが高句麗王は続く煬帝の命、『王とその親族ごと入朝《にゅうちょう》せよ』という書には言《げん》を左右にして従わなかった。それをすると、完全に高句麗王家が滅亡するのだから必死である。ひたすら時間稼ぎをしてあがいた。

乙支文徳将軍の死はついに発表されることはなかった。何年経っても彼は『一軍を率《ひき》いて活躍中』とされたが、ついに前線の兵の前には姿を見せることはなかったのである。

下《しも》つ國《くに》

日《ひ》、没《ぼっ》する

盗賊《とうぞく》李子通《りしつう》江都《こうと》を取りて楚《そ》と号し
福利《ふくり》射石《しゃせき》にて竜眼《りゅうがん》を割る

小野妹子《おののいもこ》は船を見つけた。軽く朝鮮語で礼を言い、乗り込んでいく。

ひたすら死闘を繰り広げた遼東《りょうとう》の戦いから約一年、妹子はまだ高句麗《こうくり》領内にいた。すぐにでも倭国《わこく》に帰りたかったが、そうはならなかった。

まず身体《からだ》の具合がおかしくなった。慣れない異国で無理に無理を重ねて戦い続けたので、その反動が出たのだろう。妹子はもともと丈夫《じょうぶ》な方ではないのだ。ずっと寝たままになってしまった。

熱でうなされながら倭国の夢ばかり見ていた。しかし病気に関して言えば、恐れは感じなかった。死地を幾度《いくど》も経験して、ちょっとやそっとのことでは何も感じなくなったのだ。

厳寒の遼東では療養《りょうよう》できないだろうと厩戸皇子《うまやどのおうじ》が言い、妹子は平壌《ピョンヤン》に移された。厩戸とはそれきり会っていないが、また勝手に高句麗領内を行ったり来たりしているらしい。

妹子は平壌でしばらく寝込んでいた。倭国にすぐ戻った方が絶対回復すると思ったが、世話になる高句麗王にそれは言えなかった。

戦争は終わったのだし、妹子の仕事も終わったはず。

そこに、いけ好かない僧の恵慈《えじ》から使者が来て、次のように告げた。妹子殿は次の遣隋使《けんずいし》である犬上襷《いぬがみたすき》殿に従って帰国されたし。ついては当面の間、平壌の再防備にご尽力《じんりょく》いただきたい。

お願いの形をとってはいるが、これは間違いなく厩戸皇子、ひいては飛鳥《あすか》からの命令だろう。下級豪族である自分に拒否権はない。それに何よりも、倭国に行く船がそれ以外ないというのだからしかたがない。

煬帝《ようだい》はいったん軍を引いたが、朝鮮をあきらめたということではない。国内をきっちり平定したら、また百万の軍を送ってくるのはわかりきっている。高句麗にはまだまだ、しっかり倭国の防衛線になってもらわなければならない。

妹子は、恵慈から百済経由《くだらけいゆ》で送られてくる倭国の物資を高句麗王に援助し、都の回復を手伝った。こういった工作は記録には残せず、百済や新羅《しらぎ》にも内密だ。妹子にとってはどうでもいいことだ。こうして働いている限り、妻と子は飯が食える。

そして、ついに待ちに待った知らせが来た。犬上襷からだ。高句麗に寄っているという。妹子は王への礼もおざなりにすませ、港に向けて船を飛ばさせた。平壌からは、馬よりも船で川をくだった方が港にずっと早い。

なぜか揺れる船に足を踏み入れた瞬間に、まだ倭国に戻ったわけでもないのに、妻のケミの顔が浮かんできてしまった。たださすがに息子の顔はわからない。何しろ一年で驚くほど背が伸びる年齢だ。

襷が出迎えた。

「上様《うえさま》、お元気そうで」

「その呼び方はやめろって言わなかったか」

「大分《だいぶ》前ですね。忘れました」

確かに大分前だ。こいつももう子供がいるらしい。それに大分太って丸くなった。みんなそういう年齢になった。すぐに疲れるくせに、仕事だけは人の倍押しつけられる年齢に。

襷は船室に妹子を招き入れた。

「それで仕事のことは聞いていらっしゃいますか」

妹子は口を開けた。

「何だ、倭国に戻るんじゃなかったのか」

「何言っているんですか。これから遣隋使として隋に行くんですよ」

帰りの船ではないのか。と言っても船はこれしかないが。

「でも全権大使はお前だ。私はただ雑用でもしていればいいんだろ。何かあるのか」

「隋国で待っているそうです」

「厩戸か」

「そうです」

そいつは、最悪だ。


ここでまた妹子の知らない事件が一つ起きていた。

煬帝はその時、河北《かほく》で起きた反乱を平定しようとして自ら軍馬にまたがっていた。

いつもなら移動式宮殿を使うのだが、その反乱は山間で起きた小さな盗賊《とうぞく》の乱に過ぎなかった。ただ場所が東都洛陽《とうとらくよう》に近い。見せしめのため賊を全員捕らえ、公開処刑ぐらいはしてやらなければならなかった。皇帝はどんな小さな乱をも見逃《みのが》さないということを、示してやらなければならない。

最近はこうした反乱、盗賊の類《たぐい》がひっきりなしに国内で発生するようになっていた。さすがに楊玄感《ようげんかん》のような二十万人の大乱などは起きていないが、癪《しゃく》にさわることは同じだ。こうした乱は一つ一つ潰《つぶ》していかねば、安心して遠征に出ることもできてない。朝鮮に出兵したはいいが、内乱が起きて引き返していたのではなめられてしまう。高句麗王がいまだに頭を下げて出向いてこないのも、そのせいだ。今に思い知らせてやる。

そのためには今はまず、国内を平らにならすことに集中しなくては。

煬帝は四方を見た。自分に遅れもせず、隊列も乱さず、急ぎもせずにぴたりと張りついている大部隊。皇帝直属の精鋭騎馬隊、その数一万。田舎の小盗賊をやっつけるにはもったいないほどの部隊だ。しかし、たまにはこいつらにも腕試しをさせて、褒賞《ほうしょう》に与《あずか》らせてやらなければな。

煬帝は馬に鞭《むち》をくれた。

そうとも。朕《ちん》は世界である。海から空から地の底まで、全《すべ》ては皇帝の意のままにあり。あらねばならぬ。命にそむく国などあってはならぬのだ。

「朕《ちん》こそ全てである」

「それはどうかなぁぁぁぁぁぁぁぁぁっ」

煬帝は驚いて横を向いた。

右前方、斜めから突撃してくる一部隊があった。

騎兵、数は一千余騎。全員が鉄の鎧《よろい》をまとっている。馬にも装甲がついている。

煬帝は一瞬硬直した。正式な軍隊ではないか。盗賊部隊ではなかったのか。まさかこんな平原で襲撃してくるとは。

「弓を」

射よ、といいかけた時、さえぎる声。

「待て待って待ってぇぇぇぇぇっ、僕は痛いのは嫌いだぁぁぁぁぁっ、あんたが痛いのは痛くないが、自分が痛いのは痛いんだあぁぁぁぁぁっ」

ものすごく大きな声。どこから響いてくるのかと思ったが、近づいてくる敵の中心あたりから声がしている。

煬帝は次の瞬間、信じられないものを見た。巨大な筒《つつ》。人間一人は楽に中に入ってしまえそうな筒が、外側に革を張られて馬に乗った数人で肩に担《かつ》がれていた。

何のことはない、巨大な拡声器《かくせいき》だ。しかし、煬帝にそんなことがわかるはずはない。ただ筒の中から巨大な声がするということに、隋兵は恐れおののいている。

「戦いじゃないぃぃぃぃぃぃぃぃっ、挨拶《あいさつ》したいんだぁぁぁぁぁぁっ、攻撃しちゃだめだよぉぉぉぉぉっ」

声が響きわたるたびに筒を持った兵が、振動に耐えられず細かく震《ふる》えている。馬がいなないている。山に囲まれた盆地とはいえ、中原《ちゆうげん》の平野にゆがんだ声が響く。

「挨拶だと」

「そうなんだよぉぉぉぉぉ」

筒を持っていない兵の中から、一頭の馬が進み出てきた。

「隋国皇帝陛下におかれましては、その御武勇のほどあまねく伝わってございます。つきましては陛下に、このような非礼な形ながら御謁見《えつけん》を賜《たまわ》りたく出向かせていただきました」

煬帝は馬を回した。部下たちに、いつでも射てるよう弓を構えていよ、と声をかけ進み出た。

「なぜだ。なぜこのような場に現れる。皇帝にこんな時間を取らせるなど、それだけでも処刑に値するほどの無礼ではないか」

将軍の一人、朱寛《しゆかん》がわめいている。

煬帝は言った。

「よいわ。何か言いたいことがあるなら早く申せ」

完全武装の騎馬隊の中から、隊長らしき男が現れた。

「私は李子通《りしつう》という者です。以後お見知りおきを」

普段使い慣れていない丁寧《ていねい》語を使っているらしい。口がうまく回っていない。それこそ農民か漁村の出のような筋肉のつき方だ。煬帝は瞬間、相手をなめ切った。

「そんなことはどうでもよい。お前はどこの部隊の者だ。褒美《ほうび》が欲しいのか。なら何か手柄《てがら》を立てて持ってこい」

「褒美じゃないよぉぉぉぉぉぉぉぉぉっ」

筒から大音響。隋兵は思わず下がる。煬帝も耳を押さえそうになった。

「何だ、この音は。こんな筒を使ってしゃべるやつは」

「僕だけど」

筒の後ろから人間。鎧もなし。小さな馬に乗ってとぼとぼと現れた。煬帝は顔に見覚えがあった。

「お前は、あの時の」

十字架《じゅうじか》の。

「あらぁぁぁぁぁぁぁっ、覚えててくれたぁぁっ。最高だねぇぇぇぇぇっ、さっすが」

「こいつを、捕らえよ」

煬帝はそばの兵に命じた。

その兵は次の瞬間。

煬帝の顔に矢を向けていた。

隋兵が一度に硬直した。兵一万がたちまち一切の身動きを失った瞬間だった。

もちろん煬帝もだ。自分に向けられた矢を信じられない目で見ていた。

「ごめんねぇぇぇっ、その人、名前は王さん。皇帝様の二千二百二十二番目の奥様が好きなんだってぇぇぇえ、でもそんなこと皇帝に知られちゃいけないことなんだよねっ、ところで本当は奥さん何人いるの、えっ」

煬帝は兵から目をそらし、しゃべっているその不気味《ぶきみ》な男に顔を向けた。

「お前は、いったい誰だ」

「あれ、言わなかったっけ。日《ひ》、出《い》ずるところの天子。向こうでは摂政皇太子《せっしょうひつぎのみこ》。長いと思うなら聖徳太子でいいよ」

「聖、徳、太、子」

「今日は挨拶に来たのさっ。といっても僕はもう挨拶したからこの人、さっき自分で言ったでしょ。李子通。よろしく」

李子通は本性《ほんしょう》を現して叫んだ。

「おぅら、どけどけぇい、おっと腕は動かすな。ちっとでも武器を動かしたやつは皇帝の顔に風穴《かざあな》を開けた罪人だ。離れろ。こっちは謁見に来ただけだ」

部下が下がっていく。煬帝は叫んだ。

「何が目的だ」

厩戸はまた笑う。

「南半分」

「なにっ」

「だってそうでしょぉぉぉぉぉっ、隋の領土はもともと北半分だけだったんだからあっ。あんたの父親が占領しただけでしょ。そろそろ返しなよ」

「何を言うか。もはや世界の全ては朕の威光に服しておる。今さら」

「くれないなら、こっちからいただくからね。ここにいる李子通がもらう」

「貴様ら何の分際《ぶんざい》で」

「僕は異国人だからいらない。でもあんたは何もかも持っているから、もっと色々欲しくなるんだ。半分にすれば朝鮮だの他だの、余分なものは欲しがれないよね」

厩戸は煬帝に指を突きつけた。

「憲法第二条、篤《あつ》く三宝《さんぽう》を敬《うやま》え」

突きつけた指が三本になった。

「三宝とは仏法僧《ぶっぽうそう》なり。意味はわかるかな。正義と平和と、愛だよ」

「お前ら、馬を下りろ」

李子通は煬帝の部下から馬を次々に奪っていった。

煬帝は怒りの余り言葉を失っていたが、やがて腹の底から言葉を押し出した。

「絶対忘れんからな。聖徳太子、それに李子通。地の果てまでも追いかけてお前らみんな解体してやるからな」

「せっかくありがたいこと言ってあげたのにぃぃい。あんたぁ憲法第一条の精神がわかんなかったみたいだねぇぇぇっ。まぁいいよ。あんたの大好きな江都《こうと》は僕たちがいただく。町は李子通がいただいて、女は僕がいただかせてもらう。愛さえあれば大丈夫だ」

厩戸はくるりと背を向けた。そのまま馬で走り去る。次の瞬間、馬に乗った怒濤《どとう》の騎馬部隊は、地響きをあげて煬帝の前から次々に背を向けていった。

一方、犬上襷が率いる遣隋使の船は、なぜか隋国の東都、華北《かほく》を避け、南に向けて舵《かじ》を切っていた。

妹子はなぜかと聞いた。襷は答えた。

「どうやら隋皇帝に会おうとはしていないみたいだぞ」

妹子が言うと、襷もうなずいた。皇太子がこちらに向かえと言ったのです。

「大体、大使というより、またなんか兵糧《ひょうろう》援助部隊みたいな感じですから」

「兵糧。また戦《いくさ》なのか」

妹子に悪夢がよみがえる。

「わかりません。今度の旅の目的地は、江都です」

高句麗からはるか南に、何日も船が揺れる。妹子はだんだん暖かくなる日差しと、温暖になる気候とは反対に、いやな気分がどんどんふくれ上がっていくのを抑《おさ》えることができなかった。江都。煬帝が建設した南海の大都市。あんなところに何をしに行くのだろう。

そんな不安の中でも日々は確実に過ぎ、船は目的地の江都の巨大な湊に着いた。

襷は、使者を出して迎えを呼ぶから、全員船の中に待機していてくれ、と告げた。

妹子は聞いた。

「厩戸に使いを出すのか」

「いいえ、皇太子はこの町の者に会えと」

「というと、誰に」

「福利《ふくり》」


十月、李子通は大軍を率い、一気に江都を占領した。そして国名を『楚《そ》』に変え、王を名乗った。

翌年、煬帝は軍隊を整備し、自ら遠征すると告げた。いずこに行かれますか。側近の王世充《おうせいじゅう》に聞かれて皇帝は一言《ひとこと》返した。

江都。

「李子通など怖《おそ》るるに足らず。しかしその後ろにいるあの聖徳太子は、朕が殺す」

江都は水の町である。

気候は北の東都、西の長安《ちょうあん》に比して温暖であり、煬帝は運河を建設し、何度も江都を訪れて滞在した。従ってこの町には皇帝の住まう宮殿も、何年かに一度訪れる皇帝だけのために最高級の美女を抱《かか》えた後宮《こうきゅう》も存在していた。

現在のところ、その宮殿は『楚王』李子通の住まうところとなり、役人たちは逃げ出していた。

ただ支配者は変わったものの、民《たみ》はさほど気にしはしない。下げられた税金の恩《おん》恵《けい》を享受《きょうじゅ》しはじめているところだった。

さて今、水の都、江都から一艘《そう》の船が出ていった。巨大な手漕《てこ》ぎの走舸《そうか》であり、何十人も漕ぎ手がついていた。風がある時のために簡単な帆《ほ》はついていたが、それは大体においてたたまれており、もっぱら人力をもって進む、単純だが丈夫な造りの船だ。

船の両舷《りょうげん》にびっしりと並んだ漕ぎ手。その中心に立っているのは小野妹子。その隣には福利。

今回の妹子の仕事は偵察《ていさつ》だ。煬帝が江都を奪い返しに出撃したと聞き、その軍の様子と数をひそかに調べに行くのだ。

犬上襷は李子通が江都を占領するのを確認して、倭国に帰った。どういうわけか妹子が江都に残されてしまったのだ。逆ではないかと思ったが、それが厩戸皇子の命令だそうだ。

厩戸は結局、江都にはいなかった。代わりにいたのは福利だ。福利は自分で故郷に帰ったと思っていたのだが、実は厩戸の頼みにより、隋国内のことを調べる仕事についていたらしい。十年近くもあちこちめぐりめぐったと言った。

船の上、妹子は倭国語を使い、今まで聞きにくかったことを聞いた。

「厩戸と、あの『楚王』とはどういう知り合いだ」

福利は首を振った。

「大した知り合いではありません。というより私が何人か選別し、最後はあの方が決定しました」

「決定って、何を」

「倭国が援助する男。皇帝に反逆させる、民を率いる首領」

「そんなやつが何人も選ぶほどいたのか」

福利は船の上で微笑《ほほえ》んだ。水面を静かに流れる対岸の景色。大陸南部の景色は平らだ。まるで水の上に町がならされているみたいだ。

「隋は煬帝が全てを抑え込んでいるわけではありません。というより、あやつが持っているものが強大であればあるほど、反発する力も大きい。そういう武装集団は、ここ一年であちこちで蜂起《ほうき》をはじめております」

「厩戸があの李子通を選んだ理由は」

「それは本人に聞いてみるしかないでしょうね」

確かにそうだ。

しかし妹子は何となく、『楚王』李子通とは肌《はだ》が合わなかった。漁民か農民の出らしく、言葉が乱暴でしゃべることも感情的で主観的。よほど参謀《さんぼう》に優秀な人材を得なければ、隋国皇帝に対抗できるほどの勢力になり得るかどうかは疑わしい。

李子通は盗賊団の首領としては人望もあり、それなりの政治力もあるだろう。集まっている兵は二万。江都を占領したので、今はさらに増えているはずだ。

煬帝に反乱を起こすという大それたことができただけでも、すごいことかもしれない。しかし隋の正規軍と戦うには、余りにもばらついた集団だ。

規律はゆるい。江都をあっけなく落としてしまったことで、増長《ぞうちょう》している気配《けはい》もある。

江都はほとんど無血で陥落《かんらく》した。もともと煬帝に逆らう武装集団があるなどとは思っていなかったらしく、町の守備兵の数は少なかった。

そこを二万の兵で取り囲み、開城しなければ運河を閉鎖すると宣言した。江都は水路があって初めて成り立つ。運河を閉鎖されれば、その日のうちに町は壊滅《かいめつ》する。

城は少しばかりは抵抗していたが、李子通が本当に運河に障害物を置きはじめた時点で降参した。その時には貴族たちは逃げ去り、城内の財や貴重品もあらかた持ち去られた後だった。

それでもたかが盗賊団が、煬帝のお気に入りの大都市を陥落させたということはすごいことだ。兵はすっかり舞い上がってしまった。

今、李子通の部下たちは毎晩女を取り替えて騒いでいる。はっきり言って見るにたえないし、隋軍をなめ切っている。皇帝が攻めてきても立ち向かえる気でいる。

だが遼東城ですさまじい死闘を経験した妹子に言わせれば、李子通の軍団など一刻ももたない。

厩戸はこんなやつを援助している。

理由があるのか。それとも、さしもの厩戸も異国人を見る目はないのか。

運河は長江《ちょうこう》と交差した。

今まで通ってきた運河もそうとう広いと思ったが、両岸を行き交う人々はしっかりと見えていた。あれはあくまで人工のものだった。長江は完全に、向こう岸が見えない。まるで倭国と百済の間に横たわる海峡のようだ。

川の流れは緩慢《かんまん》で流れていることすら感じられないが、走舸が進み行くごとに、横海に向かって押されていく巨大な水の重さを感じざるを得ない。深く黒い水は、横切って進むには余りにも過剰《かじょう》だ。この水が隋国人のほとんどの生命を養っている。江南《こうなん》に作物を育《はぐく》ませ、命を生み出し、そして殺し合いをさせている巨大な天の恵みなのだ。

水圧に抗して人力で進み行けば、ようやく対岸が見えてくる。長江の幅はさすがに百済との海峡よりは狭かった。

大運河は江都から長江をほぼ直角に交差して抜け、さらに北に向かっている。中国のもう一つの大河、黄河《こうが》に接続しているのだ。

長江を時間をかけて横切ったあたりになると、今度は行き交う船が増えはじめる。運河の両側にひしめく人間よりも、物資を運ぶ船の方が多いように感じる。少し町から離れ、湖沼《こしょう》地帯に入ったらしい。

ほとんどの船は通商であり、物資の運搬だ。長江の豊かな自然が産出する物資を、華北の政治的軍事的拠点へと運んでいくのだ。

妹子は聞いた。

「煬帝がこちらに向かっているのを偵察しろって仕事は、ひょっとして向こうと出くわすまでさかのぼっていくのかい」

「いいえ、そんなことをしたら江都に戻るのが大変です」

福利は首を振り、指した。

「あの湖と近くの丘が目印だそうです」

妹子が見ると、湖沼部の同じような平らで深々とした景観の中に、少しだけ高く盛り上がった丘があった。ひょっとしたら戦乱期の城跡かもしれない。

「あそこで待ちます」

「皇帝が川をくだってくるのをか」

「そうです」

「でもなぜ」

「そういう指令です」

「誰の」

「あのお方の」

福利はまた指した。

妹子は見た。川岸に人間がいた。

馬に乗って。少しばかりの兵が取り巻いていた。

声が響いてきた。

「蘇因高《そいんこう》、来たか来たか来たか、この国はうるさいうるさいうるさぁぁぁぁぁぁああぃ」

妹子たちは城跡に登った。跡というよりは、そこはもう砦《とりで》として整備されていた。倭国兵が数名、厩戸の周囲を守っている。もちろん守備にかなりの兵は残しておいた。人走舸は砦近くの橋の下に隠《かく》した。治安は悪く、船も狙《ねら》われるからだ。

間が余りにも多いせいか、厩戸は先に立って砦を上に登っていく。そこには石の投射器《とうしゃき》が据《す》え置かれていた。そして砦の向こうには運河が見える。明らかに投射器は運河を目標にしていた。というより、そこに行き交う船を。

厩戸は運河を見ながら言った。

「ここで楊広を待ちぶせる」

妹子はようやく気がついた。厩戸は話す時、いつも目を合わせない。視線だって、どこに向いているかさえわからない。それが一種狂人のような錯覚《さっかく》さえ与える。

しかしそうではない。妹子が知っているのは、いつも厩戸の横顔だ。大事なことを話す時は、いつでもこの男は横を向いている。それはなぜか。

耳を相手に向けているのだ。厩戸にとって横を向いた時こそが、相手と向き合う正面なのだ。

「皇帝が軍を率いて運河をくだってくるのをここで待ち受け、石を投げつけるんですか」

「さっすが、わかってるじゃないかぁっ」

「言っては悪いですが、そんなの焼け石に水じゃないですか、文字通り」

「時間稼《かせ》ぎ。その通りだ」

「高句麗での戦い。あれで高句麗は完全に全力を出し切りました。乙支文徳《ウルチムンドク》将軍も戦いで命を使い切りました。それでできたことは煬帝の足を数年止めただけです。ひょっとしたら十年止めたかもしれませんが、そんなに大きな違いではないでしょう。私たちだって戦わなかったとは言わない。本当にこれでもかというくらい戦いましたよ。やってることは、いやになるくらい単なる時間稼ぎでしかないのですがね」

「それで、いいんだ」

「ひょっとして皇太子は、煬帝の命が終わるまで、こうした足止めを続けていく気ですか」

「何でわかるんだ」

「いえ。乙支文徳将軍も同じようなことを言っていました」

皇帝が死ねば必ず後継争いが起きる。そうなればまた。

厩戸はうるさそうに運河に向かって手を振った。

「この国はうるさぁぁぁぁいっての、人間がい過ぎる。僕はそんなにひまじゃなぁぁぁぁいいっての。楊広ちゃんがのんびり寿命で死ぬまで待ってられるかってぇの、僕はこんなうるさい国なんてぜっぜったいすぐに出てってやるからなぁぁぁあああああ」

「帰りたいのは私も同じです」

「近いうちにな」

「お役御免《やくごめん》にしてくれるんですか」

「楊広が死ねば」

「倭国が援助している李子通に、死を覚悟で突撃でもさせるんですか」

「あいつがするわけがない。それにあんなの、敵が宮殿に着く前に農民上がりの警備兵にひねられてしまうだろ」

「わかっているなら、なんであんなやつ」

「別に誰でもいい。江都を占領して楊広をおびき寄せてくれれば」

妹子はお手上げだと言いそうになった。

「まさか、こんな投射器一つで煬帝を倒せるとでも」

「キリスト様が味方してもそんないいことは起こり得ない」

「わかりません、皇太子。あなたは、何をこの国でやろうとしているんですか。かなわないのは承知で、一矢《いっし》報いようとしているんですか」

「最初はそれもいいと思った。遼東城では本当に死にかけたからな。死んでもいいと思ったし。でも最近ようやく聞こえてきた」

「何が」

「楊広は、長くないよ。僕たちが何もしなくてもきっと」

兵が走ってきた。

「皇帝の竜工船、来ます」

「わかった。戦闘準備」

妹子は思わず一歩前に出た。

「どうしてそんなことが言えるんですか」

「高句麗を攻めたからだ」

厩戸は話をしはじめた。

話が終わった時、福利が叫んだ。

「皇帝の竜工船、見えます」

煬帝の竜工船。

長さ二百丈。高さ四十五尺。移動式宮殿をしのぐ巨大さ。四層構造の船室が据えられ、最上階には正殿《せいでん》、内殿、東西の朝堂《ちょうどう》があり、中の二層にはそれぞれ百以上の部屋がある。最下層には皇帝直属の精鋭が馬と共に乗船し、敵を警戒している。

船首には天高く、あたりを睥睨《へいげい》する竜の首が彫りつけられている。その竜の首は、あたりにあるどんな建造物よりも高い。うろこには金箔《きんぱく》が張られ、眼球には玉《ぎょく》が埋めこまれている。

それは巨大な竜が運河に横たわり、うねりつつじりじりと進んでいるかのようであった。船が運河を進むたびに、外側を覆《おお》っている鉄甲が日を反射し、きらびやかな色彩を運河に跳《は》ね与える。

竜工船の両舷には、弓を構えた兵が一瞬の油断もなく狙いを定めたまま立っている。その数少なく見積もって片側だけで数百人、鉄の鎧で船は覆われ、さらに人間の弓が一寸のすきもなくあたりを威圧している。それは間違いなく一つの浮かぶ城であり、生きている竜そのものである。

皇帝の竜工船が巨大な要塞《ようさい》だとすれば、その周囲にひしめくのは浮景《ふけい》早船。竜工船の周囲、前後左右そして斜めに座し、皇帝の船を囲む。早船であるがその層は三層、かの魏《ぎ》の曹操《そうそう》の三段楼船《ろうせん》にもひけを取らぬ巨大な船が、漂《ただよ》う大皇帝を守護するためにだけ八台陣をなす。

その後につらなる翔船。これは宮殿の皇后や女官たちを乗せた、派手な船である。その周りをそれぞれ数百艘の走舸、艇舸《ていか》が取り巻いて護衛する。先頭から始まって船の列はすでに数里《り》、いやもっと長いはず。果ては見えない。一日で終わる行進ではなさそうだ。

船ばかりではなく、運河両岸を騎兵が数十列で行進し、旗指物《はたさしもの》は野を覆う。兵の数、きっと百万以上。

妹子は呻《うめ》いた。

「かなうわけがない。最初から、かなうわけなんかなかった」

李子通の軍、僅《わず》か数万。しかも、規律はゆるいばらばらの盗賊団。この行進の最初の一端《いったん》が到達しただけで、飲み込まれ消えてしまうだろう。

妹子は、このまま逃げましょうと言いそうになった。たとえ厩戸の話があっても、現に煬帝のこの行進を目にしてしまえば。

だが厩戸は言った。

「時間稼ぎだよ」

「稼げません。石なんか投げても、あの皇帝の船の装甲に傷一つつきませんよ。逆にこちらが包囲されて終わり」

「そのために僕らが福利の、この精密な投射器があるんじゃないか。わぁぁぁぁあ、うるさい行進だねぇぇぇぇぇ」

厩戸は兵士たちに合図を送った。

「福利、狙い通りに頼むよぉぉぉぉっ」

「はっ」

兵が投射器に大きい石を載せる。人間に当たれば、ただではすまないだろう。しかし長さ二百丈もの竜に当てても、なんとも感じまい。そのそばの楼船に当たったとしても同じ。かえってこちらの居場所に、何万もの兵が殺到する事態を招くだけではないか。

妹子の恐怖をよそに、厩戸は平然と叫ぶ。

「狙えぇぇぇぇぇい、撃てぇぇぇぇぇぇぇぇ」

石が飛んだ。

風を切る峻烈《しゅんれつ》な音。妹子の耳に数瞬遅れで落ちてきた。

巨大な石は天高く舞い上がり、ゆっくりと弧《こ》を描いて皇帝の座す竜工船の鼻先をかすめ、斜め左を守備する巨大楼船のそばに落下した。

大きな水柱が上がり、楼船がはずみで斜めにかしいだ。遅れて運河上に、巨大な波紋が大船団の船底を滑っていく。

厩戸が叫んだ。

「はずれたじゃないかぁぁぁぁぁぁっ」

「もう一発」

福利が兵を慌《あわ》てて動かした。妹子が振り返った。

「敵兵がこっちに来てる。急がなければ囲まれてしまうぞ」

運河脇の道を馬上で並んでいた兵が方向を変えてくる。その数だけでも数万か。さらに近くの船が停止している。

「もう一回、もう一回だけ撃てます」

福利が叫ぶ。

「ちゃんと狙ってよぉぉぉぉぉぉっ」

厩戸がわめく。妹子はすんでのところでわめき出しそうになった。意味ないじゃないですか。

この程度の石、竜工船に当たっても皇帝には何の打撃もない。兵を直撃でもすれば一人くらいは即死させることはできるかもしれないが、船を狙ってもうまくいって一隻に穴を開ける程度。

百万の敵が迫っているのに、そんな狙いの石を一発はなったところで。

「撃てぇぇぇぇっ」

厩戸。颪の音。

妹子は見た。

再び舞い上がった石が弧を描き、向かうところ。竜工船。

船の先端の竜の彫刻、石は見事に竜の顔面を直撃し、目の宝玉《ほうぎょく》をはじき飛ばした。

運河に散乱する木片。細かく振動する竜工船。跳ね上がって反対側に落ちる石。

再び上がる水柱。

「やった」

福利が叫ぶ。妹子はついに聞いた。

「やったって、あんなのに当ててどうするんですか」

「何言ってるの。蘇因高。お前には聞こえないのかぁぁぁっ」

『皇帝様、戦いの前に竜の目が潰れるとは不吉、皇帝様だけでも東都に引き返しましょう』

『何を言うか。そんな迷信など捨て置け』

「楊広は戦いたいかもしれないけれど、部下は誰もはるかな南にまでくだって来たくはないのさ」

「たったそれだけのために投射器を用意して、こんな危ないまねをしたんですか」

「わかってるじゃないのぉぉぉぉぉっ。それじゃ逃げるぞ。蘇因高」

厩戸たちは砦を走り出た。すでに多くの兵の足音が迫っていた。

隠してある走舸に来たところで、厩戸は言った。

「江都へはお前一人で戻れ」

「皇太子は」

「僕は福利と一緒に行くからねぇぇ。色々とすてきなものを工作して造ってもらう」

妹子はいったん、走舸を湖に大きく出して隋軍から逃れた後に、運河に戻った。砦はもぬけの殻《から》だったはずだが、竜の目が壊されたのがまだ響いているのか、大船団はとどまったままだった。

妹子は江都に向けて走舸を返しながら、思い起こしていた。

厩戸は言った。時間を稼げ。楊広は、長くない。

楊広は長くないよ。高句麗を落とせなかったから。高句麗に二百万の兵をもって攻め込んだから。

『もし最初の二百万の遠征の時に高句麗が落ちていたら、事態は全然違っただろう。二百万の兵が平壌や他の城を略奪《りやくだつ》し、食料は根こそぎ食われていただろう。追い散らされた高句麗の兵や民が百済や新羅に流民《るみん》となって押し寄せ、玉突きのように倭国にも溢《あふ》れてきただろう。ちょうど大陸が全て隋によって支配された、あの年のように』

九州に溢れた流民。

『ひょっとしたら隋が攻めてくる前に、流民によって倭国は占領されていたかもしれない。ただ僕はいずれにせよ、結果は同じと見るけれどね』

妹子は聞いた。

『同じ結果とは』

『見えているじゃないか。いくつもの町で反乱が起きている。李子通なんて多くの中の一人に過ぎない。ただ弱くて倭国にとって扱い易《やす》そうだったから援助することに決めただけだ。李子通の他にも杜伏威《とふくい》とか、何人も候補の集団はあった。蘇因高、お前ならあの場に行ったら驚くかもな。盗賊の大集団が、びっしりと狭いところを埋め尽くしていたよ。長白山《ちょうはくさん》という山だったかな』

『たかが盗賊集団でしょう。倭国にもいっぱいいます。それで天皇の権威が揺らいだことはありません』

　厩戸は笑う。

『たとえば、その倭国の盗賊集団が一万だったら』

『集団の数が一万ということですか』

『煬広にもやり直す機会はあった。だけどもう機会は失われた』

　厩戸は言った。

　隋が高句麗に投入した二百万の兵。高句麗は全てを殺したわけではない。ただ打ち払って追い払っただけだ。結果どうなったか。

　飢えた兵が高句麗領内に溢れた。それは妹子も見たことがある。だがそれらの兵も、結局は隋国に撤退《てったい》していった。

　この時、煬帝が撤退してくる兵を受け入れて再編成するか、故郷に帰していれば今の隋はなかったはずだ。しかし煬帝にとっては、敗残兵は死んだ兵と変わりはなかった。撤退して領内に入ってくる兵など、一切目もくれなかった。なにしろ百万の兵だ、再編成して故郷に帰すなど莫大《ばくだい》な費用がかかる。そしてその時は、ちょうど煬帝の二度目の高句麗遠征と重なってしまった。

この二度目の遠征がもしうまく行き、遼東城が陥落して高句麗が占領されていれば、撤退はゆるやかなものとなったかもしれない。

現実は違った。妹子が壮絶《そうぜつ》な死闘を演じた遼東の城は落ちなかった。煬帝は再び撤退せざるを得なかった。

『この時、運命は変わっていたんだ』

どういうことが起きたか。言われてみれば当たり前のことだ。高句麗国境、隋国華北の地に、突然百万以上の流民が出現したのだ。

しかもそれは、ただの飢えた人々の集合体ではない。もとは煬帝の集めた精鋭、全員が武装している。

妹子は思い出す。九州の地の混乱。果ては略奪。

それが百万人という規模で発生してしまったのだ。襲撃された村は、自らも強盗《ごうとう》となって隣の村を襲う。それを玉突きのように繰り返して、隋国の華北は大乱状態になる。

何のことはない。煬帝は自分で、百万もの反乱軍を自国の中に造ってしまったのだ。しかも同じ隋国人であるだけに、全くそれが意識されていないという状態になっていたのだ。

楊玄感の反乱が華北で起きたのも当然。大した能力のない楊玄感でさえ、たった一声かければ二十万もの兵が集まった。しかも皇帝は国境の外に出ている。野望のある人間に、何もするなという方が無理だ。反乱は起こるべくして起きたのだ。

煬帝が出した二百万もの兵。それがそっくり華北に反乱の渦《うず》をもたらした。しかし高句麗遠征に成功しても事態は変わらない、と厩戸は言う。

高句麗には二百万もの兵を養う土壌《どじょう》などない。妹子も知っている。冷たい土地。峻烈な気候。たとえ高句麗が壊滅しても、二百万の兵は食べ物を得ることができずに、あちこちに溢れ返ったことだろう。

半島の小国を攻めるのに、あれだけの人間は必要なかった。絶頂の極《きわみ》にあった煬帝は、他の国々に見せつけるためだけに、莫大な数の人間を動かした。

それが今や、自らの首を絞《し》めつけることになる。

ついに華北でも食えず、あるいははじかれた集団が大陸全土に広がりはじめている。大陸は巨大過ぎて、その日々の動きは微々《びび》たるもので、目には見えないかもしれない。しかし一年という尺度で見れば、反乱は確実に大陸の奥地まで至りはじめている。

厩戸は繰り返した。

『楊広は、長くない。ただ僕たちは時間を稼ぐだけでいい』

『それはわからない。でも倭国は隋を直接攻撃しなくてもよくなったんだ。ただ隋国人同士で殺し合いをさせておけばいい。そのために李子通に江都を攻めさせた』

『煬帝を呼び寄せるために』

『そう。成功。だから蘇因高、できるだけ長く江都にやつを引きつけておいてね』

『いつまで』


江都。

えんえん十数里にもまたがる城壁によって守られた町は、流れる水路を使った堀の町でもある。城の中と外を分けるのも堀ならば、町を囲う城壁を外と隔《へだ》てているのも堀だ。

夜。

戻った妹子から報告を受けた『楚王』李子通は、例によってみんなと酒盛《さかも》りの真っ最中だった。

「何だと、皇帝の軍勢が大軍で運河をくだっているだと」

「そうです。福利たちが少し足止めしましたが、そんなの大して役に立っていません。ほどなくここにやってくるものと思われます」

李子通は杯を叩《たた》きつけた。

「上等じゃねえか」

　立ち上がって前に進み、兵士たちを見下ろしてわめきはじめた。

「野郎ども、ついに皇帝自らが、この李子通様と決着をつけようって向かっている。俺様に恐れをなしているってのは見え見えだが、わざわざ自分から出向いてくれるとは捨てたもんじゃねえ。俺様と野郎どもの力からすれば、こんなちっぽけな町一つじゃもの足りねぇのは確かだ。この際皇帝の首をいただいて、隋国全土を俺たちのものにしてやろうじゃねえか」

　おうっ、兵たちが酒を片手に答えた。

　李子通がおなじみのように手をたたいた。

　するとたちまち城内は宴《うたげ》の席に変わり、楽団が曲を奏《かな》ではじめた。待っていたように広間の真ん中で女たちが踊《おど》りはじめる。数は兵たちより全然少ないが、百人以上はいる。

　女たちはみんな若く、この近くの土地の出身だった。中には占領地から流れてきたのだろうか、林邑《りんゆう》や赤土《せきど》出身の浅黒い目をした大きい顔の女たちが、多数混じっていた。

　兵が大声を上げてはやし立てる。女たちが過剰な笑顔を振りまく。毎晩がこれだ。

李子通は兵が女に視線を移すや、急に真顔《まがお》になって妹子に聞きはじめた。

「で、見たところ皇帝の兵はどれくらいだ」

「百万くらいで」

妹子は全然酔っていない李子通に、状況を説明しはじめた。

李子通も愚《おろ》かではない。兵の前では余裕《よゆう》を見せていなければならないのだ。だから過剰な演技も時にはする。

それに李子通は絶対権力を握っているわけではない。ただの盗賊団の首領に過ぎず、部下たちに分け前も与えてやらなければならない。でなければ兵は逃げ出して、別の頭目《とうもく》のところに行くだけだ。

しかし、妹子は思う。

こんな状態では時間など稼げない。

小野妹子《おののいもこ》 贄《にえ》として高き竜頭《りゅうとう》に縛《ばく》し 黒駒《くろこま》 太子《たいし》と共に江都《こうと》上に浮く

ついに煬帝《ようだい》の船団は現れた。

小野妹子《おののいもこ》は交代で見張りについていたが、あの特徴ある竜の首が視界に出現した時には、ついその眼光《がんこう》を確認してしまった。

どうやら眼球はないままのようだった。煬帝は自らの意志を押し通したのだが、昔の煬帝であれば、宝玉《ほうぎょく》の一つぐらい瞬《また》く間に持ってこさせたのではないだろうか。

考えている間にも、城内では李子通《りしつう》がみんなに活《かつ》を入れて回っていた。

「野郎ども、楚《そ》王国の戦いというやつを見せてやろうじゃねぇか。言ぇとくが逃げ出したり、泣きわめいたり、その他気にいらねぇことをしたやつは即刻、斬る」

兵は城壁に弓を持って並ぶ。しかしかつての遼東《りょうとう》城の戦いを知っている妹子にとっては、どうにも統制が取れていないように見える。あちこちの部署で、すでに弓の位置をめぐってくだらない争いまで起こっている。

李子通は妹子を呼んだ。

「ちっとばかし手伝ってくんねえか」

どうやら前線とは違う仕事をさせられるらしい。百万の軍勢が迫っているので妹子としては気が気でなかったのだが、そんなことは顔には出せない。

李子通は城の絵図を出した。

「俺の手下数名とあんたとで、城内の運河をいくつか塞《ふさ》ぐ」

妹子は少し驚いた。

「水路を塞いだら城がまわらないのでは」

「今は危急存亡《ききゅうそんぼう》の時だ。城がまわるまわらないなんて言ってられねぇや。女たちが身体《からだ》をみがく水がないからって騒ごうが、知ったこっちゃねえ。手分けしてやってくれ」

「目的は」

「すぐにわかる」

別に反対する理由はなかった。

李子通は見かけよりは頭がまわる。そうでなければ、二万人以上の兵を束《たば》ねているはずがない。妹子が頼りなく思うのは、あの高句麗《こうくり》の軍神、乙支文徳《ウルチムンドク》と比較してしまうからだろう。

そう。李子通の軍は寄せ集めで、遼東城のような防御《ぼうぎょ》は望むべくもない。しかる厩《うまや》に押し寄せる兵は、補給も十分な百万。今度こそ勝てるわけないではないか。厩戸《ど》は時間を稼《かせ》げと言ったが、その前に死んでしまっては元も子もないじゃないか。

妹子が命じられた運河は石の滑《すべ》り戸があって、それを下ろせば自動的に閉鎖《へいさ》される。これはおそらく洪水よけだ。それをしながら妹子は、情けない話だが、自分だけ逃げる方法はないかと考えていた。

李子通の軍など、三日ももてばいい方だ。煬帝の精鋭が城に乗り込んでくれば、中にいる者は女子供をのぞいて皆殺しだろう。そんなのに巻き込まれて死ぬ理由は、妹子にはなかった。

しかし遅い。いつも自分は、ぐずぐずしているうちに逃げられなくなる。戦闘は始まっていた。

城門のあたりでときの声が湧《わ》いた。おなじみの矢と火矢の射たれる音。兵が城壁をよじ登ろうとする揺れ。

城壁の周りで炎が上がった。水路で寄せてくる隋《ずい》兵の船に火が移ったのだろう。楚兵が石を投げ下ろす。水柱。水音。波紋《はもん》。

運河を閉鎖した妹子は城に戻った。しかし李子通はいなかった。やはり戦っているのだろう。またそうでなければならない。

一番戦闘が激しい城門付近に走った。剣を抜いた。また戦うのか、いつまで戦うのか、一生こんないやな思いをし続けるのか。

すでに何人かの隋兵が、城壁の中に転がり込んでいた。江都《こうと》の守備は高句麗より全然甘い。たった一刻戦っただけで、城壁の守備が所々抜けている。

城の中で大勢を相手にしている隋兵。妹子は背中から鎧《よろい》のすき間を狙って刺した。つもりだったが、金属に当たっていやな音がしただけだった。

隋兵がこちらを向いた。剣が振り上げられる。しまったと思った。

だが次の瞬間、槍《やり》が隋兵の身体《からだ》を串刺《くしざ》しにしていた。何人かの兵に混じって李子通がいた。

「運河は閉鎖したか」

「自分の持ち場はやり終えた」

「よし。いいか、俺から離れるんじゃねえぞ。あんたは大切なお客だ」

李子通はしばらく数人の隋兵と軽く撃《う》ち合うと、城に向かった。兵に声をかけるのを忘れない。

「敵をたくさん殺したやつから女抱き放題だぜ。でも逃げたり降参したりしたら、その場で斬り捨てるからなあ」

はげましになったかどうか。すでに何人もの隋兵が壁を越えて入り込んでいた。

一か所が崩れれば、それを補うために両側に負担がのしかかり、それによって共倒れになる守備兵が増えていく。

三日は甘かった。一日ももたないだろう。

妹子は李子通について城の中を走る。つい聞いてしまった。

「まさか城で討ち死にしようって言うんじゃないでしょうね」

「それこそまさかだ。俺様はいざとなったら、あんたなんぞ放り出して自分だけ助かるぜ」

平気な顔で恐ろしいことを言う。

「助かる方法は」

「あんたに運河を閉じてもらっただろ」

李子通は城に入ると、そのまま走って地下に向かう。部下に叫んだ。

「みんなをここに連れてこい。適当に戦って敵を釘づけにしてからな」

李子通は地下の床を持ち上げた。かびっぽい臭《にお》いと共に、立ち昇る水の臭い。

妹子は見た。水滴《すいてき》がしたたる音。魚が跳《は》ねる音。城の地下に、人間が数十人は一度に通れるほどの広さの道が開いていた。

「地下道があったのですか」

「地下道じゃねぇ。運河だよ。城の排水を外に出す」

「しかし水がない」

「あんたたちが閉鎖したからな」

妹子は納得した。

「逃げ道を開いたのですか」

「しょせんは盗賊《とうぞく》上がり。逃げ道は大切だからな」

李子通。やはり愚《おろ》かではなかった。この城がもたないことを誰よりも知っていた。

「倭国《わこく》のお客さんよ。あんたはここを通って先に逃げとけ。俺はいよいよとなったら、なるべく多くの部下を連れて行かなきゃならないからよ」

江都はあっさりと煬帝に奪い返された。

李子通の部下たちは半数以下になってしまったが、それでも一万人近くが脱出に成功した。

李子通はとりあえず付近の村に部下たちを集め、前に立った。

「野郎ども、よくやった。よく生きのびた。女たちはいなくなっちまったが」

ここで兵がかすかに反応した。うまく笑いは取れなかったようだ。

「まぁもとに戻っただけのことだ。また女たちが抱けるように派手にやらかしてやろうぜ」

おう。負傷していない兵が手を上げた。

兵はしばらく村に分散し、ほとぼりの冷めた頃に砦《とりで》を造る算段となった。江都を占領していた頃に税を下げたので、李子通は村人たちに快く受け入れられていた。妹子は説明した。糧秣《りょうまつ》は時々倭国が援助できるから心配はいらない。

「何とか江都にいる皇帝を困らす方法を考えて下さい」


李子通が考えたのは、江都の機能をマヒさせる作戦だ。江都にいる百万の皇帝軍を、正面切って叩《たた》くことなどできはしない。少数の兵で繰り返しつつき、相手にひたすらいやな思いをさせることだ、と李子通は言った。

それには運河に手をかけるのが一番いい。といっても、運河は一都市を潤《うるお》す一大水源だ。皇帝の竜工船が束になって通行できる川幅がある。

皇帝軍だって見張っていよう。とても村の中に潜《ひそ》んでいる兵だけで、運河を塞ぐなどという大仕事ができるはずはなかった。それをすれば、江都は壊滅《かいめつ》するということはわかっていても。

李子通は逆転の発想を行った。

水を塞ぐことができないのならば、逆に溢《あふ》れさせてしまえ。江都に入ってくる大運河は、町の中で幾重《いくえ》にも分かれる。

それは人々の生活用水になり、生活排水を流す下水《げすい》にもなる。長江《ちょうこう》の支流の一つを丸まる手にしている江都ではあるが、排水は何百と割れた細い枝だ。排水を塞ぐ。江都の出水が海に注いでいる箇所《かしょ》は城の外、探せばすぐ見つかる。そこを手当たり次第に塞いでいく。なにしろ長江の支流が日々流れ込んでくる江都だ。下水が十本も詰まれば、たちまち町の中に汚水が溢れ出す。

調査に来た兵を潜んで待ち受ける李子通軍。油断していた隋軍はあっけなくやられ、持っていた武器兵糧《ひょうろう》は戦利品となる。

皇帝の命令一下《いっか》、万という軍勢が下水に押し寄せることもある。それは斥候《せっこう》部隊が素早く察知《さっち》してさっさと逃げ出す。兵士たちは詰まった排水を開通させるためだけに、万という人数を繰り出すはめになったのだ。それも数日経てば、また詰まらされる。

たまりかねた隋軍は城壁の外、下水の巡回をはじめた。しかし江都は大都会、城から出る何百という下水の端々《はしばし》まで監視化に置くことはできないのだ。

このころになれば、李子通軍は村人の手引きを受けることができるようになっていた。倭国から来た物資を分け与えていたからだ。

隋軍は下水の巡回という気分が乗らない仕事をしている時に、不意に普通の農民の格好《かっこう》をした李子通軍に襲われるはめになった。

排水は相変わらずうまくいかず、隋軍は少しずつ気力を失っていっていることが、城に送り込んだ間者《かんじゃ》の知らせで入ってきた。

妹子は時々は作戦に参加したが、普段は村と倭国を橋渡ししていた。船は倭国から金を持ち出し、百済《くだら》かどこかで兵糧などにかえ、李子通軍に運ぶという段取りでなされていた。

時間を稼げ、厩戸は言った。煬帝は、今のところ江都を抑《おさ》え込んでいる。効果があるのだろうかと最初は考えた。

そうこうしている間に、次々と新しい動きが知らされてくる。華北《かほく》の地で挙兵した李密《りみつ》という豪傑が、東都洛陽《とうとらくよう》に迫っている。しかもその兵はふくれにふくれて五十万。もともと才ある人間だったらしく、あちこちの盗賊団を吸収して大勢力になったということだ。

洛陽が苦戦しているどころか危《あや》ういという報を聞いて、煬帝は側近の王世充《おうせいじゅう》に五十万の兵を与え、李密討伐に向かわせた。

江都の守備兵が一気に半分になったと妹子が知った時には、今度は盗賊団の首領、杜伏威《とふくい》が運河沿いの地方を占領した。

皇帝は都長安《ちょうあん》や東都洛陽の間を杜伏威に閉ざされ、江都に孤立してしまっていたのだった。妹子は悟《さと》った。末期症状《しょうじょう》だ。

長くない。

煬帝はまた兵を割《さ》き、陳稜《ちんりょう》という将軍に杜伏威討伐の令を与えた。しかし杜伏威も、だてに皇帝の目と鼻の先に陣を構えてはいない。なかなかのつわもので戦闘は長引いていた。

煬帝は疑心暗鬼《ぎしんあんき》になり、発作《ほっさ》的に近くの村を襲わせた。民《たみ》はますます皇帝から離れ、進んで李子通軍に加わる者も出てきた。

妹子はそんなある日、眠っているところを起こされた。

「隋兵が迫っています、この村を離れるよう首領から指示がありました」

妹子が眠い目を開けながら見ると、知った顔はいなかった。李子通の部下は最近増えているから、覚えていなくても不思議はない。

妹子は連れられて村を出た。隋兵が来るという割りには村は静かで、何の騒ぎもない。おかしいなと少しだけ思った。李子通ならまず村人を逃がす。自分の支持母体だから。

なぜ妹子だけが。気がついて歩みを止めた時は遅かった。妹子は後ろから殴《なぐ》られた。

「悪いね。あんたの身柄には褒賞《ほうしょう》がかかっているんだよ」

もう一度殴られた。妹子は気を失った。

気がついた時、目の前には見覚えのある顔があった。ものすごく覚えがあるのだが、なかなか思い出せなかった。きっともっと若い時に見た顔ではないかと思った。こんなに老《ふ》けていなかったし、太ってもいなかった時のような。

瞬間、思い出した。

相手は口を開いた。

「朕《ちん》は覚えておるぞ。お前は倭国の外交大使として、朕の前にぬけぬけと顔を出したな。あれはいつのことであったろうな」

吐《は》き捨てるように言う。妹子は思わず反射的に逃げ出そうとした。だが両手を縛《しば》られている。ぶざまに転がった。

「忘れてしまったが、とてつもなく無礼《ぶれい》な書を持ってきよったのう。いったいどういうところなのだ、倭国というところは」

目の前にいるのは煬帝その人であった。

妹子は縛られていた。

風が当たる。この高さでは風は単なる風ではなく凶器だ。妹子の体表の熱を奪い、肌を無限に突き刺していく。

目の下には水だ。大運河の黒く深い水が、波もなく、まるではるか昔からそこにあったかのように沈んでいる。

船は静かに揺れる。波紋もないので動いてはいないはずだ。しかしめまいがひっきりなしにして、船の揺れと共に、自分が宙を飛んでいるかのように錯覚《さっかく》してしまう。

吐き気がする。吐きたくても腹の中のものはとうに吐き尽くしていた。高さを怖《こわ》いと思ったことは一度もなかったが、ここまで高いところに登ったことがないからだということを知った。

妹子は縛られていた。船の舳《へさき》。

隋の煬帝の竜工船。厩戸《うまやど》皇子が投射器で目玉を壊した竜の頭、そこにぐるぐる巻かれて縛りつけられていた。

「お前が自らで竜の目の償《つぐな》いをせよ」

煬帝は言った。

最初、煬帝は妹子を『解体』して、それで終わりにするはずだった。その前に将軍朱寛《しゅかん》が二、三発殴ってくれたが。

「聖徳太子の居場所を吐け」

朱寛はそう言って殴ってきた。

全然知らない。いつもあいつの居場所はわからない。突然現れて、すぐどこかに行ってしまうんだ。

妹子は泣きわめいたが、聞き入れてくれるはずはない。煬帝は面倒くさそうに言った。もう良いわ、役に立たないのなら殺して城の中にさらせ。

朱寛はうなずいた。

「わかりました。まず手足からばらします」

妹子はこの時、世界一蒼白《そうはく》な顔をしていただろう。

ただこの瞬間、部下が飛び込んできた。

「城の中に、このような書が」

朱寛は不快気《ふかいげ》に部下を振り返った。

「何だ、このような時に。皇帝の御前《ごぜん》であるぞ」

「はっ。申し訳ございませぬ。しかし大量に、まるで空から降ってきたがごとく」

部下は何百枚という木片書を抱《かか》えていた。

皇帝が少しだけ興味を示した。

「何事であるか、見せてみよ」

部下が恭《うやうや》しく一枚を手渡した瞬間。

「なんだこれは」

煬帝は書を叩き返した。

妹子はどこかで見たような場面だなと思った。見るともなしに、投げつけられた書をのぞいた。


『日出処天子致書日没処天子』


風が肌を刺す。

煬帝は、その場で妹子を殺すのをやめた。

代わりに朱寛に言った。

「明らかに聖徳太子は、この男を朕が手にしていることを知って挑発をかけてきたのだ。こやつを目立つところに縛りつけておけ。聖徳太子をおびき寄せる餌《えさ》に使えよう」

「目立つところとは」

「そうだな」

煬帝は運河に目を向けた。

「高いところで、誰からもよく見えるところでなければならぬな」

縛りつけられてどれくらいの時が経ったろう。いくらなんでも煬帝が精鋭と共に守る水の要塞の竜工船に、攻撃は仕掛けられまい。攻撃を仕掛けたにしても、こんな竜の首の一番頂点にいる妹子を救い出す方法などない。

水。そう言って乙支文徳将軍は死んだ。妹子もそう言って死ぬのだろうか。風で肌が乾き、のどが焼けつく。将軍と違って妹子は本当に渇《かつ》えている。目の前にこんなにも水があるというのに。

そろそろ終わりか。目の端に、何か気味悪いものが次々に浮かび出した。

ケミ、毛人《えみし》。

目の前が暗くなっていく。

「起きろ」

頬《ほお》を叩かれた。

「寝てるなぁぁぁぁぁぁっ、起きろってぇぇぇぇぇのぉぉぉぉぉっ」

妹子は目を開いた。とてつもなく懐《なつ》かしい声だ。しかし夢だとしか思えない。

夢ではなかった。何と厩戸皇子、竜の頭の上に仁王《におう》立ちしていた。

次の瞬間、妹子のいましめは剣によって切られた。厩戸が短剣を抜いたから。妹子は滑り落ちそうになり、慌《あわ》てて竜の頭の突起《とっき》をつかんだ。なにしろ高さはめまいがするほどだ。

妹子は風を感じた。殴られた顔面が痛い。竜の上には厩戸一人。

「皇太子《ひつぎのみこ》、いったいどうやってここに現れたんですか」

「空から風に乗って降りてきた」

またそんな。言おうとしてさえぎられた。

「うるさいことは言わなぁぁぁいっ。李子通が時間を稼いでいるうちに、逃げるぞぉぉぉぉっ」

妹子は気がついた。水面。何十隻《せき》もの船。李子通が走舸《そうか》を結集させて、竜工船に攻撃を仕掛けているのだ。さっき気を失う寸前に見た黒い集団は、それだった。

何ということ。いかに煬帝の兵が半分以下に減っているとはいえ、李子通は煬帝の本隊を襲撃しているのか。

「まさか私のために」

「他に何がある。おかげですごい借りをつくっちまったぁぁぁっ、余り時間はないし、あいつらが逃げる算段もしなくちゃいかん、さっさと逃げるさぁぁぁぁ」

厩戸は、高いところに妹子を引っ張り上げようとする。だが、妹子の手足がしびれているのでうまくいかない。

その時だった。

「待てぇい」

低い声。

妹子は振り返った。

隋国皇帝、煬帝。

竜工船の最上階、正殿《せいでん》の屋上に登り、こちらを見上げている。そばに兵が数名、弓を構えている。風が強いし位置が低いので、竜の首までは矢は届かないと思うが、煬帝の声は届いた。

「待っていたぞ、聖徳太子」

「僕は待ってないよぉぉぉぉぉぉっ」

「下の兵もお前の仕業《しわざ》か」

「あんたの兵が急に減っちゃったことかぁい。僕のせいでもあるし、あんたのせいでもあるよ」

妹子は下を見た。李子通の小さい走舸の攻撃に対し、竜工船の反撃が意外に少ない。万単位で守備兵が脱走しているのか。

「あんたの百万の兵、いちいち脅迫《きようはく》していたら時間が足りないと思ってやめてたんだけどね、李子通の部下たちが呼びかけたら、勝手にさっさと逃げてったよ。あんたひょっとして顔が悪いんじゃないのぉぉぉっ」

「なぜだ。なぜそんなにも倭国は朕の邪魔をする」

「逆だろぉぉぉぉぉっ。僕はこぉんなにちっちゃい頃からあんたの心配ばかりしていたよ。もう四十の大人だ。僕の人生返せってぇぇぇのぉっ」

妹子もずっと煬帝の隋国を相手にしていた。ほとんど一生だ。

煬帝が一歩前に出た。厩戸が短剣以外持っていないことを察したらしい。

「何がいかんのだ、朕の。朕は世界を一つにし、争いをなくそうとしたのだ。国がいくつもあり、支配者が何人もいる。領土をめぐって相争い続けていたのが、わが帝国以前の世界ではないか。そんな状態で平和が得られようか。天子は一人で良い。世界が一つになれば争いはなくなり、ただ交易と交流のみが行われる。一体何がいかんのだ」

「いかんいかんいかん。最悪じゃんよぉぉぉぉっ、人間はしょせん一人だ。世界にこんなにうるさい人間たちがぐちゃぐちゃしているのに、一つにまとまるわけがないんだよぉぉぉぉってえの。無理なことをしたらこうなるっていう見本なんだよぉう、楊広」

「なぜだ。理想を高く持ってはいかんと言うのか。民は全《すべ》て皇帝のもとで平等ではないか。くだらぬ蛮族《ばんぞく》との争いごとなどで、民のやすらぎを奪ってよかろうか。確かに朕は急ぎ過ぎたかもしれぬ。しかしもし世界が本当に朕の意志を知ってくれたなら、こんなにも相争うことが必要であったのか。朕は民を虐《しいた》げようとは思ってはおらぬ。ただその上にひしめく、くだらないお山の大将たちを一人一人こらしめてやろうとしただけではないか。最初から世界が天子の下に一つであったなら、朕は何もする必要はなかったのだ」

「徹底的にバカなんだよぉぉぉぉ、あんた。一番肝心《かんじん》なこと、何だか知っているか」

「何だ」

「天子も、死ぬんだってぇの。せいぜい数十年か。そんなことはないな、うまく行くのはせいぜい一年か二年か。天子が死んだ後、世界はどうなる。また一からやり直すのさ。バラバラに壊れちまってよぉぉぉぉ。そんな思いをするやつらのこと、あんた考えていないだろぉぉぉ、死んだ後のことだからな。皇帝が強ければ強いほど、死んだ後の崩壊は大きい。反動はひどい。そんなのいやじゃないかぁ。だったら最初から全てを取ろうなんて考えないことだ。適当にぶち壊れている方が先が見える。死んだ後も同じだってさぁ」

「聖徳太子、お前は人間というものを信頼していないのか」

「あんたは信じているのか。生きている限り、まだまだやるか」

「その通り。朕が生きている限り、理想は消えぬ。お前が何と言おうとも、倭国などものの数ではないわ」

「あんた嫌いじゃないんだけれどねぇぇぇえっ、うるさいやつだからだめだねぇぇえっ。憲法第一条、妹子言ってみろ」

いきなり会話が飛んできた。妹子は反射的につぶやいた、

「『和をもって貴《とうと》しとなせ』」

「そういうことで、さいなら」

厩戸は竜の頭を登った。隋兵がようやく首にしがみついてよじ登ってくる。妹子は厩戸を追いかけた。

見えた。竜の顔面、突起物に縄が結びつけられている。縄はそのまま斜めに下りて一隻の走舸の上に落ちている。

「まさか、これをつたってここまで登ってきたんですか」

「僕は身体弱いのぉぉぉ。そんなことできないって。空から着地したって言った」

「下りるのは」

厩戸は縄の上に布をかけた。

「お前が僕を抱えてこの縄にぶら下がって滑り下りるのさ」

妹子は絶句した。

「敵が来るよ。早くしなぁぁぁぁぁ」

厩戸が妹子を突き飛ばすように押す。命令とあればしかたない。

厩戸を左手に抱えた。自慢ではないが、妹子だって体力なんてない。とはいいながら、厩戸の身体はずっと軽かった。

敵の足音。目をつぶって飛び降りた。

「僕を落としたら怖いからねぇぇぇぇっ」

言われるまでもない。こんな恐ろしいやつの恨《うら》みを買うなんてごめんだ。風を切る。

あんなに高く見えた竜の頭が、滑り下りる時にはあっという間だ。一人分の重量が、一気に水面に向かって宙を切り裂く。

待っている走舸の兵たちも、命がけで受け止めたはず。変なところに落ちたら船が転覆《てんぷく》してしまう。何人もの兵が両手を広げ、落ちてくる妹子と厩戸をつかんだ。

走舸が大きく揺れたが、その勢いで船は漕《こ》がなくとも水面を滑っていく。

「全軍撤退《てったい》」

船の間を声が飛ぶ。

あれほど竜工船の周りを取り巻いていた走舸が、一気に戦場離脱に向けて態勢を変える。

「水」

妹子は呻《うめ》いた。見事な着船は決まったが、恐ろしく緊張して体中の水分が一気に飛んでいってしまった。

兵から水をもらい、がぶ飲みした妹子は聞いた。

「わざわざ私のためにこれだけの兵が」

「李子通にとっては恩も売れるし、楊広ちゃんの兵力をそぐいい機会だったし、そろそろ本格的な戦闘の一つもして、兵に褒賞でもやらなきゃ文句が出そうな時でもあった。でもあれやこれやは別として、僕が頼んだことは同じだ」

妹子は船の底に頭を下げた。

「すみません。ありがとうございます」

「一生感謝し続けろ」

「でもなぜ、私に」

「お前は唯一、僕が脅迫しなくても、やるべきことをやってくれた人間だからだろうね」

妹子は首を振った。

「仕事です。妻と子供を食べさせるため。それだけです」

「それでいいさ。さぁ逃げるぞ。僕は漕がないからな。お前が漕げ」

厩戸が櫂《かい》を渡した。

妹子はあたりを見た。

李子通軍が撤退すると見るや、竜工船から小舟が次々に下ろされ、隋兵が追撃にかかっていた。

それらの船は細かな船を狙うより、厩戸と妹子のいる走舸に向けて集中的に迫ってきていた。

「狙われてますよ」

「当然だな。漕いで逃げるしかないよ」

妹子は残った体力を振り絞《しぼ》って、櫂を水面に当てた。漕いでいるのか他の兵の邪魔をしているのかわからないが、構わず水を後方に追いやり続けた。

運河が二つに割れていた。

「どっちに逃げるんですか」

「山の方だ」

確かにいつもの村に逃げ込んで、里に迷惑をかけるわけにはいかないだろう。しかし山に逃げても敵は追いかけてくる。

何か作戦があればいいが。そう思いつつ妹子が漕ぎ続けていると、突然後方から巨大な船が出現した。楼船《ろうせん》だ。

小舟を次々に後方に押しやり、風の力で強引に舳を進めてくる。悪いことに風は追い風のようだ。妹子たちの手漕ぎよりも力強く、巨大な楼船が迫る。

「速いな。これはいやな予感がする」

「どうしますか」

「船を捨てて山に上がれ」

走舸を手早く岸に着けて、兵たちは走る。厩戸と妹子も、兵の援護《えんご》を受けつつ走った。

山の取っかかりが見えはじめた頃、妹子は振り返った。巨大楼船から隋兵が下りて来る。膨大《ぼうだい》な数の追手だ。

「馬を用意しとくんだった」

厩戸が走りながら言う。

「逃げ切れますか」

妹子は聞いた。山に逃げ込むのを敵は見抜き、三方に回り込みはじめている。山というよりちょっとした丘程度のものだから、すぐに回り込めるのだ。

「囲まれますよ」

「ともかく登れ。それから僕を運ぶ駕籠《かご》はないのか」

「ないですよ」

岩にしがみついて身体を上げた。振り返ると、敵がすぐそこまで迫っていた。それればかりでなく、前方にも回り込まれている。

「逃げられませんよ」

声がした。

「おい。島の倭人。いいかげん無駄な抵抗はやめよ」

聞いたことがある声。将軍朱寛だ。

こいつとは琉球以来、何十年もの因縁《いんねん》だ。

「いいか、倭人どもを捕まえた者には敵味方を問わず金を出す。どうだ。欲しいやつは今すぐにでも名乗りを上げろ」

山の頂《いただき》から声。

「悔《く》い改めよ。お前の死は近づいた」

次の瞬間、石。

山を登っている隋兵めがけて、弧《こ》を描いた石が吸い込まれた。叫び声と怒号《どごう》。

妹子は叫んだ。

「福利《ふくり》」

投射器。やはり作戦はあった。敵をおびき寄せ、石で一気に潰《つぶ》そうということか。

福利は朱寛にわめいた。

「私は、お前と違って金では動かない。神が正しいと思ったことをなすために生きているのだ」

朱寛は兵を突撃させ、下からわめいた。

「島の蛮族風情《ふぜい》が、生意気《なまいき》なんだよ。世界は誰のものだと思っているんだ。お前らは島でおとなしく魚でも齧《かじ》ってりゃいいんだよ」

妹子は福利のそばに登った。わめいた。

「あなたたちがそんなに偉いっていうんなら、どうしてこんなに殺し合っているんだ」

「くだらねぇこと言うんじゃねえ。それじゃお前らは殺し合いをしないのかよ」

妹子が黙ると、朱寛は自分から突っ込んできた。

「なぜ俺たちが一番偉いかって。殺すからじゃない。金を持っているからだ。食べ物も、女も全て持っているからだ。お前らはそういうのが欲しくて、俺たちに紛《まぎ》れ込もうとしているんだろう。そんなことはさせないぞ、蛮族が」

その瞬間、第二の石が飛んだ。

それは走り寄る朱寛の真正面からぶちあたり、そばの護衛兵を巻き込んで派手に血しぶきを飛ばした。

ぽん。妹子の肩に手が置かれた。

「ここは福利と李子通たちに任せて。僕たちは別の仕事だ」

えっ。妹子は振り返った。

「一緒に来な」

厩戸は山奥に入っていく。

十歩ほど歩いた。

景色が開けた。

山のふもと。ぽかりと台地になったあたりに置かれているもの。それは。

「黒駒《くろこま》だ」

黒駒という名からそれは馬かと思っていたが、とんでもない形態だ。人工物には違いないが、見たこともない造りをしている。

革を張ったような上部のすごく大きな球体が、空に向かって突き出している。そこから縄が下がり、下方の籠《かご》のようなものを引っ張っている。そして中心に神道《しんとう》の祭壇《さいだん》のような巨大な炎が焚《た》かれていて、上に熱を噴き上げている。

「福利が造った。乗れ」

「ええっ」

「時間がない。下の籠の中に入るんだ」

これも命令とあればしかたない。しかし何という不気味なものだろう。妹子は押されるまま、こわごわ下の籠をまたいだ。

『太子が乗られればすなわち、黒駒浮き雲のごとく軽く舞い上がり、東の空に登りたまえり』（『聖徳太子伝暦《でんれき》』）

妹子はわめいた。

「飛んでる。空を飛んでる」

「そのために造ったんだよ。うるさいなうるさいな。いいか。風は『気』だと言ったことはなかったか。気は僕がしゃべっている間も、ここにこうしてある。それは音をつたえ、風をつたえる。目には見えないだけだ。『気』と仲良くなればわかるけれど、その重さは一緒じゃない。熱い気は上がり、冷たい気は下がる。熱い気だけを取り込んでやれば、その力によって空に上がることもできるのさ」

それは今の言葉でいう熱気球。

何という景色であろう。

竜の首に登った時でさえ、高さにめまいがした。今はそれよりはるかな高み。福利と隋軍が競《せ》りあっている山まで、下方に小さく見える。

妹子は籠にしがみつきながら聞いた。

「ひょっとして、これで竜工船に降りたのですか」

「他に何がある。空から降りたって言ったじゃん。楊広ちゃんの移動式宮殿に降りた時もあったけどね。あれは一回でやめた。見つかりそうになったから」

上空の風は強い。妹子は振り落とされそうな気がした。

「これで、逃げるのですか」

「まさか。仕事があるって言っただろう。あれが江都だ」

厩戸は身を乗り出すように下を指した。

危ないですと言いそうになったが、初めてなのは妹子の方だ。妹子はそのまま厩戸が指す方を見た。

上空から見ると、あれほど巨大な都市江都が、まるでかわいらしい箱庭のようだ。運河があたりを取り巻き、その中に城壁がしつらえてある。くるりと取り巻いた何里《り》もの城壁が一望に見渡せるなんて初めてだ。

風が吹く。黒駒は右にかしぎ、左にかしいだ。走舸よりも激しい揺れだ。しかも落ちたら絶対助からないだろう。

「空から何をしろって言うんですか」

厩戸は、舵《かじ》を取るためのひもを引っ張りながらわめいた。

「たくさん転がっているだろう」

確かに。さっきから気になっていた。妹子が籠の端にしがみつかなければならないはめになったのも、籠の中が荷でいっぱいだったからだ。

何の荷物だ。妹子はようやく後ろに積まれているものを振り返った。

焼夷弾《しょういだん》。

隋と船で交戦する時に、さんざん使用した砲弾。枯れ草や乾いた木片を油で固めた球。外側の皮を割ると植物油が弾《はじ》け飛び、炎をあたりにまき散らす。

妹子はちらっと厩戸を見た。厩戸は軽くうなずいた。

「これを撃つんですか」

「見ればわかるだろぉぉぉっ」

「投射器がないです」

「いらない。この高さから手で落とせばいいだけだ」

確かにそうだ。

「僕は黒駒を操るのに手一杯だ。お前が全部やれよぉぉぉ」

「江都にこれを」

「爆撃だ」

『流星、甕《かめ》の如《ごと》く江都に墜《お》つ』(『隋書』)

落下場所はめちゃくちゃだった。

壁に当たり、運河に落ち、村に落ちた。まっすぐ落ちればいいのだが、軽い焼夷弾は落ちている間に風に流されるらしい。

城壁の中に上がった煙《けむり》は一つか二つ。

「高過ぎます。狙えません」

「炎を弱めるとこっちが落っこちちゃうが、お前がそう言うなら」

突然、突風が吹いた。

炎が消える。厩戸はわめいて気球の炎を身体で風から守る。とたん気球は大きくかしぎながら江都の家並み近くまで高度を下げた。

妹子は、もう火がついてしまった焼夷弾を、慌てて城壁の中に落としていく。江都の城壁の中に、着実に煙が上がっていく。誰が天から降って来る炎を防ぐことができようか。高度を下げたので、城内から昇ってくる熱気でやけどしそうだ。

妹子は次の焼夷弾を落とそうとして、江都を見下ろした。

とたん、見えてしまった。

落とした焼夷弾は燃えにくい城には全く炎を広げず、燃えやすい民家、そして人々を焼いていた。炎の中、人々が逃げ惑《まど》い、運河のそばに駆け寄せ、押し潰し合っていた。逃げ遅れた子供が火だるまになり、女たちが運河の水を必死にくみ上げていた。兵が燃えている家屋を槍で壊しまくり、人々を踏み潰していた。

妹子は慄然《りつぜん》とした。

何ということをしたんだ、私は。

江都の町の人。村人。女、子供。

火だるまになって次々に焼けていく人間たちが、自分の妻と子に重なった。妹子は籠の中に尻もちをつき、わめいた。

「もう十分です。やめましょう。みんな死んでしまう」

「何を言っている。やれぇぇぇぇっ」

「だって、皇帝の城には何にも。人々だけ焼き殺している」

「同じことだ。あれは全部皇帝のものだ。男は兵士になるし、女はそれを助ける」

「わかってます。でもだからってこれはあんまりだ」

「わかっているのかぁぁぁぁっ、蘇因高《そいんこう》。今ここで皇帝を叩いておかないと、楊広は必ず復活し、この国を再び支配する」

「そうかもしれません」

妹子は顔を覆った。

「でももういいじゃないですか。なぜ私にやらせるんです。私はもう十分働いたじゃないですか。お役御免《ごめん》にして下さい」

目を開けたくなかった。黒煙《こくえん》があたりを覆っている。肉の焦《こ》げる臭いが町から昇ってくる。

「お前は目を閉じていればいい。だけど僕はそうはいかないんだぞ」

そうなのだ。妹子は厩戸を見た。厩戸にも見えて、いや聞こえているはず。最初から。女たちの悲鳴《ひめい》、子供の叫び。人々の死。焼け焦げていく痛み。

妹子は聞いた。

「なぜです。こんなの、どうして続けるのですか。最初から知っていて」

「江都は皇帝最後の砦だ。ここをやったらもう後がないんだ。これで、終わりにする」

「女や子供まで殺して」

「そう言うがなぁぁぁぁ、蘇因高。今ここで楊広を生き返らせてしまったらどうするつもりだぅぁぁぁぁぁっ。子供たちにまでこの戦いを引き継ぐつもりなのかよぉぉぉおぁっ」

そうなのだ。小野妹子の一生は隋との戦いに明け暮れた。もし皇帝が生きのびたら、妹子が死んでも戦いは続くことになるかもしれない。

いやだ。こんな悲惨《ひさん》な戦いを、息子の代にまで残していいはずがない。終えられるものなら、ここで。

「家族のために働いているんだろぉぉぉ」

「そうです」

「僕だって倭国に妻がいる。五人もいる。子供だってたくさんいる。そいつらに戦《いくさ》に行けって言えるのかぁぁぁ。僕らだけで片がつくならそれがいいんだ。倭国にまで戦いを持ち込みたくないよぉぉぉぉ。そうだろ。憲法第一条」

『和をもって貴しとなせ』」

「意味は」

妹子は立ち上がった。

「まさか、和を乱すやつはぶち殺せ、なんて言わないでしょうね」

厩戸はにたりと笑う。

「やれぇぇぇぇっ」

妹子は焼夷弾を落とした。狙いは城だったが、やはり民家に落ち、そこを火炎地獄に変えた。

転がり回る人々。天に向かって矢を射る兵。届くはずもなく。次々に炎が都市を、そして周囲の平野をなめる。

構うものか。

人間に平等などない。皇帝の言うことはやはりおかしかったのだ。正しかったのは朱寛将軍の方だ。

父。母。妻。子。人間は大切な人間で囲まれている。大切な一人の人間の命は、大切でない人間などとは比べ物にならないくらい価値がある。当たり前のことだ。隋国人千人の命をそろえても、倭国の大切な人間一人の命に届くはずがない。妻の命は隋国人百万人の命よりも勝《まさ》るのだ。

焼夷弾が江都で弾け、また炎の柱が上がる。暮れ行く空に、それは紅《あか》い血潮が噴き出すようだった。

それはそうだ。妻のケミが、息子の毛人が、少しでも悲しむような目に合うというのなら、私はここで進んで人々を殺そう。ここで都市一つを壊滅させたとしても、それで息子たちの将来に少しでも役に立てるのなら、殺すしかないじゃないか。

江都に住む人にとっては逆だろう。お互い様だ。人間はしょせん、自分の愛せる範囲でしか人を愛せないのだから、こちらは島の野蛮人でいい。蛮族が文明国の者たちを殺戮《さつりく》したというだけの話だ。

ただ、今は妻のために、息子のために、隋を潰す。皇帝をここで終わらせる。町を潰す。江都を焼く。あなたたちの妻と子供を、私たちの子供たちのために殺す。

これで終わるはずがない。未来永劫《えいごう》続く、悲惨な話がまた一つ、それだけのことだ。

煬帝は、寝ていたところを引きずり出され、城の床に膝《ひざ》をつかされた。前に並んでいたのは側近の宇文化及《うぶんかきゆう》。他の面々も、昨日まで腹心《ふくしん》としていた者たちばかりであった。

煬帝は怒り叫んだ。

「朕は何の罪をもって、このような目に遭わされねばならぬのだ。それも、よりによってお前らに。いい思いをさせてやったはずではないか」

「黙れ」

一喝《いつかつ》された。

「皇帝とはすでに名ばかり。都長安を失い、東都洛陽も危うし。しかも自らが乗り込んだこの江都で、島の倭人相手に大苦戦しているばかりか、兵も壊滅。こんな状態のあなたを、誰が天子と認められましょうか」

この時、皇帝の子供、歳《とし》は十二ばかりが泣き出した。

うるさいとばかり、反乱兵は子供を一刀両断《いつとうりようだん》に斬り捨てた。血しぶきが皇帝の顔に飛び散った。

さしもの煬帝も、ここに至り覚悟を決めた。叫んだ。

「剣を使うとは何事か。天子である。死にもおのずから法というものがある。天子の血で城を汚《けが》すことになるならば、その王朝は天の怒りを受けるであろう。毒酒を持て」

煬帝は死に備えて、あらかじめ即効性の毒を入れた酒をも用意してあった。しかし反乱に際して、皇帝の周囲からは誰一人いなくなってしまっていた。

隋国皇帝煬帝は結局、自らの頭巾《ずきん》で絞め殺された。享年《きょうねん》五十。


騒ぎが激しくなり、人々が次々逃げ出していく江都の城に耳を傾けていた厩戸皇子は振り返った。

「終わったよぉぉぉぉぉっ」

妹子は声がかすれた。

「本当に、これで」

「ああ。楊広は死んだ。必ず後継騒動が起きる。隋の脅威《きようい》は、消えた」

厩戸は運河の上、昇ってくる朝日に背を向けた。

「日は昇り、日は沈み、また何もかもうつろい去る。だけど人間はつくづく、うるさいうるさいうるさぁぁぁぁぃうるせぇぇぇぇってぇのぉぉぉぉぉぉぉっ」

船の上で叫び続ける厩戸を、妹子はぼんやりと眺めていた。

「帰れますね」

福利が言ってきた。

「帰る。お前は」

福利は首を振った。

「私はここが、帰る場所ですよ」

「そうだな」

大変だな、これから。その言葉は飲み込んだ。

長かった。でもこれで。

ケミ。毛人。終わったんだ。もう家に戻るよ。それに母さん。高句麗は、寒いばかりじゃない。強い人々がいる。すばらしい国だった。でも私は、飛鳥《あすか》がやっぱり帰る場所なんだ。

厩戸は声が枯れても、まだ叫び続けていた。お前らうるさいんだぁぁぁあ、聞かされる者の身になってみろぉぉぉぉ。うるさいんだよ本当に、助けてくれょ。


その年、高句麗から倭国に御礼の使者が来た。『日本書紀』によれば、使者は楽器から武器の類《たぐい》を取りそろえ、さらに地方の産物、そしてラクダまで献上したという。それは破格の贈答品《ぞうとうひん》である。高句麗王はよほど感謝していたらしい。

大陸はというと、『楚王』李子通は天下人の器ではなかったようで、北の宿敵《しゅくてき》杜伏威との戦いに敗れた後は次第に勢力を失い、失意のうちに死んだ。

隋が煬帝の死によって滅んだ後は、群雄割拠《ぐんゆうかっきょ》の時代が訪れた。結局、長安を北方騎馬民族突厥《とっけつ》と結んで陥落《かんらく》させた李淵《りえん》が、混乱の中で頭角《とうかく》をあらわし、息子の李世民《りせいみん》の代になって、ようやく大陸を再統一する。三百年続く唐《とう》王朝の始まりである。

聖徳太子は、飛鳥に戻って夢殿《ゆめどの》に籠《こ》もっていたが、大陸が再統一されるのを見ることなく死んだ。四十九歳。太子と妃《ひ》があいついで亡くなるという変死状況のため、心中《しんじゅう》説や暗殺説までささやかれた。

それからほどなく、聖徳太子の息子や子孫たちは蘇我《そが》氏の謀略により、根絶《ねだ》やしにされる。朝廷は太子の特殊能力をよほど恐れていたのであろう。

その蘇我氏も大化《たいか》の改新によって権力を剝奪《はくだつ》され、蘇我蝦夷《えみし》は自殺する。ここに飛鳥時代は終わりを告げることになる。

小野妹子は最後には、官位の頂点『大徳《だいとく》』にまで昇りつめた。その子孫たちは歴史の表舞台で活躍するということは決してなかったが、あくまで地に足をつけ、たくましく着実に生きてきたようである。

『日本書紀』に登場する数多くの豪族貴族が、歴史の中に滅亡していった中で、小野家が現在、日本でこんなにも広く生き続けているということが、それを何よりも物語っている。妹子の直接の子孫には歌人の小野篁《たかむら》、美人の代名詞となった小野小町《こまち》がいると言われている。

参考文献（一部引用文献含む）

『日本書紀』新編日本古典文学全集　小学館
『隋書』商務印書館
林英樹訳『三国史記』三一書房
司馬光編『資治通鑑』汲古書院
『聖書』日本聖書協会
藤巻一保『厩戸皇子読本』原書房
宮崎市定『隋の煬帝』中公文庫
緒形隆司『琉球王朝の光と陰』光風社出版
黒岩重吾『「日出づる処の天子」は謀略か』集英社新書
東野治之『遣唐使船』朝日選書
全浩天『古代壁画が語る日朝交流』草の根出版会

解説――「傑作傑作けっさくなんだよぉぉぉぉっ」

細谷正充

本書に登場する聖徳太子の口調を拝借&改変して、この物語を一言で表現しようとするなら、解説のタイトルとなる。いや、冗談抜きで傑作なのだ。これほどの傑作を書いてしまう作者は、いったい何者か。ということで、まずは作者のプロフィールから紹介しよう。

町井登志夫は、一九六四年、愛知県に生まれる。南山《なんざん》大学教育学部卒業後、フィリピンのディバインワード大学院に留学した。早くから創作を始め、一九八一年には『ビート！』で、第三回ニッポン放送青春文芸賞を受賞している。一九九六年、サイバーSF『電脳のイヴ』で、第三回ホワイトハート大賞エンタテインメント小説部門優秀賞を受賞。そして二〇〇一年、近未来の日本を舞台にしたバイオレンスSF『今池《いまいけ》電《でん》波《ぱ》聖《せい》ゴミマリア』で、第二回小松左京賞を受賞。「近未来社会に対するなまなましいリアリティーと警鐘《けいしょう》を感じさせるダイナミックな作品」と、小松左京に絶賛された。作者の創作活動が本格化するのは、ここからである。

小松左京賞受賞作家ということもあり、多くの人が作者をSF作家と目《もく》していた。しかし受賞第一作で、そんな先入観は、あっさりと打ち砕かれる。二〇〇二年十月に刊行された書き下ろし長篇『諸葛孔明《しょかつこうめい》対卑弥呼《ひみこ》』は、タイトルそのままに、三国志のスーパースター諸葛孔明と邪馬台国《やまたいこく》の女王・卑弥呼が激突するという、とんでもない古代史小説だったのだ。そして二〇〇四年二月には、『諸葛孔明対卑弥呼』をさらに上回る、ぶっ飛び古代史小説『爆撃聖徳太子』――すなわち本書が、書き下ろしで刊行されたのである。ただしこの二冊、歴史・時代小説とは相性の悪い新書で出版されたことと、従来の古代史小説を逸脱《いつだつ》しまくった過激な内容により、一部の熱狂的な読者を獲得したものの、さほど話題になることはなかった。個人的な話になるが、その才能に惚《ほ》れ込んでいただけに、なぜもっと話題にならないのかと切歯扼腕《せっしやくわん》したものである。だがついに、雌伏《しふく》の日々は終わりを告げた。ここに『爆撃聖徳太子』が文庫化されたのである。本書の刊行により、あらためてこの傑作が注目されることを、喜ばずにはいられないのだ。

崇峻《すしゅん》三年（五九〇）、下級豪族の小野妹子《おののいもこ》は九州の地を訪ねる。そこで妹子は、「うるさああああい」と叫んでは、そこらじゅうを転げまわるなど、突拍子《とっぴょうし》もない行動ばかりしている人物と出会う。その人物こそ、厩戸皇子《うまやどのおうじ》（後の聖徳太子）だった。しかも彼は、大陸の流民《るみん》からキリスト教の知識を得ると、自分をキリストになぞらえた発言をするのだ。ところが一方では〝聡耳《とみみ》〟と呼ばれ、自分が居ないところで発せられた他人の言葉を知っていたりする。

どう考えても常軌《じょうき》を逸《いっ》している廐戸皇子だが、そんな彼に引きずられるように、妹子は琉球《りゅうきゅう》（沖縄）まで行くことになる。その琉球は、前年、中華を統一した隋《ずい》に狙われていた。琉球が負ければ、そこを足掛かりにした隋が、倭《わ》（日本）にも攻めてくる。隋の国家としての在《あ》り方をいち早く見抜いた廐戸皇子は、なんとかこれを防ごうとしていたのだ。かくして廐戸皇子と小野妹子の、数十年にわたる隋との戦いが始まる……。

　本書の主人公の聖徳太子は、飛鳥《あすか》時代の皇族にして政治家である。ある一定以上の年代の人なら、旧一万円札の肖像画でお馴染《なじ》みだろう。また、政治家としての活動では、冠位十二階と十七条憲法の制定が有名である。特に十七条憲法は、国家運営をスムーズにする法というだけでなく、人間の生き方の指針として読まれてもいる。そのため聖徳太子は、名前通り〝聖〟と〝徳〟の人というイメージが強い。

　だが一方で聖徳太子は、非常に謎の多い人物でもある。研究者によっては、実在すら疑問視されているほどだ。そこに作家の創作の余地がある。かつて山岸凉子《りょうこ》がコミック『日出処《ひいづるところ》の天子《てんし》』で、今までにない聖徳太子像を創り上げたように、町井登志夫も、前人未到の聖徳太子像を生み出したのである。では、どこが前人未到なのか。キャラクターと行動だ。

粗筋《あらすじ》の部分に記したので繰り返さないが、本書の聖徳太子は、きわめて奇矯《ききょう》な人物である。さらに異能としか思えない〝聡耳〟の力を持っている。その異能を使って人々を自在に操《あやつ》る様は、あたかも悪魔のようだ。そのくせ本人は、自分をキリストになぞらえるのだから、苦笑するしかない。

だが、聖徳太子の奇矯な言動には、ちゃんとした理由《わけ》がある。彼の異能の秘密と直結しているので詳しく書けないが、なるほど、それならしかたがないと納得できるのである。SFから出発した作者らしいアイディアだが、それを聖徳太子と結びつけたところに、本書の独創があった。

次に行動を見てみよう。基本的に聡明な上に、〝聡耳〟の力によって人の心も世界の状況も理解しすぎてしまう聖徳太子にとって、隋の国家戦略など明々白々。手をこまぬいていれば、倭などあっさりと支配されるだけである。だがそれを、箱庭のような世界で生きる倭の人に分からせるのは難しい。必然的に彼は、周囲の人間や国を巻き込んで、大博打《おおばくち》のような戦いをすることになる。まさに周囲の人々（特に小野妹子）にとっては、疫病神《やくびょうがみ》のような存在なのだ。ちなみに、ウェブ・マガジンの「Ａｎｉｍａ Ｓｏｌａｒｉｓ」に掲載されたインタビューで作者は、

「聖徳太子は完全にパソコンについた霊か憑《つ》き物です。というより小野妹子が先で、その景色として突然出現しました。ストーリーはかっこいい狙いだったのになんであんな変になるかな」

と述べている。〝なんで変になるかな〟って、変だから素晴らしいのではないか。こんな聖徳太子は空前絶後。解説を書いていて、聖徳太子を表現するのに悪魔とか疫病神という単語を使ってしまった時点で、どれだけ本書がオリジナリティに満ちているか、あらためて納得してしまったのである。

おっと、聖徳太子だけではなく、小野妹子にも触れておこう。家族を愛し、それを守るために戦う妹子の視点で、物語は進行する。彼こそが本書の、もうひとりの主人公だ。九州での出会いから聖徳太子と縁が出来てしまった妹子の人生は、まるで彼に振り回されるためにあるかのよう。しかし逆に考えるとどうだ。聖徳太子は、どうしてこれほど執拗《しつよう》に、小野妹子を振り回すのか。本書の終盤の聖徳太子のセリフに答えがあるのだが、それは是非《ぜひ》とも読者自身で確認していただきたい。このセリフから妹子の人柄の良さと、異能を持つ聖徳太子の苦悩が、一緒に伝わってくるのである。

さらにラストの場面で妹子は、ついに戦争の本質を理解する。それは人間の本質を理解することでもある。だから本書は、小野妹子がこの認識に到達するまでの物語でもあるのだ。

などと硬いことを書いたが、この物語はあくまでもエンタテインメント。隋に立ち向かう、聖徳太子と小野妹子の戦いは、興奮必至《ひっし》の面白さだ。なかでも凄《すご》いのが、隋の大軍に囲まれた、高句麗《こうくり》の遼東《りょうとう》城の籠城《ろうじょう》戦。朝鮮半島が隋に支配されれば、次は倭が攻められることは明らか。だから何としても遼東城を死守しなければならない。しかし圧倒的な物量を誇る隋は、どんな無茶でもやってのける。空から地下から、次々ととんでもない方法で、攻撃してくるのだ。殺しても殺しても、屍《しかばね》を踏み越えて押し寄せてくる隋軍を見ると、まさに戦争とは物量であるといいたくなる。そういえば前述のインタビューで作者は、

「私としては日本式スチームパンクが狙いなんです。スチームな時代じゃないから担当さんが『ハイパー歴史アクション』というジャンルを考案してくれました」

とも話している。スチームパンクはSFのジャンルで、ヴィクトリア朝などの過去を舞台に現代とは違う発展をしたテクノロジーのある世界を描いた作品のこと。なるほど、たしかにそのようなテクノロジーの要素は本書にもある。でもスチームパンクの印象は薄い。というか、どんなジャンルに当てはめようとしても、はみ出してしまう。キャラクターもストーリーも、すべてが過激で過剰な物語を読むと、

唯一無二な、「ジャンル町井登志夫」の作品といいたくなってしまうのである。

そして、これらすべてをひっくるめた上で注目したいのが、作者のアジア視点だ。『電脳のイヴ』の選者のひとり、ひかわ玲子《れいこ》が選評で、アジアの問題を書き込んである意欲作といっているように、作者は早くからアジアへのこだわりを持っていた。それが『諸葛孔明対卑弥呼』や本書で、日本の古代史をアジア視点で捉《とら》えることへと繋《つな》がっているのである。グローバル化した世界で、アジアの中の日本を意識しなければならない現代人にとって、作者の視点から得るものは多い。

本書以後も作者は、じっくりしたペースで作品を発表しているが、その中で留意すべきは二〇〇九年十一月にPHP研究所から出版された書き下ろし長篇『飛鳥燃ゆ　改革者・蘇我入鹿《いるか》』であろう。こちらは蘇我入鹿が主人公になり、日本の未来のために大陸へ渡る。作品のテーマやテイストは、本書の延長線上にあるので、併《あわ》せて読むことをお薦《すす》めしておく。

最後に再びいうが、本書は傑作である。でも、まだ名作にはなっていない。なぜなら名作の条件とは、時代を超えて読み継がれることだからだ。しかし今回の文庫化によって、名作への道は開かれた。さあ、読もう。そして、どれほど面白いか、語り継ごう。傑作にして名作。本書は、そう呼ばれるに相応《ふさわ》しい作品なのである。


（文芸評論家）

本書は、二〇〇四年二月に角川春樹事務所より刊行された
作品を大幅に加筆、修正して文庫化したものです。

著者紹介
町井登志夫（まちい　としお）
1964年生まれ。南山大学教育学部卒業。96年、『電脳のイヴ』で第3回ホワイトハート優秀賞を受賞。2001年、『今池電波聖ゴミマリア』で第2回小松左京賞を受賞。本書をはじめ、『諸葛孔明対卑弥呼』『飛鳥燃ゆ』などで、大胆なストーリー展開と奇抜なアイデアとによって、古代史小説に新境地を開いている。

PHP文芸文庫　爆撃聖徳太子

2012年8月1日　第1版第1刷
2023年2月20日　第1版第7刷

著者　町井登志夫
発行者　永田貴之
発行所　株式会社PHP研究所
東京本部　〒135-8137 江東区豊洲5-6-52
文化事業部　☎03-3520-9620（編集）
普及部　☎03-3520-9630（販売）
京都本部　〒601-8411 京都市南区西九条北ノ内町11
PHP INTERFACE　https://www.php.co.jp/
組版　朝日メディアインターナショナル株式会社
印刷所　図書印刷株式会社
製本所　株式会社大進堂

ISBN978-4-569-67839-9